文庫 6

幸田露伴

新学社

装幀　友成　修

カバー画
パウル・クレー『砂地の向こうの海』一九二三年
　パウル・クレー・センター蔵
協力　日本パウル・クレー協会

河井寛次郎　作画

目次

五重塔

其一

木理《もくめ》美《うるは》しき槻胴《けやきどう》、縁《ふち》にはわざと赤樫《あかがし》を用ひたる岩畳《がんでふ》作りの長火鉢に対《むか》ひて話し敵《がたき》もなく唯一人、少しは淋しさうに坐り居る三十前後の女、男のやうに立派な眉を何日《いつ》掃《はら》ひしか剃つたる痕の青ゝと、見る眼も覚《さ》むべき雨後の山の色をとゞめて翠《みどり》の匂ひ一トしほ床しく、鼻筋つんと通り眼尻キリ、と上り、洗ひ髪をぐる〱と酷《むご》く丸《まろ》めて引裂《ひつさき》紙《がみ》をあしらひに一本簪《いつぽんざし》でぐいと留めを刺した色気無の様はつくれど、憎いほど烏黒《まつくろ》にて艶ある髪の毛の一ト綜二綜《ふさふたふさ》後れ乱れて、浅黒いながら渋気の抜けたる顔にかゝれる趣きは、年増嫌ひでも褒めずには置かれまじき風体、我がものならば着せてやりたい好みのあるにと好色漢《しれもの》が随分頼まれもせぬ詮議を蔭では為《す》べきに、さりとは外見《みえ》を捨てゝ堅義を自慢にした身の装《つく》り方、柄の選択《えらみ》こそ野暮ならぬ高《たか》が二子《ふたこ》の綿入れに繻子《しゆす》襟かけたを着て何所《どこ》に紅くさいところもなく、引つ掛けたねんねこばかりは往時《むかし》何なりしやら疎《あら》い縞の糸織なれど、此とて幾度か水を潜つて来た奴なるべし。

今しも台所にては下婢《おさん》が器物《もの》洗ふ音ばかりして家内《やうち》静かに、他には人ある様子もなく、何心なくいたづらに黒文字を舌端《したさき》で嬲《なぶ》り躍らせなどして居し女、ぷつりと其を嚙み切つてぷいと吹き飛ばし、火鉢の灰かきならし炭火体《てい》よく埋《い》け、芋籠より小巾《こぎれ》とり出《いだ》し、銀ほど光れる長五徳《ながごとく》を磨きおとしを拭き銅壺《どうこ》の蓋まで奇麗にして、さて南部霰《あられ》地の大鉄瓶を正然《ちやんと》かけし後、石尊様《せきそんさま》詣りのついでに箱根へ寄つて来しものが姉御《あねご》へ御土産と呉れたらしき寄木細工の小繊麗《こぎよう》なる煙草箱を、右の手に持た鼈甲管《べつかふらお》の煙管《きせる》で引き寄せ、長閑《のどか》に一服吸ふて線香の烟るやうに緩ゝ《ゆる〳〵》と烟りを噴《は》き出《いだ》し、思はず知らず太《ため》息吐《いきつ》いて、多分は良人《うち》の手に入るであらうが憎いのつそりめが対《むか》ふへ廻り、去年使ふてやつた恩も忘れ上人様に胡麻摺り込んで、強《たつ》て此度《こんど》の仕事を為《せ》うと身の分も知らずに願ひを上げたとやら、清吉《せいきち》の話しでは上人様に依怙贔屓《えこひいき》の御情《おこゝろ》はあつても、名さへ響かぬのつそりに大切《だいじ》の仕事を任せらるゝ事は檀家方の手前寄進者方の手前も難しからうなれば、大丈夫此方《こち》に命《いひつ》けらるゝに極《きま》つたこと、よしまたのつそりに命けらるればとて彼奴《あれめ》に出来る仕事でもなく、彼奴の下に立つて働く者もあるまいなれば見事出《で》来《か》し損ずるは眼に見えたことゝのよしなれど、早く良人《うちのひと》が愈ゝ御用命かつたと笑ひ顔して帰つて来られゝばよい、類の少い仕事だけに是非為て見たい受け合つて見たい、慾徳は何《どう》でも関《かま》はぬ、谷中感応寺《かんおうじ》の五重塔は川越の源太が作り居つた、嗚呼《あゝ》よく出来《でか》した感心なと云はれて見たいと面白がつて、何日《いつ》になく職業《しやうばい》に気のはづみを打つて居らるゝに、若《も》し此仕事を他《ひと》に奪られたら何《ど》のやうに腹を立てらるゝか肝癪を起さるゝか知れず、それも道理であつて見れば傍《わき》から妾《わたし》の慰めやうも無い訳、嗚呼何にせよ目出度う早く帰つて来られゝばよいと、口には出さねど女房気質《かたぎ》、今朝背面《うしろ》から我が縫ひし羽織打ち掛け着せて出したる男の上を気遣ふところへ、表の骨太格子手あらく開けて、姉御、兄貴は、なに感応寺へ、仕方が無い、それでは姉御に、済みませんが御頼み申します、つい昨晩《ゆうべ》酔まして、と後は云《い》はず異な手つきをして話せば、眉頭に皺をよせて笑ひながら、仕方のないも無いもの、少し締まるがよい、と云ひ〱立つて幾干《いくら》かの金を渡せば、其をもつて門口に出で何やら諄ゝ《くどく》押問答せし末此方《こなた》に来りて、拳骨で額を抑へ、何《どう》も済みませんでした、ありがたうござります、と無骨な礼を為たるも可笑《をかし》。

其二

火は別にとらぬから此方《こち》へ寄るがよい、と云ひながら重げに鉄瓶を取り下して、属《め》輩《した》にも如才なく愛嬌を汲んで与《や》る桜湯一杯、心に花のある待遇《あしらひ》は口に言葉の仇繁《あだしげ》きより懐かしきに、悪い請求《たのみ》をさへすらりと聴て呉れし上、胸に蟠屈《わだかま》りなく淡然《さつぱり》と平日《つね》のごとく仕做《しな》されては、清吉却つて心差《うらはづ》かしく、何《どう》やら魂魄《たましひ》の底の方がむづ痒いやうに覚えられ、茶碗取る手もおづ〳〵として進みかぬるばかり、済みませぬといふ辞誼《じぎ》を二度ほど繰返せし後、漸く乾き切つたる舌を湿す間もあらせず、今頃の帰りとは余り可愛がられ過ぎたの、ホヽ、遊ぶはよけれど職業《しごと》の間《ま》を欠いて母親《おふくろ》に心配さするやうでは、男振が悪いではないか清吉、汝《そなた》は此頃仲町《なかちやう》の甲州屋様の御本宅の仕事が済むと直《すぐ》に根岸の御別荘の御茶席の方へ廻らせられて居るではないか、良人《うち》のも遊ぶは随分好で汝達《そなたたち》の先に立つて騒ぐは毎〻なれど、職業を粗略《おろそか》にするは大の嫌ひ、今若し汝の顔でも見たらば又例の青筋を立つるに定つて居るを知らぬでもあるまいに、さあ少し遅くはなつたれど母親の持病が起つたとか何とか方便は幾干《いくら》でもつくべし、早う根岸へ行くがよい、五三《ごさ》様も了《わか》つた人なれば一日をふてゝ怠惰《なまけ》ぬに免じて、見透かしても旦那の前は庇護《かば》ふて呉るゝであらう、おゝ朝飯がまだらしい、三《さん》や何でもよいほどに御膳を其方《そち》へこしらへよ、湯豆腐に蛤鍋《はまなべ》とは行かぬが新漬に煮豆でも構はぬはのう、二三杯かつこんで直と仕事に走りやれ走りやれ、ホヽ、睡くても昨夜をおもへば堪忍《がまん》の成らうに精を惜むな辛防《しんばう》せよ、よいは弁当も松《まつ》に持たせて遣るは、と苦くはなけれど効験《きゝめ》ある薬の行きとゞいた意見に、汗を出して身の不始末を慚《は》づる正直者の清吉。

　姉御、では御厄介になつて直に仕事に突走ります、と鷲摑《わしづか》みにした手拭で額拭き〳〵勝手の方《かた》に立つたかとおもへば、既《もう》ざら〳〵ざらつと口の中へ打込《ぶちこ》む如く茶漬飯五六杯、早くも食ふて了つて出て来り、左様なら行つてまゐります、と肩ぐるみに頭をついと一ッ下げて煙草管《きせる》を収め、壺屋の煙草入《りやうさげ》三尺帯に、さすがは気早き江戸ッ子気質、草履つつかけ門口出づる、途端に今まで黙つて居たりし女は急に呼びとめて、此二三日にのつそり奴《め》に逢ふたか、と石から飛んで火の出し如く声を迸《はし》らし問ひかくれば、清吉ふりむいて、逢ひました逢ひました、しかも昨日御殿坂で例ののつそりがひとしほのつそりと、往生した鶏のやうにぐたりと首を垂れながら歩行《ある》いて居るを見かけましたが、今度此方の棟梁の対岸《むかう》に立つてのつそりの癖に及びも無い望みをかけ、大丈夫ではあるものゝ幾干《いくら》か棟梁にも姉御にも心配をさせる其面《つら》が憎くつて面が憎くつて堪《たま》りませねば、やいのつそりめと頭から毒を浴びせて呉れましたに、彼奴《あいつ》の事故気《ことゆゑ》がつかず、やいのつそりめ、のつそりめと三度めには傍へ行つて大声で怒鳴つて遣りましたれば漸く吃驚《びつくり》して梟《ふくろ》に似た眼で我《ひと》の顔を見詰め、あゝ清吉あーにーいかと寝惚声の挨拶、やい、汝《きさま》は大分好い男児《をとこ》になつたの、紺屋《こうや》の干場へ夢にでも上《のぼ》つたか大層高いものを立てたがつて感応寺の和尚様に胡麻を摺り込むといふ話しだが、其は正気の沙汰か寝惚けてかと冷語《ひやかし》を驀向《まつかう》から与《や》つたところ、ハヽヽ姉御、愚鈍《うすのろ》い奴といふものは正直ではありませんか、何と返事をするかとおもへば、我《わし》も随分骨を折つて胡麻は摺つて居るが、源太親方を対岸《むかう》に立てゝ居るので何《どう》も胡麻が摺りづらくて困る、親方がのつそり汝為《きさまやつ》て見ろよと譲つて呉れゝば好いけれどものうとの馬鹿に虫の好い答へ、ハ、、憶ひ出しても、心配相に大真面目くさく云つた其面が可笑くて堪りませぬ、余り可笑いので憎気《にくつけ》も無くなり、篦棒《べらぼう》めと云ひ捨てに別れましたが。其限《それぎ》りか。然《へい》。左《さ》様《う》かへ、さあ遅くなる、関《かま》はずに行くがよい。左様ならと清吉は自己《おの》が仕事におもむきける、後はひとりで物思ひ、戸外《おもて》では無心の児童《こども》達が独楽《こま》戦《あて》の遊びに声ゝ喧《かしま》しく、一人殺しぢや二人殺しぢや、醜態《ざま》を見よ讐《かたき》をとつたぞと号《わめ》きちらす。おもへばこれも順ゝ競争《がたき》の世の状《さま》なり。

其　三

世に栄え富める人ゝは初霜月の更衣《うつりかへ》も何の苦慮《くるしみ》もなく、紬《つむぎ》に糸織に自己《おの》が好き〳〵の衣《きぬ》着て寒さに向ふ貧者の心配も知らず、やれ炉開《ろびら》きぢや、やれ口切《くちきり》ぢや、それに間に合ふやう是非とも取り急いで茶室成就《しあげ》よ待合の庇廂《ひさし》繕へよ、夜半《よは》のむら時雨も一服やりながらで無うては面白く窓撲《う》つ音を聞き難しとの贅沢いふて、木枯凄じく鐘の音氷るやうなつて来る辛き冬をば愉快《こゝろよ》いものかなんぞに心得らるれど、其茶室の床板削りに鉋《かんな》礪《と》ぐ手の冷えわたり、其庇廂の大和がき結ひに吹きさらされて疝癪《せんしやく》も起すことある職人風情は、何《どれ》ほどの悪い業を前の世に為し置きて、同じ時候に他《ひと》とは違ひ悩め困《くるし》ませらるゝものぞや、取り分け職人仲間の中《うち》でも世才に疎く心好き吾夫《うちのひと》、腕は源太親方さへ去年いろ〳〵世話して下されし節《をり》に、立派なものぢやと賞められし程確《たし》実なれど、寛闊《おうやう》の気質《きだて》故に仕事も取り脱《はぐ》り勝で、好い事は毎ゝ《いつも》他《ひと》に奪《と》られ年中嬉しからぬ生活《くらし》かたに日を送り月を迎ふる味気無さ、膝頭の抜けたを辛くも埋め綴つた股引ばかり我が夫に穿かせ置くこと、婦女《をんな》の身としては他人《よそ》の見る眼も羞づかしけれど、何にも彼《か》も貧が為《さ》する不如意に是非のなく、今ま縫ふ猪之《ゐの》が綿入れも洗ひ曝した松坂縞、丹誠一つで着させても着させ栄えなきばかりでなく見とも無いほど針目勝ち、それを先刻《さつき》は頑是ない幼心といひながら、母様其衣《それ》は誰がのぢや、小いからは我《おれ》の衣服《べべ》か、嬉いのうと悦んで其儘戸外《おもて》へ駈け出《いだ》し、珍らしう暖い天気に浮かれて小竿持ち、空に飛び交う赤蜻蜓を撲《はた》いて取らうと何処《どこ》の町まで行つたやら、嗚呼考へ込めば裁縫《しごと》も厭《いや》気《き》になつて来る、せめて腕の半分も吾夫の気心が働いて呉れたならば斯《かう》も貧乏は為《し》まいに、技倆《わざ》はあつても宝の持ち腐れの俗諺《たとへ》の通り、何日《いつ》其手腕《うで》の顕れて万人の眼に止まると云ふことの目的《あて》もない、たゝき大工穴鑿《あなほ》り大工、のつそりといふ忌ゝしい諢名《あだな》さへ負せられて同業中《なかまうち》にも軽しめらるゝ歯痒さ恨めしさ、蔭でやきもきと妾《わたし》が思ふには似ず平気なが憎らしい程なりしが、今度はまた何《どう》した事か感応寺に五重塔の建つといふ事聞くや否や、急にむら／＼と其仕事を是非為る気になつて、恩のある親方様が望まるゝをも関《かま》はず胴慾《どうよく》に、此様な身代の身に引き受けうとは、些《ちと》えら過ぎると連添ふ妾でさへ思ふものを、他人は何んと噂さするであらう、ましてや親方様は定めし憎いのつそりめと怒つてござらう、お吉《きち》様は猶《な》ほ更《さ》ら義理知らずの奴めと恨んでござらう、今日は大抵何方《どちら》にか任すと一言上人様の御定《おき》めなさる筈とて、今朝出て行かれしが未だ帰られず、何《どう》か今度の仕事だけは彼程吾夫《あれほどうちのひと》は望んで居らるゝとも此方《こち》は分に応ぜず、親方には義理もあり旁《かたが》た親方の方に上人様の任さるればよいと思ふやうな気持もするし、また親方様の大気にて別段怒りもなさらずば、吾夫に為せて見事成就させたいやうな気持もする、ゑゝ気の揉める、何《どう》なる事か、到底《とても》良人《うち》には御任せなさるまいが若《もし》もいよ／＼吾夫の為る事になつたら、何《ど》の様にまあ親方様お吉様の腹立てらるゝか知れぬ、あゝ心配に頭脳《あたま》の痛む、また此が知れたらば女の要らぬ無益《むだ》心配、其故何時も身体の弱いと、有情《やさし》くて無理な叱言《こゞと》を受くるであらう、もう止めましよ止めましよ、あゝ痛、と薄痘痕《うすいも》のある蒼い顔を蹙《しか》めながら即効紙《そくかうし》の貼つてある左右の顳顬《こめかみ》を、縫ひ物捨てゝ、両手で圧へる女の、齢は二十五六、眼鼻立ちも醜からねど美味きもの食はぬに膩気《あぶらけ》少く肌理《きめ》荒れたる態《さま》あはれにて、襤褸衣服《ぼろきもの》にそゝけ髪ます／＼悲しき風情なるが、つく／＼独り歎ずる時しも、台所の劃《しき》りの破れ障子がらりと開けて、母様これを見てくれ、と猪之が云ふに吃驚《びつくり》して、汝《そなた》は何時から其所に居た、と云ひながら見れば、四分板六分板の切端を積んで現然《ありあり》と真似び建てたる五重塔、思はず母親涙になつて、おゝ好い児ぞと声曇らし、いきなり猪之に抱《いだ》きつきぬ。

其四

当時に有名《なうて》の番匠川越の源太が受負ひて作りなしたる谷中感応寺の、何処《どこ》に一つ批点を打つべきところ有らう筈なく、五十畳敷格《がう》天井の本堂、橋をあざむく長き廻廊、幾部《いくつ》かの客殿、大和尚が居室《ゐま》、茶室、学徒所化《しよけ》の居るべきところ、庫裡、浴室、玄関まで、或《ある》は荘厳を尽し或は堅固を極め、或は清らかに或は寂《さ》びて各ゝ其宜しきに適ひ、結構少しも申し分なし。そも〳〵微ゝたる旧基《きうき》を振ひて箇程《かほど》の大寺《だいじ》を成せるは誰ぞ。法諱《おんな》を聞けば其頃の三歳児《みつご》も合掌礼拝すべきほど世に知られたる宇陀《うだ》の朗円《らうゑん》上人とて、早くより身延の山に蛍雪の苦学を積まれ、中ごろ六十余州に雲水の修行をかさね、毘《び》婆舎那《ばしやな》の三行に寂静の慧剣《ゑけん》を礪《と》ぎ、四種《ししゆ》の悉檀《しつたん》に済度《さいど》の法音《ほふおん》を響かせられたる七十有余の老和尚、骨は俗界の葷羶《くんせん》を避くるによつて鶴の如くに痩せ、眼《まなこ》は人世の紛紜《ふんうん》に厭きて半《なかば》睡れるが如く、固《もと》より壊空《ゑくう》の理を諦《たい》して意欲の火炎《ほのほ》を胸に揚げらるゝこともなく、涅槃の真を会《ゑ》して執着の彩色《いろ》に心を染まさるゝことも無ければ、堂塔を興し伽藍を立てんと望まれしにもあらざれど、徳を慕ひ風《ふう》を仰いで寄り来る学徒のいと多くて、其等のものが雨露凌《しの》がん便宜《たより》も旧《もと》のまゝにては無くなりしまゝ、猶少し堂の広くもあれかしなんど独言《つぶや》かれしが根となりて、道徳高き上人の新に規模を大うして寺を建てんと云ひ玉ふぞと、此事八方に伝播《ひろま》れば、中には徒弟の怜悧《りこう》なるが自ら奮つて四方に馳せ感応寺建立に寄附を勧めて行《ある》くもあり、働き顔に上人の高徳を演《の》べ説き聞かし富豪を慫慂《すゝ》めて喜捨せしむる信徒もあり、さなきだに平素《ひごろ》より随喜渇仰の思ひを運べるもの雲霞《うんか》の如きに此勢をもつてしたれば、上諸侯より下町人まで先を争ひ財を投じて、我一番に福田《ふくでん》へ種子《しゆし》を投じて後の世を安楽《やす》くせんと、富者は黄金白銀を貧者は百銅二百銅を分に応じて寄進せしにぞ、百川《ひやくせん》海に入るごとく瞬く間《ひま》に金銭の驚かるゝほど集りけるが、それより世才に長けたるものの世話人となり用人となり、万事万端執り行ふて頓《やが》て立派に成就しけるとは、聞いてさへ小気味のよき話なり。

然るに悉皆《しつかい》成就の暁、用人頭の為《ため》右衛門《ゑもん》普請諸入用諸雑費一切しめくゝり、手脱《てぬか》る事なく決算したるに尚大金の剰《あま》れるあり。此をば如何になすべきと役僧の円道《ゑんだう》もろとも、髪ある頭に髪無き頭突き合はせて相談したれど別に殊勝なる分別も出でず、田地を買はんか畠買はんか、田も畠も余るほど寄附のあれば今更また此浄財を其様な事に費すにも及ばじと思案にあまして、面倒なり好に計らへと皺枯れたる御声にて云ひたまはんは知れてあれど、恐る〳〵円道或時、思さるゝ用途《みち》もやと伺ひしに、塔を建てよと唯一言云はれし限《ぎ》り振り向きも為《し》たまはず、鼈甲縁の大きなる眼鏡の中《うち》より微なる眼の光りを放たれて、何の経やら論やらを黙ゝと読み続けられけるが、いよ〳〵塔の建つに定《きま》つて例の源太に、積り書出《いだ》せと円道が命令《いひつ》けしを、知つてか知らずに歟《か》上人様に御目通り願ひたしと、のつそりが来しは今より二月程前なりし。

其五

紺とはいへど汗に褪め風に化《かは》りて異な色になりし上、幾度《いくたび》か洗ひ濯がれたるため其としも見えず、襟の記印《しるし》の字さへ朧気となりし絆纏《はんてん》を着て、補綴《つぎ》のあたりし古股引を穿きたる男の、髪は塵埃《ほこり》に塗《まみ》れて白け、面《おもて》は日に焼けて品《ひん》格なき風采《やうす》の猶更品格なきが、うろ〳〵のそ〳〵と感応寺の大門を入りにか〻るを、門番尖り声で何者ぞと怪み誰何《たゞ》せば、吃驚《びつくり》して暫時《しばらく》眼を見張り、漸く腰を屈めて馬鹿丁寧に、大工の十兵衛《じふべゑ》と申しまする、御普請につきまして御願に出ました、とおづ〳〵云ふ風態《そぶり》の何となく腑に落ちねど、大工とあるに多方《おほかた》源太が弟子かなんぞの使ひに来りしものならむと推《すゐ》察して、通れと一言押柄《あふへい》に許しける。

十兵衛これに力を得て、四方《あたり》を見廻はしながら森厳《かう〴〵》しき玄関前にさしか〻り、御頼《おたの》申《まを》すと二三度いへば鼠衣の青黛頭《せいたいあたま》、可愛らしき小坊主の、応《おゝ》と答へて障子引き開けしが、応接に慣れたるものの眼捷《めばや》く人を見て、敷台までも下りず突立ちながら、用事なら庫裡の方へ廻れ、と情無《つれな》く云ひ捨て、障子ぴつしやり、後は何方《どこ》やらの樹《き》頭に啼く鵯《ひよ》の声ばかりして音もなく響きもなし。成程と独言しつ〻十兵衛庫裡にまはりて復《また》案内を請へば、用人為右衛門仔細らしき理屈顔して立出で、見なれぬ棟梁殿、何所《いづく》より何の用事で見えられた、と衣服《みなり》の粗末なるに既《はや》侮り軽しめた言葉遣ひ、十兵衛さらに気にもとめず、野生《わたくし》は大工の十兵衛と申すもの、上人様の御眼にか〻り御願ひをいたしたい事のあつてまゐりました、どうぞ御取次ぎ下されまし、と首《かうべ》を低くして頼み入るに、為右衛門ぢろりと十兵衛が垢臭き頭上《あたま》より白の鼻緒の鼠色になつた草履穿き居る足先まで睨《ね》め下し、ならぬ、ならぬ、上人様は俗用に御関《おかは》りはなされぬは、願といふは何か知らねど云ふて見よ、次第によりては我が取り計ふて遣る、と然《さ》も〳〵万事心得た用人めかせる才物ぶり。それを無頓着の男の質朴《ぶきよう》にも突き放して、いゑ、ありがたうはござりますれど上人様に直〻《ぢき〳〵》で無うては、申しても役に立ちませぬ事、何卒《どうぞ》たゞ御取次を願ひまする、と此方《こち》の心が醇粋《いつぽんぎ》なれば先方《さき》の気に触る言葉とも斟酌せず推返《おしかへ》し言へば、為右衛門腹には我を頼まぬが憎くて慍《いか》りを含み、理《わけ》の解らぬ男ぢやの、上人様は汝《きさま》ごとき職人等に耳は仮《か》したまはぬといふに、取次いでも無益《むやく》なれば我が計ふて得させんと、甘く遇《あしら》へば附上《つけあが》る言分、最早何も彼も聞いてやらぬ、帰れ帰れ、と小人の常態《つね》とて語気たちまち粗暴《あら》くなり、膠《にべ》なく言ひ捨て立んとするに周章《あわ》てし十兵衛、ではござりませうなれど、と半分いふ間なく、五月蝿《うるさい》、喧しいと打消され、奥の方《かた》に入られて仕舞ふて茫然《ぼんやり》と土間に突立つたまゝ、掌《て》の裏《うち》の蛍に脱去《ぬけ》られし如き思ひをなしけるが、是非なく声をあげて復《また》案内を乞ふに、口ある人の有りや無しや薄寒き大寺の岑閑《しんかん》と、反響《ひゞき》のみは我が耳に堕ち来れど咳声《しはぶき》一つ聞えず、玄関にまはりて復頼むといへば、先刻《さき》見たる憎気な怜悧《りこう》小僧《こぼうず》の一寸《ちよつと》顔出して、庫裡へ行けと教へたるに、と独語《つぶや》きて早くも障子ぴしやり。

復庫裡に廻り復玄関に行き、復玄関に行き庫裡に廻り、終《つひ》には遠慮を忘れて本堂にまで響く大声をあげ、頼む〳〵御頼申すと叫べば、其声《それ》より大き《でか》声を発《いだ》して馬鹿めと罵りながら為右衛門づか〳〵と立出で、僮僕《をとこ》ども此狂漢《きちがひ》を門外に引き出せ、騒々しきを嫌ひたまふ上人様に知れなば、我等が此奴のために叱らるべしとの下知《げぢ》、心得ましたと先刻《さき》より僕人《をとこ》部屋に転がり居し寺僕《をとこ》等立かゝり引き出さんとする、土間に坐り込んで出されじとする十兵衛。それ手を取れ足を持ち上げよと多勢口々に罵り騒ぐところへ、後園《こうゑん》の花二枝《にし》三枝剪《はさ》んで床の眺めにせんと、境内彼方此方《あちこち》逍遥されし朗円上人、木蘭色《もくらんじき》の無垢を着て左の手に女郎花《をみなへし》桔梗《ききやう》、右の手に朱《しゆ》塗の把《にぎ》りの鋏持たせられしまゝ、図らず此所《こゝ》に来かゝりたまひぬ。

其　六

何事に罵り騒ぐぞ、と上人が下したまふ鶴の一声の御言葉に群雀の輩《ともがら》鳴りを歇《とゞ》めて、振り上げし拳を蔵《かく》すに地《ところ》なく、禅僧の問答に有りや有りやと云ひかけしまゝ一喝されて腰の折《くだ》けたる如き風情なるもあり、捲《まく》り縮めたる袖を体裁《きまり》悪げに下して狐鼠々々《こそ〳〵》と人の後に隠るゝもあり。天を仰げる鼻の孔より火烟も噴《ふ》くべき驕慢の怒に意気昂ぶりし為右衛門も、少しは慚《は》ぢてや首を俛《た》れ掌を揉みながら、自己《おのれ》が発頭人《ほつとうにん》なるに是非なく、有し次第を我田に水引き〳〵申し出れば、痩せ皺びたる顔に深く長く痕《つ》いたる法令の皺溝《すぢ》をひとしほ深めて、につたりと徐《ゆるや》かに笑ひたまひ、婦女《をんな》のやうに軽く軟かな声小さく、それならば騒がずともよいこと、為右衛門汝《そなた》がたゞ従順《すなほ》に取り次さへすれば仔細は無うてあらうものを、さあ十兵衛殿とやら老衲《わし》について此方《こち》へ可来《おいで》、とんだ気の毒な目に遇はせました、と万人に尊敬《うやま》ひ慕はるゝ人は又格別の心の行き方、未学を軽んぜず下司をも侮らず、親切に温和《ものやさ》しく先に立て静に導きたまふ後について、迂濶な根性にも慈悲の浸み透れば感涙とゞめあへぬ十兵衛、段ゝと赤土のしつとりとしたるところ、飛石の画趣《ゑごころ》に布《しか》れあるところ、梧桐《あをぎり》の影深く四方竹の色ゆかしく茂れるところなど縈《めぐ》り繞《めぐ》り過ぎて、小《さゝ》やかなる折戸を入れば、花も此といふはなき小庭の唯ものさびて、有楽形《うらくがた》の燈籠に松の落葉の散りかゝり、方星宿《はうせいしゆく》の手水鉢《てうづばち》に苔の蒸せるが見る眼の塵をも洗ふばかりなり。

上人庭下駄脱ぎすてゝ上にあがり、さあ汝《そなた》も此方へ、と云ひさして掌に持たれし花を早速《さそく》に釣花活《つりはないけ》に投げこまるゝにぞ、十兵衛なか〳〵怯《おめ》ず臆せず、手拭で足はたくほどの事も気のつかぬ男とて為すことなく、草履脱いでのつそりと三畳台目の茶室に入りこみ、鼻突合はすまで上人に近づき坐りて黙ゝと一礼する態《さま》は、礼儀に嫻《なら》はねど充分に偽飾《いつはり》なき情《こゝろ》の真実《まこと》をあらはし、幾度《いくたび》か直にも云ひ出んとして尚開きかぬる口を漸くに開きて、舌の動きもたど〳〵しく、五重の塔の、御願に出ましたは五重の塔のためでござります、と藪から棒を突き出したやうに尻もつたてゝ声の調子も不揃に、辛くも胸にあることを額やら腋の下の汗と共に絞り出せば、上人おもはず笑を催され、何か知らねど老衲《わし》をば怖いものなぞと思はず、遠慮を忘れて緩《ゆる》りと話をするがよい、庫裡の土間に坐り込《こ》うで動かずに居た様子では、何か深う思ひ詰めて来たことであらう、さあ遠慮を捨てゝ急《せ》かずに、老衲をば朋友《ともだち》同様におもふて話すがよい、と飽くまで慈《やさ》しき注意《こゝろぞへ》。十兵衛脆くも梟《ふくろ》と常々悪口受くる銅鈴眼《すゞまなこ》に既《はや》涙を浮めて、唯《はい》、唯、唯ありがたうござりまする、思ひ詰めて参上《まゐ》りました、その五重の塔を、斯様《かう》いふ野郎でござります、御覧の通り、のつそり十兵衛と口惜い諢名《あだな》をつけられて居る奴《やつこ》でござりまする、然し御上人様、真実《ほんと》でござりまする、工事《しごと》は下手ではござりませぬ、知つて居ります私しは馬鹿でござります、馬鹿にされて居ります、意気地の無い奴でござります、虚誕《うそ》はなか〳〵申しませぬ、御上人様、大工は出来ます、大隅流は童児《こども》の時から、後藤立川二ツの流義も合点致して居りまする、為《さ》せて、五重塔の仕事を私に為せていたゞきたい、それで参上ました、川越の源太様が積りをしたとは五六日前聞きました、それから私は寐ませぬは、御上人様、五重塔は百年に一度一生に一度建つものではござりませぬ、恩を受けて居ります源太様の仕事を奪《と》りたくはおもひませぬが、あゝ賢い人は羨ましい、一生一度百年一度の好い仕事を源太様は為《さ》るゝ、死んでも立派に名を残さるゝ、あゝ羨ましい羨ましい、大工となつて生てゐる生甲斐もあらるゝといふもの、それに引代へ此十兵衛は、鑿手斧《のみてうな》もつては源太様にだとて誰にだとて、打つ墨縄の曲ることはあれ万が一にも後《おく》れを取るやうな事は必ず〳〵無いと思へど、年が年中長屋の羽目板《はめ》の繕ひやら馬小屋箱溝《はこどぶ》の数仕事、天道様が智慧といふものを我《おれ》には賜《くだ》さらない故仕方が無いと諦めて諦めても、拙い奴等が宮を作り堂を受負ひ、見るものの眼から見れば建てさせた人が気の毒なほどのものを築造《こしら》へたを見るたびごとに、内ゝ自分の不運を泣きますは、御上人様、時ゝは口惜くて技倆《うで》もない癖に智慧ばかり達者な奴が憎くもなりまするは、御上人様、源太様は羨ましい、智慧も達者なれば手腕《うで》も達者、あゝ羨ましい仕事をなさるか、我《おれ》はよ、源太様はよ、情無い此我はよと、羨ましいがつひ高じて女房にも口きかず泣きながら寐ました其夜の事、五重塔を汝《きさま》作れ今直《すぐ》つくれと怖しい人に吩咐《いひつ》けられ、狼狽《うろたへ》て飛び起きさまに道具箱へ手を突込んだは半分夢で半分現、眼が全く覚めて見ますれば指の先を鐔鑿《つばのみ》につつかけて怪我をしながら道具箱につかまつて、何時の間にか夜具の中から出て居た詰らなさ、行燈《あんどん》の前につくねんと坐つて嗚呼《あゝ》情無い、詰らないと思ひました時の其心持、御上人様、解りまするか、ゑゝ、解りまするか、これだけが誰にでも分つて呉れゝば塔も建てなくてもよいのです、どうせ馬鹿なのつそり十兵衛は死んでもよいのでござりまする、腰抜鋸《のこ》のやうに生て居たくもないのですは、其夜《それ》からといふものは真実《ほんと》、真実でござりまする上人様、晴れて居る空を見ても燈光《あかり》の達《とゞ》かぬ室の隅の暗いところを見ても、白木造りの五重の塔がぬつと突立つて私を見下して居りまするは、とう〳〵自分が造りたい気になつて、到底《とても》及ばぬとは知りながら毎日仕事を終ると直に夜を籠めて五十分一の雛形をつくり、昨夜で丁度仕上げました、見に来て下され御上人様、頼まれもせぬ仕事は出来て仕たい仕事は出来ない口惜さ、ゑゝ不運ほど情無いものないと私《わし》が歎けば御上人様、なまじ出来ずば不運も知るまいと女房《かゝ》めが其《それ》雛形をば揺り動かしての述懐、無理とは聞えぬだけに余計泣きました、御上人様御慈悲に今度の五重塔は私に建てさせて下され、拝みます、こゝ此通り、と両手を合せて頭《かしら》を畳に、涙は塵を浮べたり。

其七

木彫の羅漢のやうに黙ゝと坐りて、菩提樹の実の珠数《ずゞ》繰りながら十兵衛が埒《らち》なき述懐に耳を傾け居られし上人、十兵衛が頭《かしら》を下ぐるを制しとゞめて、了解《わか》りました、能く合点が行きました、あゝ殊勝な心掛を持つて居らるゝ、立派な考へを蓄へてゐらるゝ、学徒どもの示しにも為たいやうな、老衲《わし》も思はず涙のこぼれました、五十分一の雛形とやらも是非見にまゐりませう、然し汝《そなた》に感服したればとて今直に五重の塔の工事《しごと》を汝に任するはと、軽忽《かるはずみ》なことを老衲の独断《ひとりぎめ》で云ふ訳にもならねば、これだけは明瞭《はつきり》とことわつて置きまする、いづれ頼むとも頼まぬとも其は表立つて、老衲からではなく感応寺から沙汰を為ませう、兎も角も幸ひ今日は閑暇《ひま》のあれば汝が作つた雛形《やうだい》を見たし、案内して是より直に汝が家へ老衲を連れて行ては呉れぬか、と毫《すこし》も辺幅を飾らぬ人の、義理《すぢみち》明かに言葉渋滞《しぶり》なく云ひたまへば、十兵衛満面に笑を含みつゝ米春《つ》くごとく無暗に頭《かしら》を下げて、唯《はい》、唯、唯と答へ居りしが、願ひを御取上げ下されましたか、あゝ有難うござりまする、野生《わたくし》の宅《うち》へ御来臨《おいで》下さりまするると、あゝ勿体ない、雛形は直に野生《わたくし》めが持つてまゐりまする、御免下され、と云ひさま流石ののつそりも喜悦に狂して平素《つね》には似ず、大袈裟に一つぽつくりと礼をばするや否や、飛石に蹴躓《けつまづ》きながら駈け出して我家に帰り、帰つたと一言女房にも云はず、いきなりに雛形持ち出して人を頼み、二人して息せき急ぎ感応寺へと持ち込み、上人が前にさし置きて帰りけるが、上人これを熟視《よくみ》たまふに、初重《しよぢゆう》より五重までの配合《つりあひ》、屋根庇廂《ひさし》の勾配、腰の高さ、椽木《たるき》の割賦《わりふり》、九輪請花《うけばな》露盤宝珠の体裁まで何所《どこ》に可厭《いや》なるところもなく、水際立つたる細工ぶり、此が彼《あの》不器用らしき男の手にて出来たるものかと疑はるゝほど巧緻《たくみ》なれば、独り私《ひそか》に歎じたまひて、箇程《かほど》の技倆《うで》を有ちながら空しく埋もれ、名を発せず世を経るものもある事か、傍眼《わきめ》にさへも気の毒なるを当人の身となりては如何に口惜きことならむ、あはれ如是《かゝる》ものに成るべきならば功名《てがら》を得させて、多年抱ける心願《こゝろだのみ》に負《そむ》かざらしめたし、草木とともに朽て行く人の身は固《もと》より因縁仮和合《けわがふ》、よしや惜むとも惜みて甲斐なく止めて止まらねど、仮令《たとへ》ば木匠《こだくみ》の道は小なるにせよ其に一心の誠を委ね生命を懸けて、慾も大概《あらまし》は忘れ卑劣《きたな》き念《おもひ》も起さず、唯只《たゞ〳〵》鑿《のみ》をもつては能く穿《ほ》らんことを思ひ、鉋《かんな》を持つては好く削らんことを思ふ心の尊《たつと》さは金にも銀にも比《たぐ》へ難きを、僅に残す便宜《よすが》も無くて徒らに北邙《ほくばう》の土に没《うづ》め、冥途《よみち》の苞《つと》と齎《もたら》し去らしめんこと思へば憫然《あはれ》至極なり、良馬主《りやうめしゆう》を得ざるの悲み、高士世に容れられざるの恨みも詮ずるところは異《かは》ることなし、よし〳〵、我図らずも十兵衛が胸に懐ける無価の宝珠の微光を認めしこそ縁なれ、此度《こたび》の工事《しごと》を彼に命《いひつ》け、せめては少しの報酬《むくい》をば彼が誠実《まこと》の心に得させせんと思はれけるが、不図思ひよりたまへば川越の源太も此工事を殊の外に望める上、彼には本堂庫裏客殿作らせし因みもあり、然も設計《つもりがき》予算まで既《はや》做し出して我眼に入れしも四五日前《ぜん》なり、手腕《うで》は彼とて鈍きにあらず、人の信用《うけ》は遥に十兵衛に超たり。一ツの工事に二人の番匠、此にも為せたし彼にも為せたし、那箇《いづれ》にせんと上人も流石《さすが》これには迷はれける。

其　八

明日辰の刻頃までに自身当寺へ来るべし、予《かね》て其方工事《しごと》仰せつけられたきむね願ひたる五重塔の儀につき、上人直接《ぢき》に御話《おはなし》示あるべきよしなれば、衣服等失礼なきやう心得て出頭せよと、厳格《おごそか》に口上を演《の》ぶるは弁舌自慢の円珍とて、唐辛子をむざと嗜み食《くら》へる祟り鼻の頭《さき》にあらはれたる滑稽納所《おどけなつしよ》。平日《ふだん》ならば南蛮和尚といへる諢名《あだな》を呼びて戯談口《じやうだんぐち》き丶合ふべき間なれど、本堂建立中朝夕《てうせき》顔を見しより自然《おのづ》と狎《な》れし馴染みも今は薄くなりたる上、使僧らしう威儀をつくろひて、人さし指中指の二本でや丶もすれば兜背形《とつぱいなり》の頭顱《あたま》の頂上《てつぺん》を掻く癖ある手をも法衣《ころも》の袖に殊勝くさく隠《かく》蔽し居るに、源太も敬ひ謹んで承知の旨を頭下つゝ答へけるが、如才なきお吉は吾夫をかゝる俗僧《づくにふ》にまで好く評《い》はせんとてか帰り際に、出したまゝにして行く茶菓子と共に幾干《いくら》銭か包み込み、是非にといふて取らせけるは、思へば怪しからぬ布施の仕様なり。円珍十兵衛が家にも詣《いた》りて同じ事を演べ帰りけるが、扨《さて》其翌日となれば源太は鬚剃り月代《さかやき》して衣服をあらため、今日こそは上人の自ら我に御用仰せつけらるゝなるべけれと勢込んで、庫裏より通り、とある一卜間に待たされて坐を正しくし扣《ひか》へける。

態《さま》こそ異《かは》れ十兵衛も心は同じ張を有ち、導かるゝまゝ打通りて、人気の無きに寒さ湧く一室《ひとま》の中《うち》に唯一人兀然《つくねん》として、今や上人の招びたまふか、五重の塔の工事《しごと》一切汝《そなた》に任すと命令《いひつけ》たまふか、若し又我には命じたまはず源太に任すと定《き》めたまひしを我にことわるため招ばれしか、然《さう》にもあらば何とせん、浮むよしなき埋れ木の我が身の末に花咲かむ頼みも永く無くなるべし、唯願はくは上人の我が愚戇《おろか》しきを憐みて我に命令たまはむことをと、九尺二枚の唐襖《からかみ》に金凰銀凰翔《かけ》り舞ふ其箔《はく》模様の美しきも眼に止めずして、茫ゝ《ばうく》と暗路《やみぢ》に物を探るごとく念想《おもひ》を空《くう》に漂はすこと良久《やゝ》しきところへ、例の怜悧気な小僧《こばうず》いで来りて、方丈さまの召しますほどに此方へおいでなされまし、と先に立つて案内すれば、素破《すは》や願望《のぞみ》の叶ふとも叶はざるとも定まる時ぞと魯鈍《おろか》の男も胸を騒がせ、導かるゝまゝ随ひて一室の中へずつと入る、途端に此方《こなた》をぎろりつと見る眼鋭く怒を含むで斜に睨むは思ひがけなき源太にて、座に上人の影もなし。事の意外に十兵衛も足踏みとめて突立つたるまゝ一言もなく白眼《にらみ》合ひしが、是非なく畳二ひらばかりを隔てしところに漸く坐り、力なげ首悄然《しを〳〵》と己れが膝に気勢《いきほひ》のなきたさうなる眼を注ぎ居るに引き替へ、源太郎は小狗《こいぬ》を瞰下《みおろ》す猛鷲《あらわし》の風に臨んで千尺の巌《いはほ》の上に立つ風情、腹に十分の強みを抱きて、背をも屈《ま》げねば肩をも歪めず、すつきり端然《しやん》と構へたる風姿《やうだい》と云ひ面貌《きりやう》といひ水際立つたる男振り、万人が万人とも好かずには居られまじき天晴小気味のよき好漢《をとこ》なり。

されども世俗の見解《けんげ》には堕ちぬ心の明鏡に照らして彼れ此れ共に愛し、表面《うはべ》の美醜に露泥《なづ》まれざる上人の却つて何れをとも昨日までは択びかねられしが、思ひつかるゝことのありてか今日はわざ〳〵二人を招び出されて一室に待たせ置かれしが、今しも静〻居間を出られ、畳踏まるゝ足も軽く、先に立つたる小僧が襖明くる後より、すつと入りて座につきたまへば、二人は恭ひ敬《つゝし》みて共に斉《ひと》しく頭《かうべ》を下げ、少時《しばらく》上げも得せざりしが、嗚呼いぢらしや十兵衛が辛くも上げし面には、未だ世馴れざる里の子の貴人の前《さき》に出しやうに羞を含みて紅《くれなゐ》潮《さ》し、額の皺の幾条《いくすぢ》の溝には沁出《にじみ》し熱汗《あせ》を湛へ、鼻の頭にも珠を湧かせば腋の下には雨なるべし。膝に載《お》きたる骨太の掌指《ゆび》は枯れたる松《まつ》枝《がえ》ごとき岩畳《がんでふ》作りにありながら、一本ごとに其さへも戦〻《わなゝ》顫《ふる》へて一心に唯上人の一言を一期の大事と待つ笑止さ。

源太も黙して言葉なく耳を澄まして命を待つ、那方《どちら》を那方と判《わけ》かぬる、二人の情《こゝろ》を汲みて知る上人もまた中々に口を開かん便宜《よすが》なく、暫時《しばし》は静まりかへられしが、源太十兵衛ともに聞け、今度建つべき五重塔は唯一ッにて建てんといふは汝達《そなたたち》二人、二人の願ひを双方とも聞き届けては遺りたけれど、其は固より叶ひがたく、一人に任さば一人の歎き、誰に定めて命《いひつ》けんといふ標準《きめどころ》のあるではなし、役僧用人等の分別にも及ばねば老僧《わし》が分別にも及ばぬほどに、此分別は汝達の相談に任す、老僧は関《かま》はぬ、汝達の相談の纏まりたる通り取り上げて与《や》るべければ、熟《よ》く家に帰つて相談して来よ、老僧が云ふべき事は是ぎりぢやによつて左様《さう》心得て帰るがよいぞ、さあ確《しか》と云ひ渡したぞ、既早《もはや》帰つてもよい、然し今日は老僧も閑暇《ひま》で退屈なれば茶話しの相手になつて少時《しばらく》居てくれ、浮世の噂なんど老衲《わし》に聞かせて呉れぬか、其代り老僧も古い話しの可笑なを二ッ三ッ昨日見出したを話して聞かさう、と笑顔やさしく、朋友《ともだち》かなんぞのやうに二人をあしらふて、扨何事を云ひ出さるゝやら。

其九

小僧《こばうず》が将《も》つて来し茶を上人自ら汲み玉ひて侑《すゝ》めらるれば、二人とも勿体ながりて恐れ入りながら頂戴するを、左様《さう》遠慮されては言葉に角が取れいで話が丸う行かぬは、さあ菓子も挟んではやらぬから勝手に摘んで呉れ、と高坏《たかつき》推遣りて自らも天目取り上げ喉を湿したまひ、面白い話といふも桑門《よすてびと》の老僧等《わしら》には左様《さう》沢山無いものながら、此頃読んだ御経の中《うち》につく〴〵成程と感心したことのある、聞いて呉れ此様《かう》いふ話しぢや、むかし某国《あるくに》の長者が二人の子を引きつれて麗かな天気の節《をり》に、香のする花の咲き軟かな草の滋《しげ》つて居る広野を愉快《たのし》げに遊行したところ、水は大分に夏の初め故涸《か》れたれど猶清らかに流れて岸を洗ふて居る大きな川に出逢ふた、其川の中には珠のやうな小磧《こいし》やら銀のやうな砂で成《でき》て居る美しい洲のあつたれば、長者は興に乗じて一尋《ひとひろ》ばかりの流を無造作に飛び越え、彼方此方《あなたこなた》を見廻せば、洲の後面《うしろ》の方《かた》もまた一尋ほどの流で陸《をか》と隔てられたる別世界、全然《まるで》浮世の腥羶《なまぐさ》い土地《つち》とは懸絶《かけはな》れた清浄の地であつたまゝ独り歓び喜んで踊躍《ゆやく》したが、渉らうとしても渉り得ない二人の児童《こども》が羨ましがつて喚《よ》び叫ぶを可憐に思ひ、汝達《そなた》には来ることの出来ぬ清浄の地であるが、然程《さほど》に来たくば渡らして与《や》るほどに待つて居よ、見よ〳〵我が足下の此磧《こいし》は一ゝ蓮華の形状《かたち》をなし居る世に珍しき磧なり、我が眼の前の此砂は一ゝ五金《ごきん》の光を有てる比類《たぐひ》稀なる砂なるぞと説き示せば、二人は遠眼にそれを見ていよ〳〵焦躁《あせ》り渡らうとするを、長者は徐《しづか》に制しながら、洪水《おほみづ》の時にても根こぎになつたるらしき棕櫚《しゆろ》の樹の一尋余りなを架渡して橋として与つたに、我が先へ汝《そなた》は後にと兄弟争ひ闘《せめ》いだ末、兄は兄だけ力強く弟を終《つひ》に投げ伏せて我意の勝を得たに誇り高ぶり、急ぎ其橋を渡りかけ半途《なかば》に漸く到りし時、弟は起き上りさま口惜さに力を籠めて橋を盪《うご》かせば兄は忽ち水に落ち、苦しみ踠《もが》いて洲に達せしが、此時弟は既《はや》其橋を難なく渡り超えかくるを見るより兄も其橋の端を一揺り揺り動せば、固《もと》より丸木の橋なる故弟も堪らず水に落ち、僅に長者の立つたるところへ濡れ滴りて這ひ上つた、爾時《そのとき》長者は歎息して、汝達《そなた》には何と見ゆる、今汝等が足踏みかけしより此洲は忽然《たちまち》前と異なり、磧は黒く醜くなり沙《すな》は黄ばめる普《つ》通《ね》の沙となれり、見よ〳〵如何にと告げ知らするに二人は驚き、眼《まなこ》を瞬《みは》りて見れば全く父の言葉に少しも違はぬ沙磧《すなこいし》、あゝ如是《かゝる》もの取らんとて可愛き弟を悩せしか、尊き兄を溺らせしかと兄弟共に慚《は》ぢ悲みて、弟の袂を兄は絞り兄の衣裾を弟は絞りて互ひに恤《いた》はり慰めけるが、彼橋をまた引き来りて洲の後面《うしろ》なる流れに打ちかけ、既《はや》此洲には用なければ尚も彼方《あなた》に遊び歩かん、汝達先づこれを渡れと、長者の言葉に兄弟は顔を見合ひて先刻《さき》には似ず、兄上先に御渡りなされ、弟よ先に渡るがよいと譲合ひしが、年順なれば兄先づ渡る其時に、転《まろ》びやすきを気遣ひて弟は端を揺がぬやう確《しか》と抑ゆる、其次に弟渡れば兄もまた揺がぬやうに抑へやり、長者は苦なく飛び越えて、三人ともに最長閑《いとのどけ》く徐《そゞろ》に歩む其中《うち》に、兄が図らず拾ひし石を弟が見れば美しき蓮華の形をなせる石、弟が摘み上げたる砂を兄が覗けば眼も眩く五金の光を放ちて居たるに、兄弟とも〴〵歓喜《よろこ》び楽み、互に得たる幸福《しあはせ》を互に深く讃歎し合ふ、爾時《そのとき》長者は懐中《ふところ》より真実《まこと》の璧《たま》の蓮華を取り出し兄に与へて、弟にも真実の砂金を袖より出して大切《だいじ》にせよと与へたといふ、話して仕舞へば小供欺しのやうぢやが仏説に虚言《うそ》は無い、小児《こども》欺しでは決してない、噛みしめて見よ味のある話しではないか、如何《どう》ぢや汝等にも面白いか、老僧《わし》には大層面白いが、と軽く云はれて深く浸む、譬喩方便も御胸の中に有《も》たる、真《まこ》実《と》から。源太十兵衛二人とも顔見合せて茫然たり。

其十

感応寺よりの帰り道、半分は死んだやうになつて十兵衛、どんつく布子《ぬのこ》の袖組み合はせ、腕拱《こまぬ》きつゝ、迂濶ゝゝ《うか〳〵》歩き、御上人様の彼様《あゝ》仰やつたは那方《どちら》か一方おとなしく譲れと諭しの謎ゝとは、何程愚鈍《おろか》な我《おれ》にも知れたが、嗚呼《あゝ》譲りたく無いものぢや、折角丹誠に丹誠凝らして、定めし冷て寒からうに御寝《やす》みなされと親切で為て呉るゝ女房《かゝ》の世話までを、黙つて居よ余計なと叱り飛ばして夜の眼も合さず、工夫に工夫を積み重ね、今度といふ今度は一世一代、腕一杯の物を建てたら死んでも恨は無いとまで思ひ込んだに、悲しや上人様の今日の御諭し、道理には違ひない左様《さう》も無ければならぬ事ぢやが、此を譲つて何時また五重塔の建つといふ的《あて》のあるではなし、一生到底《とても》此十兵衛は世に出ることのならぬ身か、嗚呼情無い恨めしい、天道様が恨めしい、尊い上人様の御慈悲は充分了《わか》つて居て露ばかりも難有う無は思はぬが、吁何《あゝどう》にも彼《かう》にもならぬことぢや、相手は恩のある源太親方、それに恨の向けやうもなし、何様《どう》しても彼様《かう》しても温順《すなほ》に此方《こち》の身を退くより他に思案も何もない歟《か》、嗚呼無い歟、といふて今更残念な、なまじ此様な事おもひたゝずに、のつそりだけで済して居たらば此様に残念な苦悩《おもひ》もすまいものを、分際忘れた我《おれ》が悪かつた、嗚呼我が悪い、我が悪い、けれども、ゑゝ、けれども、ゑゝ、思ふまい〳〵、十兵衛がのつそりで浮世の怜悧《りこう》な人等の物笑ひになつて仕舞へばそれで済むのぢや、連添ふ女房にまでも内ゝ活用《はたらき》の利かぬ夫ぢやと嘲《かた》れながら、夢のやうに生きて夢のやうに死んで仕舞へば夫《それ》で済む事、あきらめて見れば情無い、つく〴〵世間が詰らない、あんまり世間が酷過ぎる、と思ふのも矢張愚痴か、愚痴か知らねど情無過ぎるが、言はず語らず諭された上人様の彼《あ》御言葉の真《ま》実《こと》のところを味はへば、飽まで御慈悲の深いのが五臓六腑に浸み透つて未練な愚痴の出端《でば》も無い訳、争ふ二人を何方《どちら》にも傷つかぬやう捌き玉ひ、末の末まで共に好かれと兄弟の子に事寄せて尚《たふと》い御経を解きほぐして、嚙で含めて下さつた彼《あ》御話に比べて見れば固《もと》より我は弟の身、ひとしほ他《ひと》に譲らねば人間《ひと》らしくも無いものになる、嗚呼弟とは辛いものぢやと、路も見分かで屈托の眼《まなこ》は涙《なんだ》に曇りつゝ、とぼ〳〵として何一ツ愉快《たのしみ》もなき我家の方《かた》に、糸で曳かるゝ木偶《でく》のやうに我を忘れて行く途中、此馬鹿野郎発狂漢《きちがひ》め、我《ひと》の折角洗つたものに何する、馬鹿めと突然《だしぬけ》に嚙つく如く罵られ、癇張声《かんばりごゑ》に胆《きも》を冷してハッと思へば瓦落離顚倒《ぐわらりてんだう》、手桶枕に立てかけありし張物板に、我知らず一足二足踏みかけて踏み覆《かへ》したる不体裁《ざまのな》さ。尻餅ついて驚くところを、狐憑《きつねつき》め忌ゝしい、と駄力《だぢから》ばかりは近江のお兼《かね》、顔は子供の福笑戯《ふくわらひ》に眼を付け歪めた多福面《おかめ》の如き房州出らしき下婢《おさん》の憤怒、拳を挙げて丁と打ち猿臂《えんぴ》を伸ばして突き飛ばせば、十兵衛堪らず汚塵《ほこり》に塗《まみ》れ、はい〳〵、狐に誑《つま》まれました御免なされ、と云ひながら悪口雑言聞き捨に痛さを忍びて逃げ走り、漸く我家に帰りつけば、おゝ御帰りか、遅いので如何《どう》いふ事かと案じて居ました、まあ塵埃《ほこり》まぶれになつて如何なされました、と払ひにかゝるを、構ふなと一言、気の無ささうな声で打消す。其顔を覗き込む女房の真実心配さうなを見て、何か知らず無性に悲しくなつてぢつと湿《うるみ》のさしくる眼《まなこ》、自分で自分を叱るやうに、ゑゝと図らず声を出《いだ》し、煙草を捻《ひね》つて何気なくもてなすことはもてなすものゝ言葉も無し。平時《つね》に変れる状態《ありさま》を大方それと推察《すゐ》して扨《さて》慰むる便《すべ》もなく、問ふてよきやら問はぬが可《よ》きやら心にかゝる今日の首尾をも、口には出して尋ね得ぬ女房は胸を痛めつゝ、其一本は杉箸で辛くも用を足す火箸に挟んで添へる消炭の、あはれ甲斐なき火力《ちから》を頼り土瓶の茶をば温むるところへ、遊びに出たる猪之の戻りて、やあ父様帰つて来たな、父様も建てるか坊も建てたぞ、これ見て呉れ、と然《さ》も勇ましく障子を明けて褒められたさが一杯に罪無く莞《にこ》爾《り》と笑ひながら、指さし示す塔の模形《まねかた》。母は襦袢の袖を噛み声も得たてず泣き出せば、十兵衛涙に浮くばかりの円《つぶら》の眼《まなこ》を剝き出し、瞤《まじろ》ぎもせでぐいと睨《ね》めしが、おゝ出来《でか》した出来した、好く出来た、褒美を与らう、ハッハヽヽ、と咽《むせ》び笑ひの声高く屋の棟にまで響かせしが、其まゝ頭《かうべ》を天に対《むか》はし、嗚呼、弟とは辛いなあ。

其十一

格子開くる響爽かなること常の如く、お吉、今帰つた、と元気よげに上り来る夫の声を聞くより、心配を輪に吹き〳〵吸て居し煙草管《きせる》を邪見至極に抛《はふ》り出して忙はしく立迎へ、大層遅かつたではないか、と云ひつゝ、背面《うしろ》へ廻つて羽織を脱せ、立ながら腮《あご》に手伝はせての袖畳み小早く室隅《すみ》の方に其儘さし置き、火鉢の傍へ直また戻つて火急《たちまち》鉄瓶に松虫の音を発《おこ》させ、むづと大胡坐《おほあぐら》かき込み居る男の顔を一寸見しなに、日は暖かでも風が冷《ひえ》く途中は随分寒ましたろ、一瓶《ひとつつけ》燗酒ましよか、と痒いところへ能く届かす手は口をきく其間《ひま》に、がたぴしさせず膳ごしらへ、三輪漬《みつわづけ》は柚《ゆ》の香《か》ゆかしく、大根卸《おろし》で食はする鮞卵《はらご》は無造作にして気が利たり。

源太胸には苦慮《おもひ》あれども幾干《いくら》か此に慰められて、猪口《ちよく》把りさまに二三杯、後一杯を漫《ゆる》く飲んで、汝《きさま》も飲《や》れと与ふれば、お吉一口、つけて、置き、焼きかけの海苔畳み折つて、追付三子《おつつけさんこ》の来さうなもの、と魚屋の名を独語《ひとりごと》しつ、猪口を返して酌せし後、上ゝ吉と腹に思へば動かす舌も滑かに、それはさうと今日の首尾は、大丈夫此方《こち》のものとは極めて居ても、知らせて下さらぬ中《うち》は無益《むだ》な苦労を妾《わたし》は為ます、お上人様は何と仰せか、またのつそり奴《め》は如何なつたか、左様《さう》真面目顔でむつつりとして居られては心配で心配でなりませぬ、と云はれて源太は高笑ひ。案じて貰ふ事は無い、御慈悲の深い上人様は何《ど》の道我《おれ》を好漢《いゝをとこ》にして下さるのよ、ハヽヽ、なあお吉、弟《おとゝ》を可愛がれば好い兄《あにき》ではないか、腹の饑《へ》つたものには自分が少しは辛くても飯を分けてやらねばならぬ場合もある、他《ひと》の怖いことは一厘無いが強いばかりが男児《をとこ》では無いなあ、ハヽヽ、じつと堪忍《がまん》して無理に弱くなるのも男児だ、嗚呼立派な男児だ、五重塔は名誉の工事《しごと》、たゞ我《おれ》一人で物の見事に千年壊れぬ名物を万人の眼に残したいが、他《ひと》の手も智慧も寸分交ぜず川越の源太が手腕《うで》だけで遺したいが、嗚呼癇癪を堪忍するのが、ゑゝ、男児だ、男児だ、成程好い男児だ、上人様に虚言《うそ》は無い、折角望みをかけた工事を半分他に呉るのはつく〴〵忌ゝしけれど、嗚呼、辛いが、ゑゝ兄だ、ハヽヽ、お吉、我はのつそりに半口《はんくち》与つて二人で塔を建てやうとおもふは、立派な弱い男児か、賞めて呉れ賞めて呉れ、汝《きさま》にでも賞めて貰はなくては余り張合ひの無い話しだ、ハヽヽ、と嬉しさうな顔もせで意味の無い声ばかりはづませて笑へば、お吉は夫の気を量りかね、上人様が何と仰やつたか知らぬが妾《わたし》にはさつぱり分らず些《ちつと》も面白くない話し、唐偏朴《たうへんぼく》の彼《あの》のつそりめに半口与るとは何《どう》いふ訳、日頃の気性にも似合はない、与るものならば未練気なしに悉皆《すつかり》与つて仕舞ふが好いし、固より此方《こち》で取る筈なれば要りもせぬ助太刀頼んで、一人の首を二人で切る様な卑劣《けち》なことをするにも当らないではありませぬか、冷水で洗つたやうな清潔《きれい》な腹を有つて居ると他にも云はれ自分でも常ゝ云ふて居た汝《おまへ》が、今日に限つて何といふ煮切ない分別、女の妾から見ても意地の足らない愚図ゝゝ思案、賞めませぬ賞《め》めませぬ、何して中々賞められませぬ、高が相手は此方《こち》の恩を受けて居るのつそり奴、一体ならば此方の仕事を先潜《さきくゞ》りする太い奴と高飛車に叱りつけて、ぐうの音も出させぬやうに為れば成るのつそり奴を、左様《さう》甘やかして胸の焼ける連名工事《れんみやうしごと》を何で為るに当る筈のあらうぞ、甘いばかりが立派の事か、弱いばかりが好い男児か、妾の虫には受け取れませぬ、何なら妾が一ト走りのつそり奴のところに行つて、重々恐れ入りましたと思ひ切らせて謝罪《あやま》らせて両手を突かせて来ませうか、と女賢しき夫思ひ。源太は聞いて冷笑《あざわら》ひ、何が汝《きさま》に解るものか、我《おれ》の為ることを好いとおもふて居てさへ呉るればそれで可いのよ。

其　十二

色も香も無く一言に黙つて居よと遣り込められて、聴かぬ気のお吉顔ふり上げ何か云ひ出したげなりしが、自己《おのれ》よりは一倍きかぬ気の夫の制するものを、押返して何程云ふとも機嫌を損ずる事こそはあれ、口答への甲斐は露無きを経験《おぼえ》あつて知り居れば、連添ふものに心の奥を語り明して相談かけざる夫を恨めしくはおもひながら、其所《そこ》は怜悧《りこう》の女の分別早く、何も妾《わたし》が遮つて女の癖に要らざる嘴《くち》を出すではなけれど、つい気にかゝる仕事の話し故思はず様子の聞きたくて、余計な事も胸の狭いだけに饒舌《しやべ》つた訳、と自分が真実籠めし言葉を態《わざ》と極々軽う為て仕舞ふて、何所《どこ》までも夫の分別に従ふやう表面《うはべ》を粧ふも、幾許《いくら》か夫の腹の底に在る煩悶《もしやくしや》を殺《そ》いで遣りたさよりの真実《まこと》。源太もこれに角張りかゝつた顔をやわらげ、何事も皆天運《まはりあはせ》ぢや、此方《こち》の了見さへ温順《すなほ》に和《やさ》しく有つて居たなら又好い事の廻つて来やうと、此様《かう》おもつて見ればのつそりに半口与《や》るも却つて好い心持、世間は気次第で忌ゝしくも面白くもなるもの故、出来るだけ卑劣《けち》な鏽《さび》を根性に着けず瀟洒《あつさり》と世を奇麗に渡りさへすれば其で好いは、と云ひさしてぐいと仰飲《あふ》ぎ、後は芝居の噂やら弟子共が行状《みもち》の噂、真に罪無き雑話を下物《さかな》に酒も過ぎぬほど心よく飲んで、下卑《げび》た体裁《さま》ではあれどとり膳睦まじく飯を喫了《をは》り、多方《おほかた》もう十兵衛が来さうなものと何事もせず待ちかくるに、時は空しく経過《たつ》て障子の日晷《ひかげ》一尺動けど尚見えず、二尺も移れど尚見えず。

是非先方《むかう》より頭《かしら》を低し身を縮《すぼ》めて此方へ相談に来り、何卒半分なりと仕事を割与《わけ》て下されと、今日の上人様の御慈愛《おなさけ》深き御言葉を頼りに泣きついても頼みをかけべきに、何とて如是《かう》は遅きや、思ひ断《あきら》めて望を捨て、既早《もはや》相談にも及ばずとて独り我家に燻《くすぼ》り居るか、それともまた此方より行くを待つて居る歟《か》、若しも此方の行くを待つて居るといふことならば余り増長した了見なれど、まさかに其様な高慢気も出すまじ、例ののつそりで悠長に構へて居るだけの事ならむが、扨も気の長い男め迂潤にも程のあれと、煙草ばかり徒らに喫《ふ》かし居て、待つには短き日も随分長かりしに、それさへ暮れて群烏塒《むらがらすねぐら》に帰る頃となれば、流石に心おもしろからず漸く癇癪の起り〳〵て耐へきれずなりし潮先、据られし晩食《ゆふめし》の膳に対ふと其儘云ひ訳ばかりに箸をつけて茶さへ緩《ゆる》りとは飲まず、お吉、十兵衛めがところに一寸《ちよつと》行《い》て来る、行違ひになつて不在《るす》へ来ば待たして置け、と云ふ言葉さへとげ〳〵しく怒りを含んで立出か〻れば、気にはか〻れど何とせん方もなく、女房は送つて出したる後にて、たゞ溜息をするのみなり。

其　十三

渋つて開きかぬる雨戸に一トしほ源太は癇癪の火の手を亢《たかぶ》らせつゝ、力まかせにがち〳〵引き退け、十兵衛家《うち》にか、と云ひさまに突《つ》と這入れば、声色《こわいろ》知つたるお浪《なみ》早くもそれと悟つて、恩ある其人の敵《むかう》に今は立ち居る十兵衛に連添へる身の面《おもて》を対《あは》すこと辛く、女気の繊弱《かよわ》くも胸を動悸《どき》つかせながら、まあ親方様、と唯一言我知らず云ひ出したる限《ぎ》り挨拶さへどぎまぎして急には二の句の出ざる中、煤けし紙に針の孔、油染みなんど多き行燈《あんどん》の小蔭に悄然《しよんぼり》と坐り込める十兵衛を見かけて源太にずつと通られ、周章《あわて》て火鉢の前に請ずる機転の遅鈍《まづき》も、正直ばかりで世態《よ》を知悉《のみこま》ぬ姿なるべし。十兵衛は不束《ふつゝか》に一礼して重げに口を開き、明日の朝参上《あが》らうとおもふて居りました、といへばぢろりと其顔下眼に睨み、態《わざ》と泰然《おちつき》たる源太、応《お》、左様《さう》いふ其方《そち》の心算《つもり》であつたか、此方《こつち》は例の気短故今しがたまで待つて居たが、何時になつて汝《そなた》の来るか知れたことでは無いとして出掛けて来ただけ馬鹿であつたか、ハヽヽ、然し十兵衛、汝は今日の上人様の彼《あの》お言葉を何と聞たか、両人《ふたり》で熟《よ》く〳〵相談して来よと云はれた揚句に長者の二人の児の御話し、それで態〻相談に来たが汝も大抵分別は既定《もうき》めて居るであらう、我《おれ》も随分虫持ちだが悟つて見れば彼譬諭《あのたとへ》の通り、尖りあふのは互に詰らぬこと、まんざら敵《かたき》同士でもないに身勝手ばかりは我も云はぬ、つまりは和熟《わじゆく》した決定《けつちやう》のところが欲い故に、我慾は充分折つて摧《くだ》いて思案を凝らして来たもの、、尚汝の了見も腹蔵の無いところを聞きたく、其上にまた何様《どう》とも為やうと、我も男児《をとこ》なりや汚い謀計《たくみ》を腹には持たぬ、真実《ほんと》に如是《かう》おもふて来たは、と言葉を少時《しばし》とゞめて十兵衛が顔を見るに、俯伏《うつむい》たまゝたゞ唯《はい》、唯と答ふるのみにて、乱鬢《らんびん》の中に五六本の白髪が瞬く燈火《あかり》の光を受けてちらり〳〵と見ゆるばかり。お浪は既《はや》寝し猪の助が枕の方《かた》につい坐つて、呼吸《いき》さへせぬやう此もまた静まりかへり居る淋しさ。却つて遠くに売りあるく鍋焼饂飩《うどん》の呼び声の、幽に外方《そと》より家の中に浸みこみ来るほどなりけり。

源太はいよ〳〵気を静め、語気なだらかに説き出すは、まあ遠慮もなく外見《みえ》もつくらず我《おれ》の方から打明けやうが、何と十兵衛斯《かう》しては呉れぬか、折角汝《そなた》も望をかけ天晴名誉の仕事をして持つたる腕の光をあらはし、慾徳では無い職人の本望を見事に遂げて、末代に十兵衛といふ男が意匠《おもひつき》ぶり細工ぶり此視て知れと残さうつもりであらうが、察しも付かう我とても其は同じこと、さらに有るべき普請では無し、取り外《はぐ》つては一生にまた出逢ふことは覚束ないなれば、源太は源太で我が意匠ぶり細工ぶりを是非遺したいは、理屈を自分のためにつけて云へば我《おれ》はまあ感応寺の出入り、汝《そなた》は何の縁《ゆかり》もないなり、我は先口、汝は後なり、我は頼まれて設計《つもり》まで為たに汝は頼まれはせず、他《ひと》の口から云ふたらばまた我は受負ふても相応、汝が身柄《がら》では不相応と誰しも難をするであらう、だとて我が今理屈を味方にするでもない、世間を味方にするでもない、汝が手腕《うで》の有りながら不幸《ふしあはせ》で居るといふも知つて居る、汝が平素《ふだん》薄命《ふしあはせ》を口へこそ出さね、腹の底では何《ど》の位泣て居るといふも知つて居る、我を汝の身にしては堪忍《がまん》の出来ぬほど悲い一生といふも知つて居る、夫《それ》故にこそ去年一昨年何にもならぬことではあるが、まあ出来るだけの世話は為たつもり、然し恩に被せるとおもふて呉れるな、上人様だとて汝の清潔《きれい》な腹の中を御洞察《おみとほし》になつたればこそ、汝の薄命を気の毒とおもはれたればこそ今日のやうな御諭し、我も汝が慾かなんぞで対岸《むかう》にまはる奴ならば、我《ひと》の仕事に邪魔を入れる猪口才な死節《しにぶし》野郎と一釿《ひとてうな》に脳天打欠《ぶつか》かずには置かぬが、つく〴〵汝の身を察すれば寧《いつそ》仕事も呉れたいやうな気のするほど、といふて我も慾は捨て断《き》れぬ、仕事は真実何《どう》あつても為たいは、そこで十兵衛、聞ても貰ひにくゝ云ふても退けにくい相談ぢやが、まあ如是《かう》ぢや、堪忍して承知して呉れ、五重塔は二人で建てう、我を主《しゆ》にして汝不足でもあらうが副《そへ》になつて力を仮《か》してはくれまいか、不足ではあらうが、まあ厭でもあらうが源太が頼む、聴ては呉れまいか、頼む〳〵、頼むのぢや、黙つて居るのは聴て呉れぬか、お浪さんも我《わし》の云ふことの了《わか》つたなら何卒《どうぞ》口を副て聴て貰つては下さらぬか、と脆くも涙になりゐる女房にまで頼めば、お、お、親方様、ゑゝありがたうござりまする、何所《どこ》に此様な御親切の相談かけて下さる方のまた有らうか、何故御礼をば云はれぬか、と左の袖は露時雨、涙に重くなしながら、夫の膝を右の手で揺り動しつ掻口説けど、先刻《さき》より無言の仏となりし十兵衛何とも猶言はず、再度《ふたゝび》三度かきくどけど黙々《むつくり》として猶言はざりしが、やがて垂れたる首を擡《もた》げ、何《どう》も十兵衛それは厭でござりまする、と無愛想に放つ一言《いちごん》、吐胸《とむね》をついて驚く女房。なんと、と一声烈しく鋭く、頸骨反《そ》らす一二寸、眼に角《かど》たてゝのつそりを驀向《まつかう》よりして瞰下《みおろ》す源太。

其 十四

人情の花も失《なく》さず義理の幹も確然《しつかり》立てゝ、普通《なみ》のものには出来ざるべき親切の相談を、一方ならぬ実意《じつ》の有ればこそ源太の懸けて呉れしに、如何に伐《き》つて抛《な》げ出したやうな性質《もちまへ》が為《さ》する返答なればとて、十兵衛厭でござりまするとは余りなる挨拶、他《ひと》の情愛《なさけ》の全《まる》で了《わか》らぬ土人形でも斯は云ふまじきを、さりとては恨めしいほど没義道《もぎだう》な、口惜《くちをし》いほど無分別な、如何すれば其様に無茶なる夫の了見と、お浪は呆れもし驚きもし我身の急に絞木《しめぎ》にかけて絞らるゝ如き心地のして、思はず知らず夫にすり寄り、それはまあ何といふこと、親方様が彼程《あれほど》に彼方此方《あなたこなた》のためを計つて、見るかげもない此《この》方連《はうづれ》、云はゞ一ト足に蹴落して御仕舞ひなさるゝことも為《な》さらば成《でき》る此方連に、大抵ではない御情をかけて下され、御自分一人で為さりたい仕事をも分与《わけ》て遣らう半口乗せて呉れうと、身に浸みるほどありがたい御親切の御相談、しかも御招喚《およびつけ》にでもなつてでのことか、坐蒲団さへあげることの成らぬ此様なところへ態ゝ御来臨《おいで》になつての御話し、それを無にして勿体ない、十兵衛厭でござりまするとは冥利の尽きた我儘勝手、親方様の御親切の分らぬ筈は無からうに胴慾なも無遠慮なも大方程度《ほどあひ》のあつたもの、これ此妾《わたし》の今着て居るのも去年の冬の取り付きに袷姿《あはせすがた》の寒げなを気の毒がられてお吉様の、縫直《なほ》して着よと下されたのとは汝《おまへ》の眼には映《うつ》らぬか、一方ならぬ御恩を受けて居ながら親方様の対岸《むかう》へ廻るさへあるに、それを小癪なとも恩知らずなとも仰やらず、何処までも弱い者を愛護《かば》ふて下さる御仁慈《おなさけ》深い御分別にも頼り縋《すが》らいで一概に厭ぢやとは、仮令《たとへ》ば真底から厭にせよ記臆《ものおぼえ》のある人間《ひと》の口から出せた言葉でござりまするか、親方様の手前お吉様の所思《おもはく》をも能く篤《とつく》りと考へて見て下され、妾はもはや是から先何《ど》の顔さげて厚ヶ間敷お吉様の御眼にかゝることの成るものぞ、親方様は御胸の広うて、あゝ十兵衛夫婦は訳の分らぬ愚者なりや是も非もないと、其儘何とも思しめされず唯打捨て下さるか知らねど、世間は汝《おまへ》を何と云はう、恩知らずめ義理知らずめ、人情解せぬ畜生め、彼奴《あれめ》は犬ぢや烏ぢやと万人の指甲《つめ》に弾かれものとなるは必定、犬や烏と身をなして仕事を為たとて何の功名《てがら》、慾をかわくな齷齪《あくせく》するなと常ゝ妾に諭された自分の言葉に対しても恥かしうはおもはれぬか、何卒《どうぞ》柔順《すなほ》に親方様の御異見について下さりませ、天に聳ゆる生雲塔《しやううんたふ》は誰〻二人で作つたと、親方様と諸共に肩を並べて世に称《うた》はるれば、汝の苦労の甲斐も立ち親方様の有難い御芳志《おこゝろざし》も知るゝ道理、妾も何《ど》の様に嬉しかろか喜ばしかろか、若《も》し左様なれば不足といふは薬にしたくも無い筈なるに、汝は天魔に魅《みい》られて其をまだまだ不足ぢやとおもはるゝのか、嗚呼情無い、妾が云はずと知れてゐる汝自身の身の程を、身の分際を忘れてか、と泣声になり掻口説く女房の頭は低く垂れて、髷《まげ》にさゝれし縫針の孔《めど》が啣《くは》へし一条の糸ゆら〳〵と振ふにも、千〻に砕くる心の態《さま》の知られていとゞ可憫《いぢら》しきに、眼を瞑《ふさ》ぎ居し十兵衛は、其時例の濁声《だみごゑ》出し、喧しいはお浪、黙つて居よ、我の話しの邪魔になる、親方様聞て下され。

其　十五

思ひの中《うち》に激すればや、じた〳〵と慄《ふる》ひ出す膝の頭を緊乎《しつか》と寄せ合せて、其上に両《もろ》手《て》突張り、身を固くして十兵衛は、情無い親方様、二人で為うとは情無い、十兵衛に半分仕事を譲つて下されうとは御慈悲のやうで情無い、厭でござります、厭でござります、塔の建てたいは山〻でも既《もう》十兵衛は断念《あきらめ》て居りまする、御《お》上人様の御諭《さとし》を聞いてからの帰り道すつぱり思ひあきらめました、身の程にも無い考を持つたが間違ひ、嗚呼私が馬鹿でござりました、のつそりは何処迄ものつそりで馬鹿にさへなつて居れば其で可い訳、溝板《どぶいた》でもた〻いて一生を終りませう、親方様堪忍《かに》して下され我《わたし》が悪い、塔を建てうとは既《もう》申しませぬ、見ず知らずの他《ほか》の人ではなし御恩になつた親方様の、一人で立派に建てらる〻を余所《よそ》ながら視て喜びませう、と元気無げに云ひ出づるを走り気の源太悠〻《ゆるり》とは聴て居ず、ずいと身を進て、馬鹿を云へ十兵衛、余り道理が分らな過ぎる、上人様の御諭は汝《きさま》一人に聴けといふて為《なさ》れたではない我《おれ》が耳にも入れられたは、汝の腹でも聞たらば我の胸でも受取つた、汝一人に重石を背負《しよ》つて左様《さう》沈まれて仕舞ふては源太が男になれるかやい、詰らぬ思案に身を退て馬鹿にさへなつて居ればいとは、分別が摯《くすみ》実過ぎて至当《もつとも》とは云はれまいぞ、応《おゝ》左様ならば我が為ると得たり賢《かしこ》で引受けては、上人様にも恥かしく第一源太が折角磨いた侠気《をとこ》も其所《そこ》で廃《すた》つて仕舞ふし、汝は固《もとよ》り虻蜂取らず、智慧の無いにも程のあるもの、そしては二人が何可《よ》からう、さあ其故に美しく二人で仕事を為うといふに、少しは気まづいところが有つてもそれはお互ひ、汝が不足な程に此方にも面白くないのあるは知れきつた事なれば、双方忍耐《がまん》仕交《しあふ》として忍耐の出来ぬ訳はない筈、何もわざ〳〵骨を折つて汝が馬鹿になつて仕舞ひ、幾日の心配を煙と消《きや》し天晴な手腕《うで》を寝せ殺しにするにも当らない、なう十兵衛、我の云ふのが腑に落ちたら思案を飜然《がらり》と仕変《しか》へて呉れ、源太は無理は云はぬつもりだ、これさ何故黙つて居る、不足か不承知か、承知しては呉れないか、ゑ〻我の了見をまだ呑み込んでは呉れないか、十兵衛、あんまり情無いではないか、何とか云ふて呉れ、不承知か不承知か、ゑゝ情無い、黙つて居られては解らない、我の云ふのが不道理か、それとも不足で腹立てゝか、と義には強くて情には弱く意地も立つれば親切も飽くまで徹《とほ》す江戸ッ子腹の、源太は柔和《やさし》く問ひかくれば、聞居るお浪は嬉しさの骨身に浸みて、親方様あゝ有り難うござりまするとロには出さねど、舌よりも真《ま》実《こと》を語る涙をば溢らす眼《まなこ》に、返辞せぬ夫の方《かた》を気遣ひて、見れば男は露一厘身動きなさず無言にて思案の頭《かうべ》重く低《た》れ、ぽろり〳〵と膝の上に散らす涙珠《なみだ》の零《お》ちて声あり。

　源太も今は無言となり少時《しばらく》ひとり考へしが、十兵衛汝はまだ解らぬか、それとも不足とおもふのか、成程折角望んだことを二人でするは口惜《くやし》かろ、然も源太を心《しん》にして副《そへ》になるのは口惜かろ、ゑゝ負けてやれ斯様《かう》して遣らう、源太は副になつても可い汝を心に立てるほどに、さあ〳〵清く承知して二人で為うと合点せい、と己が望みは無理に折り、思ひきつてぞ云ひ放つ。とッとんでも無い親方様、仮令《たとへ》十兵衛気が狂へばとて何《どう》して其様《さう》は出来ますものぞ、勿体ない、と周章《あわて》て云ふに、左様なら我の異見につくか、と唯一言に返されて、其は、と窮《つま》るをまた追つ掛け、汝を心に立てやうか乃至それでも不足か、と烈しく突かれて度を失ふ傍にて女房が気もわくせき、親方様の御異見に何故まあ早く付かれぬ、と責むるが如く恨みわび、言葉そゞろに勧むれば十兵衛つひに絶体絶命、下げたる頭を徐《しづか》に上げ円《つぶら》の眼《まなこ》を剝き出して、一ツの仕事を二人でするは、よしや十兵衛心になつても副になつても、厭なりや何しても出来ませぬ、親方一人で御建なされ、私は馬鹿で終りまする、と皆まで云はせず源太は怒つて、これほど事を分けて云ふ我の親切《なさけ》を無にしても歟《か》。唯《はい》、ありがたうはござりまするが、虚言《うそ》は申せず、厭なりや出来ませぬ。汝《おのれ》よく云つた、源太の言葉にどうでもつかぬ歟《か》。是非ないことでござります。やあ覚えて居よ此のつそりめ、他《ひと》の情の分らぬ奴、其様の事云へた義理か、よし〳〵汝に口は利かぬ、一生溝《どぶ》でもいぢつて暮せ、五重塔は気の毒ながら汝に指もさゝせまい、源太一人で立派に建てる、成らば手柄に批点《てん》でも打て。

其　十六

ゑい、ありがたうござります、滅法界《めつぽふかい》に酔ひました、もう飲《いけ》やせぬ、と空辞誼《そらじぎ》は五《う》月蝿《るさい》ほど仕ながら、猪口《ちよく》もつ手を後《あと》へは退かぬが可笑き上戸の常態《つね》、清吉既《はや》馳走酒に十分酔たれど遠慮に三分の真面目をとゞめて殊勝らしく坐り込み、親方の不在《るす》に斯様《かう》爛酔《へゞ》ては済みませぬ、姉御と対酌《さし》では夕暮を躍るやうになつてもなりませんからな、アハ、無暗に嬉しくなつて来ました、もう行きませう、はめを外すと親方の御眼玉だ、だが然し姉御、内の親方には眼玉を貰つても私《わつち》は嬉しいとおもつて居ます、なにも姉御の前だからとて軽薄を云ふではありませぬが、真実《ほんと》に内の親方は茶袋よりもありがたいとおもつて居ます、日外《いつぞや》の凌雲院《りょううんゐん》の仕事の時も鉄《てつ》や慶《けい》を対《むかう》にして詰らぬことから喧嘩を初め、鉄が肩先へ大怪我をさした其後で鉄が親から泣き込まれ、嗚呼悪かつた気の毒なことをしたと後悔しても此方《こつち》も貧的《ひんてき》、何様《どう》してやるにも遣り様なく、困りきつて逃亡《かけおち》とまで思つたところを、黙つて親方から療治手当も為てやつて下された上、かけら半分叱言《こごと》らしいことを私《わつち》に云はれず、たゞ物和《ものやさ》しく、清《せい》や汝《てめへ》喧嘩は時のはづみで仕方は無いが気の毒とおもつたら謝罪《あやま》つて置け、鉄が親の気持も好かろし汝の寝覚も好といふものだと心付けて下すつた其時は、嗚呼何様して此様《こんな》に仁慈《なさけ》深かろと有難くて有難くて私は泣きました、鉄に謝罪る訳は無いが親方の一言に堪忍《がまん》して私も謝罪《あやまり》に行きましたが、それから異《おつ》なもので何時となく鉄とは仲好になり、今では何方《どつち》にでも万一《ひよつと》したことの有れば骨を拾つて遣らうか貰はうかといふ位の交際《つきあひ》になつたも皆親方の御蔭、それに引変へ茶袋なんぞは無暗に叱言を云ふばかりで、やれ喧嘩をするな遊興《あそび》をするなと下らぬ事を小五月蠅く耳の傍《はた》で口説きます、ハ、、いやはや話になつたものではありませぬ、ゑ、茶袋とは母親《おふくろ》の事です、なに酷くはありませぬ茶袋で沢山です、然も渋をひいた番茶の方です、あッハ、、、ありがたうございます、もう行きませう、ゑ、また一本燗《つけ》たから飲んで行けと仰るのですか、あゝありがたい、茶袋だと此方《こち》で一本といふところを反対《あべこべ》にもう廃せと云ひますは、あゝ好い心持になりました、歌ひたくなりましたな、歌へるかとは情ない、松づくしなぞは彼奴《あいつ》に賞められたほどで、と罪の無いことを云へばお吉も笑ひを含むで、そろ〳〵惚気《のろけ》は恐ろしい、などと調戯《からか》ひ居るところへ帰つて来たりし源太、お、丁度よい清吉居たか、お吉飲まうぞ、支度させい、清吉今夜は酔ひ潰れろ、胴魔声の松づくしでも聞てやろ。や、親方立聞して居られたな。

其　十七

清吉酔ふては撿束《しまり》なくなり、砕けた源太が談話《はなし》ぶり捌《さば》けたお吉が接待《とりなし》ぶりに何時しか遠慮も打忘れ、擬《さ》されて辞《いな》まず受けては突《つ》と干《ほ》し酒盞《さかづき》の数重ぬるまゝに、平常《つね》から可愛らしき紅ら顔を一層沢〻《みづ〳〵》と、実の熟《い》つた丹波王母珠《ほゝづき》ほど紅うして、罪も無き高笑ひやら相手もなしの空示威《からりきみ》、朋輩の誰の噂彼の噂、自己《おのれ》が仮声《こわいろ》の何所其所《どこそこ》で喝采《やんや》を獲たる自慢、奪《あげ》られぬ奪られるの云ひ争ひの末何楼《なにや》の獅顔《しかみ》火鉢を盗り出さんとして朋友《ともだち》の仙《せん》の野郎が大失策《おほしくじり》を仕た話、五十間で地廻りを擲《なぐ》つた事など、縁に引かれ図に乗つて其から其へと饒舌《しやべ》り散らす中《うち》、不図のつそりの噂に火が飛べば、とろりとなりし眼を急に見張つて、ぐにやりとして居し肩を聳《そば》だて、冷たうなつた飲みかけの酒を異《をか》しく唇まげながら吸ひ干し、一体あんな馬鹿野郎を親方の可愛がるといふが私《わつち》には頭《てん》から解りませぬ、仕事といへば馬鹿丁寧で捗《はこ》びは一向つきはせず、柱一本鴫居《しきゐ》一ツで嘘をいへば鉋《かんな》を三度も礪《と》ぐやうな緩慢《のろま》な奴、何を一ツ頼んでも間に合つた例《ためし》が無く、赤松の炉縁《ろぶち》一ツに三日の手間を取るといふのは、多方《おほかた》あゝいふ手合だらうと仙が笑つたも無理は有りませぬ、それを親方が贔屓《ひいき》にしたので一時は正直のところ、済みませんが私《わつち》も金《きん》も六《ろく》も、あんまり親方の腹が大きすぎて其程でもないものを買ひ込み過ぎて居るでは無いか、念入りばかりで気に入るなら我等《おれたち》も是から羽目板にも仕上げ鉋、のろり〳〵と充分《したゝか》清めて碁盤肌にでも削らうかと僻味《ひがみ》を云つた事もありました、第一彼奴《あいつ》は交際《つきあひ》知らずで女郎買一度一所にせず、好闘鶏《しやも》鍋つゝき合つた事も無い唐偏朴《たうへんぼく》、何時か大師へ一同《みんな》が行く時も、まあ親方の身辺《まはり》について居るものを一人ばかり仲間はづれにするでも無いと私が親切に誘つてやつたに、我《おれ》は貧乏で行かれないと云つた切りの挨拶は、なんと愛想も義理も知らな過ぎるではありませんか、銭が無ければ女房《かゝ》の一枚着を曲げ込んでも交際《つきあひ》は交際で立てるが朋友づく、それも解らない白痴《たはけ》の癖に段〻親方の恩を被て、私や金と同じことに今では如何《どう》か一人立《いちにんだ》ち、然も憚りながら青《あをつ》涕《ぱな》垂らして弁当箱の持運び、木片《こつぱ》を担いでひよろ〳〵帰る餓鬼の頃から親方の手について居た私や仙とは違つて奴は渡り者、次第を云へば私等より一倍深く親方を有難い忝ないと思つて居なけりやならぬ筈、親方、姉御、私は悲しくなつて来ました、私は若しもの事があれば親方や姉御のためと云や黒煙の煽《あふ》りを食つても飛び込むぐらゐの了見は持つて居るに、畜生ッ、あゝ人情《なさけ》無い野郎め、のつそりめ、彼奴《あいつ》は火の中へは恩を脊負《しよ》つても入りきるまい、碌《ろく》な根性は有つて居まい、あゝ人情無い畜生めだ、と酔が図らず云ひ出せし不平の中に潜り込んで、めそ〳〵めそ〳〵泣き出せば、お吉は夫の顔を見て、例《いつも》の癖が出て来たかと困つた風情は仕ながらも自己《おのれ》の胸にものつそりの憎さがあれば、幾分《いくら》かは清が言葉を道理《もつとも》と聞く傾きもあるなるべし。

源太は腹に戸締の無きほど愚魯《おろか》ならざれば、猪口を擬《さ》しつけ高笑ひし、何を云ひ出した清吉、寝惚るな我《おれ》の前だは、三《さん》の切《きり》を出しても初まらぬぞ、其手で女でも口説きやれ、随分ころりと来るであらう、汝《きさま》が惚けた小蝶《こてふ》さまの御部屋では無い、アッハヽヽと戯言《おどけ》を云へば尚真面目に、木槵珠《ずゞだま》ほどの涙を払ふ其手をぺたりと刺身皿の中につつこみ、しやくり上げ《しやくりあげ》歔欷して泣き出し、あゝ情無い親方、私《わつち》を酔漢《よつぱらひ》あしらひは情無い、酔つては居ませぬ、小蝶なんぞは飲《た》べませぬ、左様《さう》いへば彼奴《あいつ》の面が何所かのつそりに似て居るやうで口惜くて情無い、のつそりは憎い奴、親方の対《むかう》を張つて大それた、五重の塔を生意気にも建てやうなんとは憎い奴憎い奴、親方が和《やさ》し過ぎるので増長した謀反人め、謀反人も明智のやうなは道理《もつとも》だと伯龍《はくりゆう》が講釈しましたが彼奴のやうなは大悪無道、親方は何日《いつ》のつそりの頭を鉄扇で打《ぶ》ちました、何日《いつ》蘭丸にのつそりの領地を与《や》ると云ひました、私は今に若《もし》も彼奴が親方の言葉に甘へて名を列べて塔を建てれば打捨《うつちや》つては置けませぬ、擲き殺して狗に呉れます此様《かう》いふやうに擲き殺して、と明《あき》徳利の横面突然打《いきなりたゝ》き飛ばせば、砕片《かけら》は散つて皿小鉢跳《をど》り出すやちん鏘然《からり》。馬鹿野郎め、と親方に大喝されて其儘にぐづりと坐り沈静《おとなし》く居るかと思へば、散かりし還原《もどし》海苔の上に額おしつけ既鼾声《はやいびき》なり。源太はこれに打笑ひ、愛嬌のある阿呆めに掻巻かけて遣れ、と云ひつゝ手酌にぐいと引かけて酒気を吹くこと良久《やゝ》しく、怒つて帰つて来はしたもの、彼様《あゝ》では高《たか》が清吉同然、さて分別がまだ要るは。

其　十八

源太が怒つて帰りし後、腕拱《こまぬ》きて茫然たる夫の顔をさし覗きて、吐息つく〴〵お浪は歎じ、親方様は怒らする仕事は畢竟《つまり》手に入らず、夜の眼も合さず雛形まで製造《こしら》へた幾日の骨折も苦労も無益《むだ》にした揚句の果に他《ひと》の気持を悪うして、恩知らず人情無しと人の口端にかゝるのは余りといへば情無い、女の差出た事をいふと唯一口に云はるゝか知らねど、正直律義も程のあるもの、親方様が彼程《あれほど》に云ふて下さる異見について一緒に仕たとて恥辱《はぢ》にはなるまいに、偏僻《かたいぢ》張つて何の詰らぬ意気地立て、それを誰が感心なと褒ませう、親方様の御料簡につけば第一御恩ある親方の御心持もよい訳、またお前の名も上り苦労骨折の甲斐も立つ訳、三方四方みな好いに何故《なぜ》其気にはなられぬか、少しもお前の料簡が妾《わたし》の腹には合点《のみこめ》ぬ、能《よ》くまあ思案仕直して親方様の御異見につい従ふては下されぬか、お前が分別さへ更《かへ》れば妾が直にも親方様のところへ行き、何《ど》うにか彼《か》うにか謝罪《あやまり》云ふて一生懸命精一杯、打《ぶ》たれても擲《たゝ》かれても動くまい程覚悟をきめ、謝罪つて謝罪つて謝罪り貫いたら御情深い親方様が、まさかに何日《いつ》まで怒つてばかりも居られまい、一時《いちじ》の料簡違ひは堪忍《かに》して下さる事もあらう、分別仕更《しかへ》て意地張《ば》らずに、親方様の云はれた通り仕て見る気にはなられぬか、と夫思ひの一筋に口説くも女の道理《もつとも》なれど、十兵衛はなほ眼も動かさず、あゝもう云ふてくれるな、あゝ、五重塔とも云ふてくれるな、よしない事を思ひたつて成程恩知らずとも云はれう人情なしとも云はれう、それも十兵衛の分別が足らいで出来《でか》したこと、今更何共是非が無い、然し汝《おまへ》の云ふやうに思案仕更るは何《どう》しても厭、十兵衛が仕事に手下は使はうが助言《じよごん》は頼むまい、人の仕事の手下になつて使はれはせうが助言はすまい、桝組《ますぐみ》も椽配《たるきわ》りも我《おれ》が為る日には我の勝手、何所《どこ》から何所まで一寸たりとも人の指揮《さしづ》は決して受けぬ、善いも悪いも一人で脊負《しよ》つて立つ、他《ひと》の仕事に使はれゝば唯正直の手間取りとなつて渡されただけの事するばかり、生意気な差出口は夢にもすまい、自分が主でも無い癖に自己《おの》が葉色を際立てゝ異《かは》つた風を誇顔《ほこりが》の寄生木《やどりぎ》は十兵衛の虫が好かぬ、人の仕事に寄生木となるも厭なら我《わ》が仕事に寄生木を容るゝも虫が嫌へば是非がない、和《やさ》しい源太親方が義理人情を噛み砕いて態〻《わざ〳〵》慫慂《すゝめ》て下さるは我《おれ》にも解つてありがたいが、なまじひ我の心を生して寄生木あしらひは情無い、十兵衛は馬鹿でものつそりでもよい、寄生木になつて栄えるは嫌《きらひ》ぢや、矮小《けち》な下草になつて枯れもせう大樹《おほき》を頼まば肥料《こやし》にもならうが、たゞ寄生木になつて高く止まる奴等を日頃いくらも見ては卑い奴めと心中で蔑視《みさ》げて居たに、今我が自然親方の情に甘へて其になるのは如何《どう》あつても小恥しうてなりきれぬは、いつその事に親方の指揮《さしづ》のとほり此を削れ彼《あれ》を挽き割れと使はるゝなら嬉しけれど、なまじ情が却つて悲しい、汝《きさま》も定めて解らぬ奴と恨みもせうが堪忍《かに》して呉れ、ゑゝ是非がない、解らぬところが十兵衛だ、此所《こゝ》がのつそりだ、馬鹿だ、白痴漢《たはけ》だ、何と云はれても仕方は無いは、あゝッ火も小くなつて寒うなつた、もう〳〵寝てゞも仕舞はうよ、と聴けば一ゝ道理の述懐。お浪もかへす言葉なく無言となれば、尚寒き一室《ひとま》を照せる行燈も灯花《ちやうじ》に暗うなりにけり。

其　十九

其夜は源太床に入りても中ゝ眠らず、一番鶏二番鶏を耳たしかに聞て朝も平日《つね》よりは夙《はや》う起き、含嗽手水《うがひてうづ》に見ぬ夢を洗つて熱茶一杯に酒の残り香を払ふ折しも、むく〳〵と起き上つたる清吉寝惚眼《ねぼれめ》をこすり〳〵怪訝顔してまごつくに、お吉とも〴〵噴飯《ふきだ》して笑ひ、清吉昨夜は如何したか、と嬲《なぶ》れば急に危坐《かしこま》つて無茶苦茶に頭を下げ、つい御馳走になり過ぎて何時か知らず寝て仕舞ひました、姉御、昨夜私《わつち》は何か悪いことでも為は仕ませぬか、と心配相に尋ぬるも可笑く、まあ何でも好いは、飯でも食つて仕事に行きやれ、と和《やさ》しく云はれてます〳〵畏れ、恍然《うつとり》として腕を組み頻りに考へ込む風情、正直なるが可愛らし。

清吉を出しやりたる後、源太は尚も考にひとり沈みて日頃の快活《さつぱり》とした調子に似もやらず、碌〻お吉に口さへきかで思案に思案を凝らせしが、あゝ解つたと独り言するかと思へば、愍然《ふびん》なと溜息つき、ゑゝ抛やうかと云ふかとおもへば、何《どう》して呉れうと腹立つ様子を傍にてお吉の見る辛さ、問ひ慰めんと口を出せば黙つて居よとやりこめられ、詮方なさに胸の中にて空しく心をいたむるばかり。源太は其等に関《かま》ひもせず夕暮方まで考へ考へ、漸く思ひ定めやしけむ衝《つ》と身を起して衣服をあらため、感応寺に行き上人に見《まみ》えて昨夜の始終をば隠すことなく物語りし末、一旦は私も余り解らぬ十兵衛の答に腹を立てしもの、帰つてよく〳〵考ふれば、仮令《たとへ》ば私一人《いちにん》して立派に塔は建つるにせよ、それでは折角御諭しを受けた甲斐無く源太がまた我慾にばかり強いやうで男児《をとこ》らしうも無い話し、といふて十兵衛は十兵衛の思わくを滅多に捨はすまじき様子、彼《あれ》も全く自己《おのれ》を押へて譲れば源太も自己を押へて彼に仕事をさせ下されと譲らねばならぬ義理人情、いろ〳〵愚昧《おろか》な考を使つて漸く案じ出したことにも十兵衛が乗らねば仕方なく、それを怒つても恨むでも是非の無い訳、既《はや》此上には変つた分別も私には出ませぬ、唯願ふはお上人様、仮令ば十兵衛一人に仰せつけられますればとて私かならず何とも思ひますまいほどに、十兵衛になり私になり二人共〻になり何様《どう》とも仰せつけられて下さりませ、御《おん》口づからの事なれば十兵衛も私も互に争ふ心は捨て居りまするほどに露さら故障はござりませぬ、我等二人の相談には余つて願ひにまゐりました、と実意を面に現しつゝ願へば上人ほく〳〵笑はれ、左様《さう》ぢやろ左様ぢやろ、流石に汝《そなた》も見上げた男ぢや、好い〳〵、其心掛一つで既《も》う生雲塔見事に建てたより立派に汝はなつて居る、十兵衛も先刻《さつき》に来て同じ事を云ふて帰つたは、彼《あれ》も可愛い男ではないか、のう源太、可愛がつて遣れ可愛がつて遣れ、と心あり気に云はるゝ言葉を源太早くも合点して、ゑゝ可愛がつて遣りますとも、といと清《すゞ》しげに答れば、上人満面皺にして悦び玉ひつ、好いは好いは、嗚呼《あゝ》気味のよい男児《をとこ》ぢやな、と真から底から褒美《ほめ》られて、勿体なさはありながら源太おもはず頭《かうべ》をあげ、お蔭で男児になれましたか、と一語に無限の感慨を含めて喜ぶ男泣き。既《はや》此時に十兵衛が仕事に助力《じよりき》せん心の、世に美しくも湧たるなるべし。

其　二十

十兵衛感応寺にいたりて朗円上人に見《まみ》え、涙ながらに辞退の旨云ふて帰りし其日の味気無さ、煙草のむだけの気も動かすに力無く、茫然《ぼんやり》としてつく〴〵我が身の薄命《ふしあはせ》、浮世の渡りぐるしき事など思ひ廻せば思ひ廻すほど嬉しからず、時刻になりて食ふ飯の味が今更異《かは》れるではなけれど、箸持つ手さへ躊躇《たゆた》ひ勝にて舌が美味うは受けとらぬに、平常《つね》は六碗七碗を快う喫《く》ひしも僅に一碗二碗で終へ、茶ばかり却つて多く飲むも、心に不悦《まづさ》の有る人の免れ難き慣例《ならひ》なり。主人《あるじ》が浮かねば女房も、何の罪なき頑要《やんちや》ざかりの猪之まで自然《おのづ》と浮き立たず、淋しき貧家のいとゞ淋しく、希望《のぞみ》も無ければ快楽《たのしみ》も一点あらで日を暮らし、暖味《あたゝかみ》のない夢に物寂た夜を明かしけるが、お浪暁天《あかつき》の鐘に眼覚めて猪之と一所に寐たる床より密《そつ》と出るも、朝風の寒いに火の無い中から起すまじ、も少し睡させて置かうとの慈《やさ》しき親の心なるに、何も彼も知らいでたわい無く寐て居し平生《いつも》とは違ひ、如何せしことやら忽ち飛び起き、襦袢一つで夜具の上跳ね廻り跳ね廻り、厭ぢやい厭ぢやい、父様を打《ぶ》つちや厭ぢやい、と蕨《わらび》のやうな手を眼にあてゝ何かは知らず泣き出せば、ゑゝこれ猪之は何《どう》したものぞ、と吃驚《びつくり》しながら抱き止むるに抱かれながらも猶泣き止まず。誰も父様を打ちは仕ませぬ、夢でも見たか、それそこに父様はまだ寐て居らるゝ、と顔を押向け知らすれば不思議さうに覗き込で、漸く安心しは仕てもまだ疑惑《うたがひ》の晴れぬ様子。

猪之や何にも有りはし無いは、夢を見たのぢや、さあ寒いに風邪をひいてはなりませぬ、床に這入つて寐て居るがよい、と引き倒すやうにして横にならせ、掻巻かけて隙間無きやう上から押しつけ遣る母の顔を見ながら眼をぱつちり、あゝ怖かつた、今他所《よそ》の怖い人が。おゝおゝ、如何か仕ましたか。大きな、大きな鉄槌《げんのう》で、黙つて坐つて居る父様の、頭を打《ぶ》つて幾度《いくつ》も打つて、頭が半分砕《こは》れたので坊は大変吃驚した。ゑゝ鶴亀ゝゝ、厭なこと、延喜《えんぎ》でも無いことを云ふ、と眉を皺むる折も折、戸外《おもて》を通る納豆売りの戦《ふる》へ声に覚えある奴が、ちエッ忌ゝしい草鞋《わらぢ》が切れた、と打独語《うちつぶや》きて行き過ぐるに女房ます〳〵気色を悪くし、台所に出て釜の下を焚きつくれば思ふ如く燃えざる薪も腹立しく、引窓の滑よく明かぬも今更のやうに焦れつたく、嗚呼何となく厭な日と思ふも心からぞとは知りながら、猶気になる事のみ気にすればにや多けれど、また云ひ出さば笑はれむと自分で呵《しか》つて平日《いつも》よりは笑顔をつくり言葉にも活気をもたせ、潑〻《いき〳〵》として夫をあしらひ子をあしらへど、根が態《わざ》とせし偽飾《いつはり》なれば却つて笑ひの尻声が憂愁《うれひ》の響きを遺して去る光景《ありさま》の悲しげなるところへ、十兵衛殿お宅か、と押柄《あふへい》に大人びた口きゝながら這入り来る小坊主、高慢にちよこんと上り込み、御用あるにつき直《すぐ》と来《きた》られべしと前後《あとさき》無しの棒口上。

お浪も不審、十兵衛も分らぬことに思へども辞《いな》みもならねば、既《はや》感応寺の門くゞるさへ無益《むやく》しくは考へつゝも、何御用ぞと行つて問へば、天地顚倒《てんだう》こりや何《どう》ぢや、夢か現か真実か、円道右に為右衛門左に朗円上人中央《まんなか》に坐したまふて、円道言葉おごそかに、此度建立なるところの生雲塔の一切工事川越源太に任せられべき筈のところ、方丈思しめし寄らるゝことあり格別の御詮議例外の御慈悲をもつて、十兵衛其方に確と御任せ相成る、辞退の儀は決して無用なり、早〻ありがたく御受申せ、と云ひ渡さるゝそれさへあるに、上人皺枯《しわが》れたる御声にて、これ十兵衛よ、思ふ存分仕遂げて見い、好う仕上らば嬉しいぞよ、と荷担《になふ》に余る冥加の御言葉。のつそりハッと俯伏せしまゝ、五体を濤《なみ》と動《ゆる》がして、十兵衛めが生命はさ、さ、さし出しまする、と云ひし限《ぎ》り咽塞《のどふさ》がりて言語《ごんご》絶え、岑閑《しんかん》とせし広座敷に何をか語る呼吸の響き幽にしてまた人の耳に徹しぬ。

其　二十一

紅蓮白蓮の香《にほひ》ゆかしく衣袂《たもと》に裾に薫り来て、浮葉に露の玉動《ゆら》ぎ立葉に風の軟吹《そよふ》ける面白の夏の眺望《ながめ》は、赤蜻蛉菱藻《ひしも》を嬲《なぶ》り初霜向ふが岡の樹梢《こずゑ》を染めてより全然《さらり》と無くなつたれど、赭色《たいしや》になりて荷《はす》の茎ばかり情無う立てる間に、世を忍び気《げ》の白鷺が徐々《そろり》と歩む姿もをかしく、紺青色に暮れて行く天《そら》に漸く輝り出す星を脊中に擦つて飛ぶ雁の、鳴き渡る音も趣味《おもむき》ある不忍の池の景色を下物《さかな》の外の下物にして、客に酒をば亀の子ほど飲ませる蓬莱屋の裏二階に、気持の好さゝうな顔して欣然と人を待つ男一人。唐桟《たうざん》揃ひの淡泊《あつさり》づくりに住吉張の銀煙管おとなしきは、職人らしき侠気《きほひ》の風の言語挙動《ものいひそぶり》に見えながら毫末《すこし》も下卑ぬ上品質《だち》、いづれ親方ゝゝと多くのものに立らるゝ棟梁株とは、予てから知り居る馴染のお伝といふ女が、嘸《さぞ》お待ち遠でございませう、と膳を置つゝ云ふ世辞を、待つ退屈さに捕へて、待遠で〳〵堪りきれぬ、ほんとに人の気も知らないで何をして居るであらう、と云へば、それでもお化粧《しまひ》に手間の取れまするが無理は無い筈、と云ひさしてホヽと笑ふ慣れきつた返しの太刀筋。アハヽ、それも道理《もつとも》ぢや、今に来たらば能く見て呉れ、まあ恐らく此地辺《こゝら》に類は無らう、といふものだ。阿呀《おや》恐ろしい、何を散財《おご》つて下さります、而《そ》して親方、といふものは御師匠さまですか。いいや。娘さんですか。いゝや。後家様。いゝや。お婆さんですか。馬鹿を云へ可愛想に。では赤ん坊。此奴《こいつ》め人をからかふな、ハヽハヽ。ホヽホヽと下らなく笑ふところへ襖の外から、お伝さんと名を呼んで御連様と知らすれば、立上つて唐紙明けにかゝりながら一寸後向いて人の顔へ異《おつ》に眼を呉れ無言で笑ふは、御嬉しかろと調戯《からか》つて焦らして底悦喜《そこえつき》さする冗談なれど、源太は却つて心《しん》から可笑く思ふとも知らずにお伝はすいと明くれば、のろりと入り来る客は色ある新造《しんぞ》どころか香も艶もなき無骨男、ぼう〳〵頭髪《あたま》のごり〳〵腮鬚《ひげ》、面《かほ》は汚れて衣服《きもの》は垢づき破れたる見るから厭気のぞつとたつ程な様子に、流石呆れて挨拶さへどぎまぎせしまゝ急には出ず。

源太は笑を含みながら、さあ十兵衛此所《こゝ》へ来て呉れ、関《かま》ふことは無い大胡坐《おほあぐら》で楽に居て呉れ、とおづ〳〵し居るを無理に坐に居ゑ、頓《やが》て膳部も具備《そなは》りし後、さてあらためて飲み干したる酒盃《こん》とつて源太は擬《さ》し、沈黙《だんまり》で居る十兵衛に対ひ、十兵衛、先刻《さつき》に富松《とみまつ》を態《わざ》〳〵遣つて此様な所に来て貰つたは、何でも無い、実は仲直り仕て貰ひたくてだ、何《どう》か汝《きさま》とわつさり飲んで互ひの胸を和熟《わじゆく》させ、過日《こなひだ》の夜の我《おれ》が云ふた彼《あの》云ひ過ぎも忘れて貰ひたいとおもふからの事、聞て呉れ斯様《かう》いふ訳だ、過日の夜は実は我も余り汝を解らぬ奴と一途に思つて腹も立つた、恥しいが肝癪も起し業《にや》も沸し汝の頭を打《ぶ》つ砕《か》いて遣りたいほどにまでも思ふたが、然し幸福《しあはせ》に源太の頭が悪玉にばかりは乗取られず、清吉めが家《うち》へ来て酔つた揚句に云ひちらした無茶苦茶を、嗚呼《あゝ》了見の小《ちさ》い奴は詰らぬ事を理屈らしく恥かしくも無く云ふものだと、聞て居るさへ可笑くて堪らなさに不図左様《さう》思つた其途端、其夜汝の家で陳《なら》べ立つて来た我の云ひ草に気が付いて見れば清吉が言葉と似たり寄つたり、ゑゝ間違つた一時《いちじ》の腹立に捲き込まれたか残念、源太男が廃る、意地が立たぬ、上人の蔑視《さげすみ》も恐ろしい、十兵衛が何も彼も捨て辞退するものを斜《はす》に取つて逆意地たてれば大間違ひ、とは思つても余り汝の解らな過ぎるが腹立しく、四方八方何所《どこ》から何所まで考へて、此所《こゝ》を推せば其所に襞積《ひずみ》が出る、彼点《あすこ》を立てれば此点《こゝ》に無理があると、まあ我の智慧分別ありたけ尽して我の為ばかり籌《はか》るでは無く云ふたことを、無下に云ひ消されたが忌ゝしくて忌ゝしくて随分堪忍《がまん》も仕かねたが、扨いよ〳〵了見を定めて上人様の御眼にかゝり所存を申し上げて見れば、好い〳〵と仰せられた唯の一言に雲霧《もや〳〵》は既《もう》無くなつて、清《すゞ》しい風が大空を吹いて居るやうな心持になつたは、昨日はまた上人様から態ゝの御招で、行つて見たれば我を御賞美の御言葉数ゝの其上、いよ〳〵十兵衛に普請一切申しつけたが蔭になつて助けてやれ、皆汝《そなた》の善根福種になるのぢや、十兵衛が手には職人もあるまい、彼《あれ》がいよ〳〵取掛る日には何人《いくら》も傭ふ其中に汝が手下の者も交らう、必ず猜忌邪曲《そねみひがみ》など起さぬやうに其等には汝から能く云ひ含めて遣るがよいとの細い御諭し、何から何まで見透しで御慈悲深い上人様のありがたさにつく〴〵我折《がを》つて帰つて来たが、十兵衛、過日《こなひだ》の云ひ過ごしは堪忍《かに》して呉れ、斯様《かう》した我の心意気が解つて呉れたら従来《いままで》通り浄く睦じく交際《つきあ》つて貰はう、一切が斯様定つて見れば何と思つた彼《か》と思つたは皆夢の中の物詮議、後に遺して面倒こそあれ益《やく》無いこと、此不忍の池水にさらりと流して我も忘れう、十兵衛汝も忘れて呉れ、木材《きしな》の引合ひ、鳶《とび》人足への渡りなんど、まだ顔を売込んで居ぬ汝には一寸仕憎からうが、其等には我の顔も貸さうし手も貸さう、丸丁《まるちやう》、山六《やまろく》、遠州屋《ゑんしうや》、好《い》い問屋《とひや》は皆馴染で無うては先方《さき》が此方《こつち》を呑んでならねば、万事歯痒い事の無いやう我を自由に出しに使へ、め組の頭の鋭次《えいじ》といふは短気なは汝も知つて居るであらうが、骨は黒鉄《くろがね》、性根玉は憚りながら火の玉だと平常《ふだん》云ふだけ、扨じつくり頼めばぐつと引受け一寸《いつすん》退《の》かぬ頼母しい男、塔は何より地行《ぢぎやう》が大事、空風火水の四ツを受ける地盤の固めを彼《あれ》にさせれば、火の玉鋭次が根性だけでも不動が台座の岩より堅く基礎《いしずゑ》確《しか》と据さすると諸肌ぬいで仕て呉るゝは必定、彼《あれ》にも頓《やが》て紹介《ひきあは》せう、既此様《もうかう》なつた暁には源太が望みは唯一ツ、天晴十兵衛汝が能く仕出来《しでか》しさへすりや其で好のぢや、唯ゝ塔さへ能く成《でき》れば其に越した嬉しいことは無い、苟且《かりそめ》にも百年千年末世に残つて云はゞ我《おれ》等《たち》の弟子筋の奴等が眼にも入るものに、へまがあつては悲しからうではないか、情無いではなからうか、源太十兵衛時代には此様な下らぬ建物に泣たり笑つたり仕たさうなと云はれる日には、なあ十兵衛、二人が舎利も魂魄《たましひ》も粉灰《こばひ》にされて消し飛ばさるゝは、拙《へた》な細工で世に出ぬは恥も却つて少ないが、遺したものを弟子め等に笑はる日には馬鹿親父が息子に異見さるゝと同じく、親に異見を食ふ子より何段増して恥かしかろ、生礫刑《いきばりつけ》より死んだ後《のち》塩漬の上礫刑になるやうな目にあつてはならぬ、初めは我も是程に深くも思ひ寄らなんだが、汝が我の対面《むかう》にたつた其意気張から、十兵衛に塔建てさせ見よ源太に劣りはすまいといふか、源太が建て丶見せくれう何十兵衛に劣らうぞと、腹の底には木を鑽《き》つて出した火で観る先の先、我意は何《なに》も無くなつた唯だ好く成《でき》て呉れさへすれば汝も名誉《ほまれ》我も悦び、今日は是だけ云ひたいばかり、嗚呼十兵衛其大きな眼を湿ませて聴て呉れたか嬉しいやい、と磨いて礪《と》いで礪ぎ出した純粋《きつすゐ》江戸ッ子粘《じろ》り気無し、一《ぴん》で無ければ六と出る、忿怒《いかり》の裏の温和《やさし》さも飽まで強き源太が言葉に、身動ぎさへせで聞き居し十兵衛、何も云はず畳に食ひつき、親方、堪忍《かに》して下され口がきけませぬ、十兵衛には口がきけませぬ、こ、こ、此通り、あ丶有り難うござりまする、と愚魯《おろか》しくもまた真実《まこと》に唯平伏《ひれふ》して泣き居たり。

其　二十二

言葉は無くても真情《まこと》は見ゆる十兵衛が挙動《そぶり》に源太は悦び、春風湖《みづ》を渡つて霞日に蒸すともいふべき温和の景色を面《おもて》にあらはし、尚もやさしき語気円暢《なだらか》に、斯様《かう》打解けて仕舞ふた上は互に不妙《まづい》ことも無く、上人様の思召にも叶ひ我等《おれたち》の一分《いちぶん》も皆立つといふもの、嗚呼何にせよ好い心持、十兵衛汝《きさま》も過してくれ、我《おれ》も充分今日こそ酔はう、と云ひつ丶立つて違棚に載せて置たる風呂敷包とりおろし、結び目といて二束《ふたつかね》にせし書《かき》類《もの》いだし、十兵衛が前に置き、我にあつては要なき此品《これ》の、一ツは面倒な材木《きしな》の委細《くはし》い当りを調べたのやら、人足軽子其他種々《そのほかさまぐ》の入目を幾晩かゝつて漸く調べあげた積り書、又一ツは彼所《あすこ》を何《どう》して此所《こゝ》を斯《かう》してと工夫に工夫した下絵図、腰屋根の地割だけなもあり、平地割だけなのもあり、初重《しよぢゆう》の仕形《しかた》だけのもあり、二手先または三手先、出組《だしぐみ》ばかりなるもあり、雲形波形唐草生類彫物のみを書きしもあり、何より彼より面倒なる真柱《しんばしら》から内法長押《うちのりなげし》腰長押切目長押に半長押、椽《えん》板椽かつら亀腹柱高欄垂木桝肘木、貫《ぬき》やら角木《すみぎ》の割合算法、墨《すみ》縄の引きやう規尺《かね》の取り様余さず洩さず記せしもあり、中には我の為しならで家に秘めたる先祖の遺品《かたみ》、外へは出せぬ絵図もあり、京《きやう》都やら奈良の堂塔を写しとりたるものもあり、此等は悉皆《みんな》汝《きさま》に預くる、見たらば何かの足しにもなろ、と自己《おの》が精神《こゝろ》を籠めたるものを惜気もなしに譲りあたふる、胸の広さの頼母しきを解せぬといふにはあらざれど、のつそりもまた一ト気性、他《ひと》の巾着《きんちやく》で我が口濡らすやうな事は好まず、親方まことに有り難うはござりまするが、御親切は頂戴《いたゞ》いたも同然、これは其方《そちら》に御納めを、と心は左程に無けれども言葉に膠《にべ》の無さ過ぎる返辞をすれば、源太大きに悦ばず。此品《これ》をば汝は要らぬと云ふのか、と慍《いかり》を底に匿《かく》して問ふに、のつそり左様《さう》とは気もつかねば、別段拝借いたしても、と一句迂潤《うつか》り答ふる途端、鋭き気性の源太は堪らず、親切の上親切を尽して我が智慧思案を凝らせし絵図まで与《や》らむといふものを、無下に返すか慮外なり、何程自己《おのれ》が手腕《うで》の好て他の好情《なさけ》を無にするか、そも〳〵最初に汝《おのれ》めが我が対岸《むかう》へ廻はりし時にも腹は立ちしが、じつと堪《こら》へて争はず、普通《なみ》大体のものならば我が庇蔭《かげ》被たる身をもつて一つ仕事に手を入るゝか、打擲《うちたゝ》いても飽かぬ奴と、怒つて怒つて何《どう》にも為べきを、可愛きものにおもへばこそ一言半句の厭味も云はず、唯ゝ自然の成行に任せ置きしを忘れし歟《か》、上人様の御諭しを受けての後も分別に分別渇らしてわざ〳〵出掛け、汝のために相談をかけてやりしも勝手の意地張り、大体ならぬものとても堪忍《がまん》なるべきところならぬを、よく〳〵汝を最惜《いとし》がればぞ踏み耐へたるとも知らざる歟、汝が運の好きのみにて汝が手腕の好きのみにて汝が心の正直のみにて、上人様より今度の工事《しごと》命《いひつ》けられしと思ひ居る歟、此品《これ》をば与つて此源太が恩がましくでも思ふと思ふか、乃至は既《もはや》慢気の萌して頭《てん》から何の詰らぬ者と人の絵図をも易く思ふか、取らぬとあるに強はせじ、余りといへば人情なき奴、あゝ有り難うござりますると喜び受けて此中《うち》の仕様を一所《ひとゝこ》二所は用ひし上に、彼《あの》箇所は御蔭で美《うま》う行きましたと後で挨拶するほどの事はあつても当然なるに、開けて見もせず覗きもせず、知れ切つたると云はぬばかりに愛想も菅《すげ》もなく要らぬとは、汝十兵衛よくも撥ねたの、此源太が仕た図の中《うち》に汝の知つた者のみ有らうや、汝等《うぬら》が工風《くふう》の輪の外に源太が跳《をど》り出ずに有らうか、見るに足らぬと其方《そち》で思はば汝が手筋も知れてある、大方高の知れた塔建たぬ前から眼に映《うつ》つて気の毒ながら批難《なん》もある、既《もう》堪忍の緒も断《き》れたり、卑劣《きたな》い返報《かへし》は為まいなれど源太が烈しい意趣返報《がへし》は、為《す》る時為《な》さで置くべき歟、酸くなるほどに今までは口もきいたが既《もう》きかぬ、一旦思ひ捨つる上は口きくほどの未練も有たぬ、三年なりとも十年なりとも返報《しかへし》するに充分な事のあるまで、物蔭から眼を光らして睨みつめ無言でじつと待つて、ゝ呉れうと、気性が違へば思はくも一二度終《つひ》に三度めで無残至極に齟齬《くひちが》ひ、いと物静に言葉を低めて、十兵衛殿、と殿の字を急につけ出し叮嚀に、要らぬといふ図は仕舞ひましよ、汝《そなた》一人で建つる塔定めて立派に出来やうが、地震か風の有らう時壊るゝことは有るまいな、と軽くは云へど深く嘲ける語《ことば》に十兵衛も快よからず、のつそりでも恥辱《はぢ》は知つて居ります、と底力《そこりき》味《み》ある楔《くさび》を打てば、中ゝ見事な一言ぢや、忘れぬやうに記憶《おぼ》えて居やうと、釘をさしつゝ恐ろしく睥《にら》みて後は物云はず、頓《やが》て忽ち立ち上つて、嗚呼飛んでも無い事を忘れた、十兵衛殿寛《ゆる》りと遊んで居て呉れ、我は帰らねばならぬこと思ひ出した、と風の如くに其座を去り、あれといふ間に推量勘定、幾金《いくら》か遺して風《ふい》と出つ、直《すぐ》其足で同じ町の某家《あるいへ》が閾《しきゐ》またぐや否、厭だ〳〵、厭だ〳〵、詰らぬ下らぬ馬鹿ゝゝしい、愚図ゝゝせずと酒もて来い、蠟燭いぢつて其が食へるか、鈍痴《どぢ》め肴で酒が飲めるか、小兼春吉《こかねはるきち》お房蝶子《ふさてふこ》四の五の云はせず摑むで来い、臑《すね》の達者な若い衆頼も、我家《うち》へ行《い》て清、仙、鉄、政、誰でも彼でも直に遊びに遣こすやう、といふ片手間にぐい〳〵仰飲《あふ》る間も無く入り来る女共に、今晩なぞとは手ぬるいぞ、と驀向《まつかう》から焦躁《じれ》を吹つ掛けて、飲め、酒は車懸《くるまがゝ》り、猪口は巴と廻せ廻せ、お房外見《みえ》をするな、春婆《はるばゞ》大人ぶるな、ゑゝお蝶め其でも血が循環《めぐ》つて居るのか頭上《あたま》に鼬《いたち》花火載せて火をつくるぞ、さあ歌へ、ぢやん〳〵と遣れ、小兼め気持の好い声を出す、あぐり踊るか、かぐりもつと跳ねろ、やあ清吉来たか鉄も来たか、何でも好い滅茶〻〻に騒げ、我《おれ》に嬉しい事が有るのだ、無礼講に遣れ遣れ、と大将無法の元気なれば、後れて来たる仙も政も煙に巻かれて浮かれたち、天井抜けうが根太抜けうが抜けたら此方《こち》の御手のものと、飛ぶやら舞ふやら唸るやら、潮来《いたこ》出島もしほらしからず、甚句に鬨《とき》の声を湧かし、かつぽれに滑つて転倒《ころ》び、手品《てづま》の太鼓を杯洗《はいせん》で鉄がた〻けば、清吉はお房が傍に寐転んで銀釵《かんざし》にお前其《その》様《よ》に酢ばかり飲んでを稽古する馬鹿騒ぎの中で、一《ひと》了簡あり顔の政が木遣を丸めたやうな声しながら、北に峨《が》〻たる青山をと異《おつ》なことを吐き出す勝手三昧、やつちやもつちやの末は拳も下卑て、乳房《ちゝ》の脹《ふく》れた奴が臍の下に紙幕《かみまく》張るほどになれば、さあもう此処《こゝ》は切り上げてと源太が一言、それから先は何所《どこ》へやら。

其　二十三

蒼鷹《たか》の飛ぶ時他所視《よそみ》はなさず、鶴なら鶴の一点張りに雲をも穿ち風にも逆《むか》つて目ざす獲物の、咽喉仏把攫《ひつつか》までは合点せざるものなり。十兵衛いよ〳〵五重塔の工事《しごと》するに定まつてより寐ても起きても其事《それ》三昧、朝の飯喫《く》ふにも心の中《うち》では塔を噬《か》み、夜の夢結ぶにも魂魄《たましひ》は九輪《くりん》の頂を繞《めぐ》るほどなれば、況《ま》して仕事にか〻つては妻あることも忘れ果て児のあることも忘れ果て、昨日の我を念頭に浮べもせず明日《あす》の我を想ひもなさず、唯一ト釿《てうな》ふりあげて木を伐るときは満身の力を其に籠め、一枚の図をひく時には一心の誠を其に注ぎ、五尺の身体こそ犬鳴き鶏歌ひ権兵衛が家に吉慶《よろこび》あれば木工《もく》右衛門《ゑもん》が所に悲哀《かなしみ》ある俗世に在りもすれ、精神《こゝろ》は紛《ふん》たる因縁に奪られで必死とばかり勤め励めば、前《さき》の夜源太に面白からず思はれしことの気にかゝらぬにはあらざれど、日頃ののつそり益ゝ長じて、既何処《はやいづく》にか風吹きたりし位に自然軽う取り做し、頓《やが》ては頓《とん》と打ち忘れ、唯ゝ仕事にのみ掛りしは愚癡《おろか》なるだけ情《じやう》に鈍くて、一条道より外へは駈けぬ老牛《おいうし》の痴に似たりけり。

　金箔銀箔瑠璃真珠水精《すゐしやう》以上合せて五宝、丁子沈香白膠《はくきやう》薫陸《くんろく》白檀以上合せて五香、其《その》他《ほか》五薬五穀まで備へて大土祖神《おほつちみおやのかみ》埴山彦神《はにやまひこのかみ》埴山媛神あらゆる鎮護の神ゝを祭る地鎮の式もすみ、地曳土取故障なく、さて龍伏《いしずゑ》は其月の生気の方より右旋《みぎめぐ》りに次第据ゑ行き五星を祭り、釿初《てうなはじ》めの大礼には鍛冶の道をば創《はじ》められし天《あま》の目《ま》一箇《ひとつ》の命《みこと》、番匠の道闢《ひら》かれし手置帆負《ておきほおひ》の命彦狭知《ひこさち》の命より思兼《おもひかね》の命天児屋根《あまつこやね》の命太玉《ふとだま》の命、木の神といふ句ゝ《くゝ》廼馳《のち》の神まで七神祭りて、其次の清鉋《きよがんな》の礼も首尾よく済み、東方提頭頼吒《たいとらだ》持国天王、西方尾嚕叉《びろしや》広目天王、南方毘留勒叉《びるろしや》増長天、北方毘沙門多聞天王、四天にかたどる四方の柱千年万年動《ゆる》ぐなと祈り定むる柱立《はしらだて》式、天星色星多願の玉女三神、貪狼《たんらう》巨門等北斗の七星を祭りて願ふ永久安護、順に柱の仮轄《かりくさび》を三ツづゝ打つて脇司《わきつかさ》に打ち緊《し》めさする十兵衛は、幾干《いくそ》の苦心も此所《こゝ》まで運べば垢穢《きたなき》顔にも光の出るほど喜悦《よろこび》に気の勇み立ち、動きなき下津盤根《しもついはね》の太柱と式にて唱ふる古歌さへも、何とはなしにつく〴〵嬉しく、身を立つる世のためしぞと其下《しも》の句を吟ずるにも莞爾《にこ〳〵》しつゝ、二度《ふたたび》し、壇に向ふて礼拝恭《つゝし》み、拍手の音清く響かし一切成就の祓を終る此所《こゝ》の光景《さま》には引きかへて、源太が家の物淋しさ。

　主人《あるじ》は男の心強く思ひを外には現さねど、お吉は何程さばけたりとて流石女の胸小さく、出入るものに感応寺の塔の地曳の今日済みたり柱立式昨日済みしと聞く度ごとに忌ゝ敷、嫉妬の火炎《ほむら》衝き上がりて、汝十兵衛恩知らずめ、良人《うち》の心の広いのをよい事にして付上り、うま〳〵名を揚げ身を立るか、よし名の揚り身の立たば差詰礼にも来べき筈を、知らぬ顔して鼻高ゝと其日ゝゝを送りくさる歟《か》、余りに性質《ひと》の好過ぎたる良人も良人なら面憎きのつそりめもまたのつそりめと、折にふれては八重縦横に癇癪の虫跳ね廻らし、自己《おの》が小鬢《こびん》の後毛《おくれげ》上げても、ゑゝ焦《じれ》つたいと罪の無き髪を掻きむしり、一文貰ひに乞食が来ても甲張《かんば》り声に酷く謝絶《ことわ》りなどしけるが、或日源太が不在《るす》のところへ心易き医者道益といふ饒舌《おしやべり》坊主遊びに来りて、四方八方《よもやま》の話の末、或人に連れられて過般《このあひだ》蓬莱屋へまゐりましたが、お伝といふ女からきゝました一分始終、いやどうも此方《こち》の棟梁は違つたもの、えらいもの、男児《をとこ》は左様《さう》あり度と感服いたしました、と御世辞半分何の気なしに云ひ出でし詞を、手繰つて其夜の仔細をきけば、知らずに居てさへ口惜しきに知つては重々憎き十兵衛、お吉いよ〳〵腹を立ちぬ。

其 二十四

清吉汝《そなた》は腑甲斐無い、意地も察しも無い男、何故《なぜ》私には打明けて過般《こなひだ》の夜の始末をば今まで話して呉れ無かつた、私に聞かして気の毒と異《おつ》に遠慮をしたものか、余りといへば狭隘《けち》な根性、よしや仔細を聴たとてまさか私が狼狽《うろたへ》まはり動転するやうなことはせぬに、女と軽しめて何事も知らせずに置き隠し立して置く良人《うちのひと》の了簡は兎も角も、汝等《そなたたち》まで私を聾に盲目にして済して居るとは余りな仕打、また親方の腹の中がみす〳〵知れて居ながらに平気の平左で酒に浮かれ、女郎買の供するばかりが男の能でもあるまいに、長閑気《のんき》で斯《かう》して遊びに来るとは、清吉汝《おまへ》もおめでたいの、平生《いつも》は不在《るす》でも飲ませるところだが今日は私は関《かま》へない、海苔一枚焼いて遣るも厭なら下らぬ世間咄しの相手するも虫が嫌ふ、飲みたくば勝手に台所へ行つて呑口ひねりや、談話《はなし》が仕たくば猫でも相手に為るがよい、と何も知らぬ清吉、道益が帰りし跡へ偶然《ふと》行き合はせて散ゝにお吉が不機嫌を浴せかけられ、訳も了《わか》らず驚きあきれて、へどもどなしつゝ、段ゝと様子を問へば、自己《おのれ》も知らずに今の今まで居し事なれど、聞けば成程何《どう》あつても堪忍《がまん》の成らぬのつそりの憎さ、生命と頼む我が親方に重ゝ恩を被た身をもつて無遠慮過ぎた十兵衛めが処置振り、飽まで親切真実の親方の顔蹈みつけたる憎さも憎し何して呉れう。

ム、親方と十兵衛とは相撲にならぬ身分の差《ちが》ひ、のつそり相手に争つては夜光の璧《たま》を小礫《いしころ》に擲《ぶつ》付けるやうなものなれば、腹は十分立たれても分別強く堪へて堪へて、誰にも彼にも鬱憤を洩さず知らさず居らるゝなるべし、ゑゝ、親方は情無い、他の奴は兎も角清吉だけには知らしても可さそうなものを、親方と十兵衛では此方《こち》が損、我《おれ》とのつそりなら損は無い、よし、十兵衛め、たゞ置かうや《よ》と逸《はや》りきつたる鼻先思案。姉御、知らぬ中は是非が無い、堪忍《かに》して下され、様子知つては憚りながら既《もう》叱られては居りますまい、此清吉が女郎買の供するばかりを能の野郎か野郎で無いか見て居て下され、左様ならば、と後声《しりごゑ》烈しく云ひ捨て格子戸がらり明つ放し、草履も穿かず後も見ず風より疾く駆け去れば、お吉今さら気遣はしくつゞいて追掛け呼びとむる二タ声三声、四声めには既《はや》影さへも見えずなつたり。

其　二十五

材《き》を釿《はつ》る斧《よき》の音、板削る鉋の音、孔を鑿《ほ》るやら釘打つやら丁ゝかち〳〵響忙《せは》しく、木片《こつぱ》は飛んで疾風に木の葉の飜へるが如く、鋸屑《おがくづ》舞つて晴天に雪の降る感応寺境内普請場の景況《ありさま》賑やかに、紺の腹掛頸筋に喰ひ込むやうなを懸けて小胯《こまた》の切り上がつた股引いなせに、つつかけ草履の勇み姿、さも怜悧気《りこうげ》に働くもあり、汚れ手拭肩にして日当りの好き場所に蹲踞《しやが》み、悠ゝ然と鑿《のみ》を砺《と》ぐ衣服《なり》の垢穢《きたな》き爺もあり、道具捜しにまごつく小童《わつぱ》、頻りに木を挽割《ひく》日傭取《ひようと》り、人さま〳〵の骨折り気遣ひ、汗かき息張る其中に、総棟梁ののつそり十兵衛、皆の仕事を監督《みまは》りかた〴〵、墨壺墨さし矩尺《かね》もつて胸三寸にある切組を実物にする指図命令《いひつけ》。斯様《かう》截れ彼様《あゝ》穿れ、此処《こゝ》を何様《どう》して何様やつて其処《そこ》に是だけ勾配有たせよ、孕みが何寸凹みが何分と口でも知らせ墨縄《なは》でも云はせ、面倒なるは板片《いたきれ》に矩尺の仕様を書いても示し、鵜の目鷹の目油断無く必死となりて自ら励み、今しも一人の若佼《わかもの》に彫物の画を描き与《や》らんと余念も無しに居しところへ、野猪《ゐのしゝ》よりも尚疾く塵土《ほこり》を蹴立て、飛び来し清吉。

忿怒《ふんど》の面《おもて》火玉の如くし逆釣《さかづ》つたる目を一段視開き、畜生、のつそり、くたばれ、と大喝すれば十兵衛驚き、振り向く途端に驀向《まつかう》より岩も裂けよと打下すは、ぎら〳〵するまで砺《と》ぎ澄ませし釿《てうな》を縦に其柄にすげたる大工に取つての刀なれば、何かは堪らむ避くる間足らず左の耳を殺《そ》ぎ落され肩先少し切り割かれしが、仕損じたりと又踏込《ふんご》んで打つを逃げつゝ、抛《な》げ付くる釘箱才槌《さいづち》墨壺矩尺《かねざし》、利器《えもの》の無さに防ぐ術なく、身を翻へして退く機《はずみ》に足を突込む道具箱、ぐざと踏み貫く五寸釘、思はず転ぶを得たりやと笠にかゝつて清吉が振り冠つたる釿の刃先に夕日の光の閃《きら》りと宿つて空に知られぬ電《いな》光《づま》の、疾《と》しや遅しや其時此時、背面《うしろ》の方《かた》に乳虎一声《にうこいつせい》、馬鹿め、と叫ぶ男あつて二間丸太に論も無く両臑《もろずね》脆く薙《な》ぎ倒せば、倒れて益ゝ怒る清吉、忽ち勃然《むつく》と起きんとする襟元把つて、やい我《おれ》だは、血迷ふな此馬鹿め、と何の苦も無く釿もぎ取り捨てながら上からぬつと出す顔は、八方睨みの大眼《おほまなこ》、一文字口怒り鼻、渦巻縮れの両鬢は不動を欺くばかりの相形。

やあ火の玉の親分か、訳がある、打捨《うつちや》つて置いて呉れ、と力を限り払ひ除けむと跪《もが》き焦燥《あせ》るを、栄螺《さゞえ》の如き拳固で鎮圧《しづ》め、ゑゝ、じたばたすれば拳殺《はりころ》すぞ、馬鹿め。親分、情無い、此所《こゝ》を此所を放して呉れ。馬鹿め。ゑゝ分らねへ、親分、彼奴《あいつ》を活しては置かれねへのだ。馬鹿野郎め、べそをかくのか、従順《おとなし》く仕なければ尚《まだ》打《ぶ》つぞ。親分酷い。馬鹿め、やかましいは、拳殺すぞ。あんまり分らねへ、親分。馬鹿め、それ打つぞ。親分。馬鹿め。放して。馬鹿め。親分。馬鹿め。放して。馬鹿め。親。馬鹿め。放《はな》。馬鹿め。お。馬鹿め〳〵〳〵、醜態《ざま》を見ろ、従順くなつたらう、野郎我の家へ来い、やい何様《どう》した、野郎、やあ此奴《こいつ》は死んだな、詰らなく弱い奴だな、やあい、誰奴《どいつ》か来い、肝心の時は逃げ出して今頃十兵衛が周囲《まはり》に蟻のやうに群つて何の役に立つ、馬鹿ども、此方《こつち》には亡者《まうじや》が出来かゝつて居るのだ、鈍遅《どぢ》め、水でも汲んで来て打《ぶつ》注《か》けて遣れい、落ちた耳を拾つて居る奴があるものか、白痴《たはけ》め、汲んで来たか、関《かま》ふことは無い、一時《いちどき》に手桶の水不残《みんな》面へ打付《ぶつけ》ろ、此様《こんな》野郎は脆く生るものだ、それ占めた、清吉ッ、確乎《しつかり》しろ、意地の無へ、どれ〳〵此奴は我が背負つて行つて遣らう、十兵衛が肩の疵は浅からうな、むゝ、よし〳〵、馬鹿ども左様なら。

其二十六

源太居るかと這入り来る鋭次を、お吉立ち上つて、おゝ親分さま、まあ〳〵此方《こち》へと誘へば、ずつと通つて火鉢の前に無遠慮の大胡坐かき、汲んで出さるゝ桜湯を半分ばかり飲み干してお吉の顔を視、面色《いろ》が悪いが何様《どう》かした歟《か》、源太は何所《どこ》ぞへ行つたの歟、定めし既聴《もう》たであらうが清吉めが詰らぬ事を仕出来《しでか》しての、それ故一寸《ちよつと》話があつて来たが、む、左様《さう》か、既十兵衛がところへ行つたと、ハ、、、敏捷《すばや》い〳〵、流石に源太だは、我《おれ》の思案より先に身体が疾《とつく》に動いて居るなぞは頼母しい、なあにお吉心配する事は無い、十兵衛と御上人様に源太が謝罪《わび》をしてな、自分の示しが足らなかつたで手下《て》の奴が飛だ心得違ひを仕ました、幾重にも勘弁して下されと三ツ四ツ頭を下げれば済んで仕舞ふ事だは、案じ過しはいらぬもの、其でも先方《さき》が愚図〳〵いへば正面《まとも》に源太が喧嘩を買つて破裂《ばれ》の始末をつければ可《よ》いさ、薄ゝ聴いた噂では十兵衛も耳《みゝ》朶《たぶ》の一ツや半分斫り奪られても恨まれぬ筈、随分清吉の軽躁《おつちよこちよい》行為も一寸《ちよいと》をかしな可《い》い洒落か知れぬ、ハ、、、然し憫然《かはいそ》に我の拳固を大分食つて吽々《うん〳〵》苦しがつて居るばかりか、十兵衛を殺した後は何様始末が着くと我に云はれて漸く悟つたかして、噫《あゝ》悪かつた、逸《はや》り過ぎた間違つた事をした、親方に頭を下げさするやうな事をした歟《か》噫済まないと、自分の身体《みうち》の痛いのより後悔にぼろ〳〵涙を飜《こぼ》して居る愍然《ふびん》さは、何と可愛い奴では無い歟、喃《のう》お吉、源太は酷く清吉を叱つて叱つて十兵衛が所《とこ》へ謝罪《あやまり》に行けとまで云ふか知らぬが、其は表向の義理なりや是非は無いが、此所《こゝ》は汝《おまへ》の儲け役、彼奴《あいつ》を何《どう》か、なあそれ、よしか、其所《そこ》は源太を抱寝するほどのお吉様に了《わか》らぬことは無い寸法か、アハヽヽヽ、源太が居ないで話も要らぬ、どれ帰らうかい御馳走は預けて置かう、用があつたら何日《いつ》でもお出、とぼつ〳〵語つて帰りし後、思へば済まぬことばかり。女の浅き心から分別も無く清吉に毒づきしが、逸りきつたる若き男の間違仕出して可憫《あはれ》や清吉は自己《おのれ》の世を狭め、わが身は大切《だいじ》の所天《をつと》をまで憎うてならぬのつそりに謝罪らするやうなり行きしは、時の拍子の出来事ながら畢竟《つまり》は我が口より出し過失《あやまち》、兎せん角せん何とすべきと、火鉢の縁に凭《もた》する肘のついがつくりと滑るまで、我を忘れて思案に思案凝らせしが、思ひ定めて、応左様《おゝさう》ぢやと、立つて箪笥の大抽匣《おほひきだし》、明けて麝香の気《か》と共に投げ出し取り出すたしなみの、帯はそも〳〵此家《こゝ》へ来し嬉し恥かし恐ろしの其時締めし、ゑゝそれよ。懇話《ねだ》つて買つて貰ふたる博多に繻子《しゆす》に未練も無し、三枚重ねに忍ばるゝ往時《むかし》は罪の無い夢なり、今は苦労の山繭縞《やままゆじま》、ひらりと飛ばす飛八丈此頃好みし毛万筋《けまんすぢ》、千筋百筋気は乱るとも夫おもふは唯一筋、唯一筋の唐七糸帯《からしゆつちん》は、お屋敷奉公せし叔母が紀念《かたみ》と大切《だいじ》に秘蔵《ひめ》たれど何か厭はむ手放すを、と何やら彼やら有たけ出して婢《をんな》に包ませ、夫の帰らぬ其中と櫛笄《かうがい》も手ばしこく小箱に纏めて、さて其《そ》品《れ》を無残や余所《よそ》の蔵に籠らせ、幾干《いくら》かの金懐中《ふところ》に浅黄《あさぎ》の頭巾小提灯、闇夜も恐れず鋭次が家に。

其　二十七

池の端の行き違ひより飜然《からり》と変りし源太が腹の底、初めは可愛う思ひしも今は小癪に障つてならぬ其十兵衛に、頭《かしら》を下げ両手をついて謝罪《あやま》らねばならぬ忌〻しさ。さりとて打捨置かば清吉の乱暴も我が命令《いひつ》けて為せし歟《か》のやう疑がはれて、何も知らぬ身に心地快からぬ濡衣被せられむ事の口惜しく、唯さへおもしろからぬ此頃余計な魔がさして下らぬ心労《こころづか》ひを、馬鹿〻〻しき清吉めが挙動《ふるまひ》のために為ねばならぬ苦〻しさに益〻心平穏《おだやか》ならねど、処弁《さば》く道の処弁かで済むべき訳も無ければ、是も皆自然に湧きし事、何とも是非なしと諦めて厭〻ながら十兵衛が家音問《おとづ》れ、不慮の難をば訪《と》ひ慰め、且は清吉を戒むること足らざりしを謝び、のつそり夫婦が様子を視るに十兵衛は例の無言三昧、お浪は女の物やさしく、幸ひ傷も肩のは浅く大した事ではござりませねば何卒《どうぞ》お案じ下されますな、態〻御見舞下されては実《まこと》に恐れ入りまする、と如才なく口はきけど言葉遣ひのあらたまりて、自然《おのづ》と何処かに稜角《かど》あるは問はずと知れし胸の中、若《も》しや源太が清吉に内〻含めて為せし歟と疑ひ居るに極《きはま》つたり。

ゑゝ業腹な、十兵衛も大方我を左様《さう》視て居るべし、疾時機《とくとき》の来よ此源太が返報《しかへし》仕様を見せて呉れむ、清吉ごとき卑劣《けち》な野郎の為た事に何似るべき歟、釿《てうな》で片耳殺ぎ取る如き下らぬ事を我が為うや、我が腹立は木片《こつぱ》の火のぱつと燃え立ち直《すぐ》消ゆる、堪《こら》へも意地も無きやうなる事では済まさじ承知せじ、今日の変事は今日の変事、我が癇癪は我が癇癪、全《まる》で別なり関係《かゝりあひ》なし、源太が為やうは知るとき知れ悟らする時悟らせ呉れむと、裏《うち》にいよ〳〵不平は懐けど露塵ほども外には出さず、義理の挨拶見事に済まして直其足を感応寺に向け、上人に御目通り願ひ、一応自己《おのれ》が隷属《みうち》の者の不埒を御謝罪《おわび》し、我家《や》に帰りて、卒《いざ》これよりは鋭次に会ひ、其時清を押へ呉たる礼をも演《の》べつ其時の景状《やうす》をも聞きつ、又一ツには散〻清を罵り叱つて以後《このゝち》我家に出入り無用と云ひつけ呉れむと立出掛け、お吉の居ぬを不審して何所《どこ》へと問へば、何方《どちら》へか一寸《ちよい》行て来るとてお出になりました、と何食はぬ顔で婢の答へ、口禁《くちどめ》されてなりとは知らねば、応左《おゝさ》様歟《うか》、よし〳〵、我は火の玉の兄《あにき》がところへ遊びに行たとお吉帰らば云ふて置け、と草履つつかけ出合ひがしら、胡麻竹の杖とぼ〳〵と焼痕《やけこげ》のある提灯片手、老の歩みの見る目笑止にへの字なりして此方《こち》へ来る婆。お、清の母親《おふくろ》ではないか。あ、親方様でしたか、

其　二十八

あゝ好いところで御眼にかゝりましたが何所《どちら》へか御出掛けでござりまするか、と忙《せは》し気《げ》に老婆《ばゞ》が問ふに源太軽く会釈して、まあ能《よ》いは、遠慮せずと此方《こち》へ這入りやれ、

態《わざ》〳〵夜道を拾ふて来たは何ぞ急の用か、聴いてあげやう、と立戻れば、ハイ〳〵、有り難うござります、御出掛のところを済みません、御免下さいまし、ハイ〳〵、と云ひながら後に随いて格子戸くゞり、寒かつたらうに能う出て来たの、生憎お吉も居ないで関《かま》ふことも出来ぬが、縮《ちゞこ》まつて居ずとずつと前へ進《で》て火にでもあたるがよい、と親切に云ふてくる、源太が言葉に愈〻身を堅くして縮まり、お構ひ下さいましては恐れ入りまする、ハイ〳〵、懐炉を入れて居りますれば是で恰好でござりまする、と意久地なく落かゝる水涕《みづばな》を洲《す》の立つた半天の袖で拭きながら遥下《はるかさが》つて入口近きところに蹲《うづく》まり、何やら云ひ出したさうな素振り、源太早くも大方察して老婆《としより》の心の中憮かしと気の毒さ堪らず、余計な事仕出して我に肝煎《きもい》らせし清吉のお先走りを罵り懲らして、当分出入ならぬ由云ひに鋭次がところへ行かんとせし矢先であれど、視れば我が子を除いては阿弥陀様より他に親しい者も無かるべき孱弱《かよわ》き婆のあはれにて、我清吉を突き放さば身は腰弱弓の弦に断《き》れられし心地して、在るに甲斐なき生命ながらへむに張りも無く的《まと》も無くなり、何程《どれほど》か悲み歎いて多くもあらぬ余生を愚痴の涙《なんだ》の時雨に暮《ふ》し、晴〻とした気持のする日も無くて終ることならむと、思ひ遣れば思ひ遣るだけ憫然《びん》さの増し、煙草捻《ひね》つてつい居るに、婆は少しくにぢり出で、夜分まゐりまして実《まこと》に済みませんが、あの少しお願ひ申したい訳のござりまして、ハイ〳〵、既《もう》御存知でもござりませうが彼清吉《あの》めが飛んだ事をいたしましたさうで、ハイ〳〵、鉄五郎様から大概は聞きましたが、平常《ふだん》からして気の逸《はや》い奴で、直に打つの斫《き》るのと騒ぎまして其度にひや〳〵させまする、お蔭さまで一人前にはなつて居りましても未だ児童《がき》のやうな真一酷《まいつこく》、悪いことや曲つたことは決して仕ませぬが取り上せては分別の無くなる困つた奴《やつこ》で、ハイ〳〵、悪気は夢さら無い奴でござります、ハイ〳〵其は御存知で、ハイ有り難うござります、何様《どう》いふ筋で喧嘩をいたしましたか知りませぬが大それた手斧なんぞを振り舞はしましたそうで、左様《さう》きゝました時は私が手斧で斫られたやうな心持がいたしました、め組の親分とやらが幸ひ抱き留めて下されましたとか、まあ責めてもでござります、相手が死にでもしましたら彼奴《あれめ》は下手人、わたくしは彼を亡くして生きて居る瀬はござりませぬ、ハイ有り難うござります、彼めが幼少《ちひさい》ときは烈《ひど》い虫持で苦労をさせられましたも大抵ではござりませぬ、漸く中山の鬼子母神様の御利益で満足には育ちましたが、癒《なほ》りましたら七歳《なゝつ》までに御庭の土を踏ませませうと申して置きながら、遂何彼《ついなにか》にかまけて御礼参りもいたさせなかつた其御罰か、丈夫にはなりましたが彼通《あのとほり》の無鉄砲、毎ゝお世話をかけまする、今日も今日とて鉄五郎様がこれ〳〵と掻摘んで話されました時の私の吃驚《びつくり》、刃物を準備《ようい》までしてと聞いた時には、ゑゝ、又かと思はずどつきり胸も裂けさうになりました、め組の親分様とかが預かつて下されたとあれば安心のやうなものゝ、清めは怪我はいたしませぬかと聞けば鉄様の曖昧な返辞、別条はない案じるなと云はるゝだけに猶案ぜられ、其親分の家を尋ぬれば、其処《そこ》へ汝《おまへ》が行つたが好いか行かぬが可いか我には分らぬ、兎も角も親方様のところへ伺つて見ろと云ひつ放しで帰つて仕舞はれ、猶ゝ胸がしく〳〵痛んで居ても起ても居られませねば、留守を隣家《となり》の傘張りに頼むでやうやく参りました、何《ど》うかめ組の親分とやらの家を教へて下さいまし、ハイ〳〵直にまゐりまするつもりで、何んな態《ざま》して居りまするか、若しや却つて大怪我など為て居るのではござりますまいか、よいものならば早う逢《あつ》て安堵したうござりまするし喧嘩の模様も聞きたうござりまする、大丈夫曲つた事はよもやいたすまいと思ふて居りまするが若い者の事、ひよつと筋の違つた意趣でゞも為た訳なら、相手の十兵衛様に先此婆が一生懸命で謝罪《あやま》り、婆は仮令《たとひ》如何されても惜くない老耄《おいぼれ》、生先の長い彼奴《あれめ》が人様に恨まれるやうなことの無いやうに為ねばなりませぬ、とおろ〳〵涙になつての話し。始終を知らで一ト筋に我子をおもふ老の繰言、此返答には源太こまりぬ。

其　二十九

八五郎其所《そこ》に居るか、誰か来たやうだ明けてやれ、と云はれて、なんだ不思議な、女らしいぞと口の中《うち》で独語《つぶやき》ながら、誰だ女嫌ひの親分の所へ今頃来るのは、さあ這入りな、とがらりと戸を引き退くれば、八《は》ッ様《さん》お世話、と軽い挨拶、提灯吹き滅《け》して頭巾を脱ぎにかゝるは、此盆にも此の正月にも心付して呉れたお吉と気がついて八五郎めんくらひ、素肌に一枚どてらの裄《まへ》広がつて鼠《ねずみ》色になりし犢鼻褌《ふんどし》の見ゆるを急に押し隠しなどしつ、親分、なんの、あの、なんの姉御だ、と忙《せは》しく奥へ声をかくるに、なんの尽《づく》しで分る江戸ッ児。応左様《おゝさう》か、お吉来たの、能く来た、まあ其辺《そこら》の塵埃《ごみ》の無さゝうなところへ坐つて呉れ、油虫が這つて行くから用心しな、野郎ばかりの家は不《きた》潔《ない》のが粧飾《みえ》だから仕方が無い、我《おれ》も汝《おまへ》のやうな好い嚊《か》でも持つたら清潔《きれい》に為やうよ、アハ、、と笑へばお吉も笑ひながら、左様《さう》したらまた不潔《きたない》ゝゝと厳敷《きびしく》御叱《おいち》めなさるか知れぬ、と互ひに二ツ三ツ冗話《むだばなし》し仕て後、お吉少しく改まり、清吉は眠て居りまするか、何様《どう》いふ様子か見ても遣りたし、心にかゝれば参りました、と云へば鋭次も打頷《うちうなづ》き、清は今がたすや〳〵睡着《ねつ》いて起きさうにも無い容態ぢやが、疵といふて別にあるでもなし頭の顱《さら》骨を打破《うちわ》つた訳でもなければ、整骨医師《ほねつぎいしや》の先刻《さつき》云ふには、烈く逆上したところを滅茶ゝゝに撲《う》たれたため一時《いちじ》は気絶までも為たれ、保証《うけあひ》大したことは無い由、見たくば一寸覗いて見よ、と先に立つて導く後につき行くお吉、三畳ばかりの部屋の中に一切夢で眠り居る清吉を見るに、顔も頭も膨れ上りて、此様に撲つてなしたる鋭次の酷さが恨めしきまで可憫《あはれ》なる態《さま》なれど、済んだ事の是非も無く、座に戻つて鋭次に対ひ、我夫《うち》では必ず清吉が余計な手出しに腹を立ち、御上人様やら十兵衛への義理をかねて酷く叱るか出入りを禁《と》むるか何とかするでござりませうが、元はといへば清吉が自分の意恨で仕たではなし、畢竟《つまり》は此方《こち》の事のため、筋の違つた腹立をついむら〳〵としたのみなれば、妾《わたし》は何《どう》も我夫《うち》のするばかりを見て居る訳には行かず、殊更少し訳あつて妾が何《どう》とか為てやらねば此胸の済まぬ仕誼《しぎ》もあり、それやこれやを種々と案じた末に浮んだは一年か半年ほど清吉に此地退《の》かすること、人の噂も遠のいて我夫の機嫌も治つたら取成し様は幾干《いくら》も有り、まづそれまでは上方あたりに遊んで居るやう為てやりたく、路用の金も調《こしら》へて来ましたれば少しなれども御預け申しまする、何卒《どうぞ》宜敷云ひ含めて清吉めに与《や》つて下さりませ、我夫は彼《あの》通り表裏の無い人、腹の底には如何思つても必ず辛く清吉に一旦あたるに違ひ無く、未練気なしに叱りませうが、其時何と清吉が仮令《たとひ》云ふても取り上げぬは知れたこと、傍《そば》から妾が口を出しても義理は義理なりや仕様は無し、さりとて慾で做出来《しでか》した咎でもないに男一人の寄り付く島も無いやうにして知らぬ顔では如何しても妾が居られませぬ、彼《あれ》が一人の母のことは彼さへ居ねば我夫にも話して扶助《たすく》るに厭は云はせまじく、また厭といふやうな分らぬことを云ひも仕ますまいなれば掛念《けねん》はなけれど、妾が今夜来たことやら蔭で清吉をば勔《いたは》ることは、我夫へは当分秘密《ないしよ》にして。解つた、えらい、もう用は無からう、お帰り〳〵、源太が大抵来るかも知れぬ、撞見《でつくわ》しては拙《まづ》からう、と愛想は無けれど真実はある言葉に、お吉嬉しく頼み置きて帰れば、其後へ引きちがへて来る源太、果して清吉に、出入りを禁《と》むる師弟の縁断るとの言ひ渡し。鋭次は笑つて黙り、清吉は泣て詫びしが、其夜源太の帰りし跡、清吉鋭次にまた泣かせられて、狗《いぬ》になつても我《おれ》や姉御夫婦の門辺は去らぬと唸りける。
四五日過ぎて清吉は八五郎に送られ、箱根の温泉《いでゆ》を志して江戸を出しが、夫《それ》よりたどる東海道いたるは京か大阪の、夢はいつでも東都《あづま》なるべし。

其　三十

十兵衛傷を負ふて帰つたる翌朝、平生《いつも》の如く夙《と》く起き出づればお浪驚いて急にとゞめ、まあ滅相な、緩《ゆる》りと臥《やす》むでおいでなされおいでなされ、今日は取りわけ朝風の冷たいに破傷風にでもなつたら何となさる、どうか臥むで居て下され、お湯ももう直沸きませうほどに含嗽手水《うがひてうづ》も其所《そこ》で妾《わたし》が為せてあげませう、と破土竈《やぶれべつつひ》にかけたる羽虧《はか》け釜の下焚きつけながら気を揉んで云へど、一向平気の十兵衛笑つて、病人あしらひにされるまでの事はない、手拭だけを絞つて貰へば顔も一人で洗ふたが好い気持ぢや、と箍《たが》の緩みし小盥《こだらひ》に自ら水を汲み取りて、別段悩める容態《やうす》も無く平日《ふだん》の如く振舞へば、お浪は呆れ且つ案ずるに、のつそり少しも頓着せず朝食《あさめし》終ふて立上り、突然《いきなり》衣物《きもの》を脱ぎ捨て、股引腹掛着《つけ》にかゝるを、飛んでも無い事何処へ行かるゝ、何程仕事の大事ぢやとて昨日の今日は疵口《きずぐち》の合ひもすまいし痛みも去るまじ、泰然《ぢつ》として居よ身体を使ふな、仔細は無けれど治癒《なほ》るまでは万般《よろづ》要慎《つゝしみ》第一と云はれた御医者様の言葉さへあるに、無理圧して感応寺に行かるゝ心か、強過ぎる、仮令《たとひ》行つたとて働きはなるまじ、行かいでも誰が咎めう、行かで済まぬと思はるゝなら妾《わたし》が一寸《ちよと》一ト走り、お上人様の御目にかゝつて三日四日の養生を直ゝに願ふて来ましよ、御慈悲深いお上人様の御承知なされぬ気遣ひない、かならず大切《だいじ》にせい軽挙《かるはずみ》すなと仰やるは知れた事、さあ此衣《これ》を着て家《うち》に引籠み、せめて疵口《くち》の悉皆《すつかり》密着《くつつ》くまで沈静《おちつい》て居て下され、と只管《ひたすら》とゞめ宥《なだ》め慰め、脱ぎしをとつて復被《またき》すれば、余計な世話を焼かずとよし、腹掛着せい、これは要らぬ、と利く右の手にて撥ね退くる。まあ左様《さう》云はずと家に居て、とまた打被《うちき》する、撥ね退くる、男は意気地女は情、言葉あらそひ果しなければ流石にのつそり少し怒つて、訳の分らぬ女の分で邪魔立てするか忌ゝしい奴、よし〳〵頼まぬ一人で着る、高の知れたる蚯蚓膨《みゝずばれ》に一日なりとも仕事を休んで職人共の上《かみ》に立てるか、汝《うぬ》は少《ちつと》も知るまいがの、此十兵衛はおろかしくて馬鹿と常ゝ云はるゝ身故に職人共が軽う見て、眼の前では我が指揮《さしづ》に従ひ働くやうなれど、蔭では勝手に怠惰《なまけ》るやら譏《そし》るやら散ゝに茶にして居て、表面《うはべ》こそ粧へ誰一人真実仕事を好くせうといふ意気組持つて仕てくるゝものは無いは、ゑゝ情無い、如何《どう》かして虚飾《みえ》で無しに骨を折つて貰ひたい、仕事に膏《あぶら》を乗せて貰ひたいと、諭せば頭は下げながら横向いて鼻で笑はれ、叱れば口に謝罪《あやま》られて顔色《かほつき》に怒られ、つく〴〵我折つて下手に出れば直《よ》と増長さるゝ口惜さ悲しさ辛さ、毎日ゝゝ棟梁ゝゝと大勢に立てられるは立派で可けれど腹の中では泣きたいやうな事ばかり、いつそ穴鑿《あなほ》りで引使《ひつつか》はれたはうが苦しうないと思ふ位、其中で何《どう》か斯《かう》か此《こゝ》日まで運ばして来たに今日休んでは大事の蹟き、胸が痛いから早帰りします、頭痛がするで遅くなりましたと皆に怠惰られるは必定、其時自分が休んで居れば何と一言云ひ様なく、仕事が雨垂《あまだれ》拍子になつて出来べきものも仕損ふ道理、万が一にも仕損じてはお上人様源太親方に十兵衛の顔が向られうか、これ、生きても塔が成《でき》ねばな、此十兵衛は死んだ同然、死んでも業《わざ》を仕遂げれば汝《うぬ》が夫《おやぢ》は生て居るはい、二寸三寸の手斧《てうな》傷に臥て居られるか居られぬ歟《か》、破傷風が怖しい歟仕事の出来ぬが怖しい歟、よしや片腕奪《と》られたとて一切成就の暁までは駕籠に乗つても行かでは居ぬ、ましてや是しきの蚯蚓膨に、と云ひつ、お浪が手中より奪ひとつたる腹掛に、左の手を通さんとして顰《しか》むる顔、見るに女房の争へず、争ひまけて傷をいたはり、遂に半天股引まで着せて出しける心の中、何とも口には云ひがたかるべし。

　十兵衛よもや来はせじと思ひ合ふたる職人共、ちらりほらりと辰の刻頃より来て見て吃驚《びつくり》する途端、精出して呉るゝ嬉しいぞ、との一言を十兵衛から受けて皆冷汗をかきけるが、是より一同《みな〳〵》励み勤め昨日に変る身のこなし、一をきいては三まで働き、二と云はれしには四まで動けば、のつそり片腕の用を欠《か》いて却て多くの腕を得つ日ゝ《にち〳〵》工事捗取《ことはかど》り、肩疵治る頃には大抵塔も成《でき》あがりぬ。

其　三十一

時は一月の末つ方、のつそり十兵衛が辛苦経営むなしからで、感応寺生雲塔いよ〳〵物の見事に出来上り、段々足場を取り除けば次第々々に露るゝ、一階一階また一階、五重巍然《ぎぜん》と聳えしさま、金剛力士が魔軍を睥睨《にら》んで十六丈の姿を現《げん》じ坤軸《こんぢく》動《ゆる》がす足ぶみして巌上《いはほ》に突立ちたるごとく、天晴立派に建つたる哉、あら快き細工振りかな、希有ぢや未曾有ぢや再《また》あるまじと為右衛門より門番までも、初手《しよて》のつそりを軽しめたる事は忘れて讃歎すれば、円道はじめ一山《いつさん》の僧徒も躍りあがつて歓喜《よろこ》び、これでこそ感応寺の五重塔なれ、あら嬉しや、我等が頼む師は当世に肩を比すべき人も無く、八宗九宗の碩徳《せきとく》達《たち》虎豹鶴鷺《こへうかくろ》と勝《す》ぐれたまへる中にも絶類抜群にて、譬へば獅子王孔雀王、我等が頼む此寺の塔も絶類抜群にて、奈良や京都はいざ知らず上野浅草芝山内、江戸にて此塔《これ》に勝るものなし、殊更塵土《ぢんど》に埋もれて光も放たず終るべかりし男を拾ひあげられて、心の宝珠《たま》の輝きを世に発出《いだ》されし師の美徳、困苦に撓《たゆ》まず知己に酬いて遂に仕遂げし十兵衛が頼もしさ、おもしろくまた美はしき奇因縁なり妙因縁なり、天の成せしか人の成せし歟《か》将又《はたまた》諸天善神の蔭にて操り玉ひし歟、屋《をく》を造るに巧妙《たくみ》なりし達膩伽《たにか》尊者《そんじや》の噂はあれど世尊《せそん》在世の御時にも如是《かく》快き事ありしを未だきかねば漢土《から》にもきかず、いで落成の式あらば我偈《げ》を作らむ文を作らむ、我歌をよみ詩を作《な》して頌せむ讃せむ詠ぜむ記せむと、各々互《たがひ》に語り合ひしは慾のみならぬ人間《ひと》の情の、やさしくもまた殊勝なるに引替へて、測り難きは天の心、円道為右衛門二人が計らひとしていと盛んなる落成式執行《しふぎやう》の日も略定まり、其日は貴賤男女の見物をゆるし貧者に剰れる金を施し、十兵衛其他を犒《ねぎ》らひ賞《ほ》する一方には、また伎楽を奏して世に珍しき塔供養あるべき筈に支度とり〴〵なりし最中、夜半の鐘の音の曇つて平日《つね》には似つかず耳にきたなく聞えしがそも〳〵、漸ゝ《ぜん〳〵》あやしき風吹き出して、眠れる児童《こども》も我知らず夜具踏み脱ぐほど時候生暖かくなるにつれ、雨戸のがたつく響き烈しくなりまさり、闇に揉まる、松柏の梢に天魔の号《さけ》びものすごくも、人の心の平和を奪へ平和を奪へ、浮世の栄華に誇れる奴等の胆を破れや睡りを攪《みだ》せや、愚物の胸に血の濤打たせよ、偽物の面の紅き色奪れ、斧持てる者斧を揮《ふる》へ、矛《ほこ》もてるもの矛を揮へ、汝等が鋭《と》き剣《つるぎ》は餓えたり汝等剣に食《しよく》をあたへよ、人の膏血《あぶら》はよき食なり汝等剣に飽まで喰はせよ、飽まで人の膏膩《あぶら》を餌《か》へと、号令きびしく発するや否、猛風一陣どつと起つて、斧をもつ夜叉《やしや》矛もてる夜叉餓えたる剣もてる夜叉、皆一斉《いつせい》に暴れ出《いだ》しぬ。

其　三十二

長夜の夢を覚まされて江戸四里四方の老若男女、悪風来りと驚き騒ぎ、雨戸の横柄《よこざ》子《る》緊乎《しつか》と挿《さ》せ、辛張棒を強く張れと家ゝごとに狼狽《うろた》ゆるを、可憫《あはれ》とも見ぬ飛天夜叉王、怒号の声音《こわね》たけ〴〵しく、汝等人を憚るな、汝等人間《ひと》に憚られよ、人間は我等を軽んじたり、久しく我等を賤みたり、我等に捧ぐべき筈の定めの牲《にへ》を忘れたり、這ふ代りとして立つて行く狗《いぬ》、驕奢《おごり》の塒巣《ねぐら》作れる禽《とり》、尻尾《しりを》なき猿、物言ふ蛇、露誠実《まこと》なき狐の子、汚穢《けがれ》を知らざる豕《ゐのこ》の女《め》、彼等に長く侮られて遂に何時まで忍び得む、我等を長く侮らせて彼等を何時まで誇らすべき、忍ぶべきだけ忍びたり誇らすべきだけ誇らしたり、六十四年は既に過ぎたり、我等を縛せし機運の鉄鎖《てつさ》、我等を囚へし慈忍の岩窟《いはや》は我が神力にて扯断《ちぎ》り棄てたり崩潰《くづれ》さしたり、汝等暴《あ》れよ今こそ暴れよ、何十年の恨の毒気を彼等に返せ一時に返せ、彼等が驕慢《ほこり》の気《け》の臭さを鉄囲山外《てつゐさんげ》に攫《つか》んで捨てよ、彼等の頭《かうべ》を地につかしめよ、無慈悲の斧の刃味《はあぢ》の好さを彼等が胸に試みよ、惨酷の矛、瞋恚《しんい》の剣の刃糞と彼等をなしくれよ、彼等が喉《のど》に氷を与へて苦寒に怖れ顫《わなゝ》かしめよ、彼等が胆に針を与へて秘密の痛みに堪ざらしめよ、彼等が眼前《めさき》に彼等が生《な》したる多数《おほく》の奢侈《しやし》の子孫を殺して、玩物の念を嗟歎の灰の河に埋めよ、彼等は蚕児《かひこ》の家を奪ひぬ汝等彼等の家を奪へや、彼等は蚕児の智慧を笑ひぬ汝等彼等の智慧を讃せよ、すべて彼等の巧みとおもへる智慧を讃せよ、大とおもへる意《こころ》を讃せよ、美《うるは》しと自らおもへる情を讃せよ、協《かな》へりとなす理を讃せよ、剛しとなせる力を讃せよ、すべては我等の矛の餌なれば、剣の餌なれば斧の餌なれば、讃して後に利器《えもの》に餌《か》ひ、よき餌をつくりし彼等を笑へ、嬲《なぶ》らるゝだけ彼等を嬲れ、急に屠《ほふ》るな嬲り殺せ、活しながらに一枚ゝゝ皮を剝ぎ取れ、肉を剝ぎとれ、彼等が心臓《しん》を鞠《まり》として蹴よ、枳棘《からたち》をもて脊を鞭《う》てよ、歎息の呼吸《いき》涙の水、動悸の血の音悲鳴の声、其等をすべて人間《ひと》より取れ、残忍の外快《ほかけ》楽《らく》なし、酷烈ならずば汝等疾く死ね、暴《あ》れよ進めよ、無法に住して放逸無慚無理無体に暴れ立て暴れ立て進め進め、神とも戦へ仏《ぶつ》をも擲《たゝ》け、道理を壊《やぶ》つて壊りすてなば天下は我等がものなるぞと、叱咤《しつた》する度《たび》土石を飛ばして丑《うし》の刻より寅の刻、卯《う》となり辰となるまでも毫《ちつと》も止まず励ましたつれば、数万の眷属勇みをなし、水を渡るは波を蹴かへし、陸《をか》を走るは沙《すな》を蹴かへし、天地を塵埃《ほこり》に黄ばまして日の光をもほと〳〵掩《おほ》ひ、斧を揮つて数寄者《すきしや》が手入れ怠りなき松を冷笑《あざわら》ひつゝ、ほつきと斫《き》るあり、矛を舞はして板屋根に忽ち穴を穿《うが》つもあり、ゆさ〳〵〳〵と怪力《くわいりよく》もてさも堅固なる家を動かし橋を揺がすものもあり。手ぬるし〳〵酷《むご》さが足らぬ、我に続けと憤怒の牙噛み鳴らしつゝ夜叉王の躍り上つて焦躁《いらだて》ば、虚空に充ち満ちたる眷属、をたけび鋭くをめき叫んで遮《しや》に無《む》に暴威を揮ふほどに、神前寺内に立てる樹も富家《ふうか》の庭に養はれし樹も、声振り絞つて泣き悲み、見る〳〵大地の髪の毛は恐怖に一ゝ竪立《じゆりつ》なし、柳は倒れ竹は割るゝ、折しも、黒雲空に流れて樫の実よりも大きなる雨ばらり〳〵と降り出せば、得たりとます〳〵暴《あ》るゝ夜叉、垣を引き捨て塀を蹴倒し、門をも破《こは》し屋根をもめくり軒端の瓦を踏み砕き、唯一ト揉に屑屋を飛ばし二タ揉み揉んでは二階を捻ぢ取り、三たび揉んでは某寺《なにがしでら》を物の見事に潰《つひや》し崩し、どう〳〵どつと鬨《とき》をあぐる其度毎に心を冷し胸を騒がす人ゝの、彼《あれ》に気づかひ此に案ずる笑止の様を見ては喜び、居所さへも無くされて悲むものを見ては喜び、いよ〳〵図に乗り狼藉のあらむ限りを逞しうすれば、八百八町百万の人みな生ける心地せず顔色さらにあらばこそ。

中にも分けて驚きしは円道為右衛門、折角僅に出来上りし五重塔は揉まれ揉まれて九輪は動《ゆら》ぎ、頂上の宝珠は空に得読めぬ字を書き、岩をも転ばすべき風の突掛け来り、楯をも貫くべき雨の打付《ぶつか》り来る度撓《たわ》む姿、木の軋《きし》る音、復《もど》る姿《さま》、又撓む姿、軋る音、今にも傾覆《くつがへ》らんず様子に、あれ〳〵危し仕様は無きか、傾覆られては大事なり、止《とゞ》むる術も無き事か、雨さへ加はり来りし上周囲《まはり》に樹木もあらざれば、未曾有の風に基礎《どだい》狭くて丈のみ高き此塔の堪《こら》へむことの覚束なし、本堂さへも此程に動けば塔は如何ばかりぞ、風を止むる呪文はきかぬか、かく恐ろしき大暴風雨《おほあらし》に見舞に来べき源太は見えぬ歟《か》、まだ新しき出入なりとて重ゝ《ぢゆう〳〵》来《こ》では叶はざる十兵衛見えぬか寛怠《くわんたい》なり、他《ひと》さへ斯程《かほど》気づかふに己が為し塔気にかけぬか、あれ〳〵危し又撓むだは、誰か十兵衛招びに行け、といへども天に瓦飛び板飛び、地上に砂利の舞ふ中を行かむといふものなく、漸く賞美の金《かね》に飽かして掃除人の七蔵爺《ぢゞ》を出《いだ》しやりぬ。

其　三十三

耄碌《まうろく》頭巾に首をつゝみて其上に雨を凌がむ準備《ようい》の竹の皮笠引被り、鳶子《とんび》合羽に胴締して手ごろの杖持ち、恐怖《こは〴〵》ながら烈風強雨の中を駈け抜けたる七蔵爺《おやぢ》、やうやく十兵衛が家にいたれば、これはまた酷い事、屋根半分は既疾《もうとう》に風に奪《と》られて見るさへ気の毒な親子三人の有様、隅の方《かた》にかたまり合ふて天井より落ち来る点滴《しづく》の飛沫《しぶき》を古筵《ふるござ》で僅に避《よ》け居る始末に、扨ものつそりは気に働らきの無い男と呆れ果つゝ、これ棟梁殿、此暴風雨《あらし》に左様《さう》して居られては済むまい、瓦が飛ぶ樹が折れる、戸外《おもて》は全然《まるで》戦争《いくさ》のやうな騒ぎの中に、汝《おまへ》の建てられた彼塔《あの》は如何あらうと思はるゝ、丈は高し周囲《まはり》に物は無し基礎《どだい》は狭し、何《ど》の方角から吹く風をも正面《まとも》に受けて揺れるは揺れるは、旗竿ほどに撓むではきち〳〵と材《き》の軋る音の物凄さ、今にも倒れるか壊れるかと、円道様も為右衛門様も胆を冷したり縮ましたりして気が気では無く心配して居らるゝに、一体ならば迎ひなど受けずとも此天変を知らず顔では済まぬ汝が出ても来ぬとは余《あんま》りな大勇、汝の御蔭で険難《けんのん》な使を吩咐《いひつ》かり、忌ゝしい此瘤を見て呉れ、笠は吹き攫《さら》はれる全濡《ずぶぬれ》にはなる、おまけに木片《きぎれ》が飛んで来て額に打付《ぶつか》りくさつたぞ、いゝ面の皮とは我《おれ》がこと、さあ〳〵一所に来て呉れ来て呉れ、為右衛門様円道様が連れて来いとの御命令《おいひつけ》だは、ゑゝ、吃驚《びつくり》した、雨戸が飛んで行て仕舞ふたのか、これだもの塔が堪るものか、話しする間にも既倒れたか折れたか知れぬ、愚図ゝゝせずと身支度せい、疾く〳〵と急《せ》り立つれば、傍《そば》から女房も心配気に、出て行かるゝなら途中が危険《あぶな》い、腐つても彼《あの》火事頭巾、あれを出しましよ冠つてお出なされ、何が飛んで来るか知れたものではなし、外《み》見《え》よりは身が大切《だいじ》、何程《いくら》襤褸《ぼろ》でも仕方ない刺子絆纏《ばんてん》も上に被ておいでなされ、と戸棚がた〳〵明けにかゝるを、十兵衛不興気の眼でぢつと見ながら、あゝ構ふてくれずともよい、出ては行かぬは、風が吹いたとて騒ぐには及ばぬ、七蔵殿御苦労でござりましたが塔は大丈夫倒れませぬ、何の此程の暴風雨で倒れたり折れたりするやうな脆いものではござりませねば、十兵衛が出掛けてまゐるにも及びませぬ、円道様にも為右衛門様にも左様《さう》云ふて下され、大丈夫、大丈夫でござります、と泰然《おちつき》はらつて身動きもせず答ふれば、七蔵少し膨《ふく》れ面して、まあ兎も角も我と一緒に来て呉れ、来て見るがよい、彼《あ》の塔のゆさ〳〵きち〳〵と動くさまを、此処に居て目に見ねばこそ威張つて居らるれ、御開帳の幟のやうに頭を振つて居るさまを見られたら何程《なんぼ》十兵衛殿寛濶《おうやう》な気性でも、お気の毒ながら魂魄《たましひ》がふはり〳〵とならるゝであらう、蔭で強いのが役にはたゝぬ、さあ〳〵一所に来たり来たり、それまた吹くは、嗚呼恐ろしい、中ゝ止みさうにも無い風の景色、円道様も為右衛門様も定めし胆を煎つて居《い》らるゝぢやろ、さつさと頭巾なり絆纏なり冠るとも被るともして出掛けさつしやれ、と遣り返す。大丈夫でござりまする、御安心なさつて御帰り、と突撥る。其の安心が左様《さう》手易くは出来ぬわい、と五月蝿《うるさく》云ふ。大丈夫でござりまする、と同じことをいふ。末には七蔵焦《じ》れこむで、何でも彼でも来いといふたら来い、我《おれ》の言葉とおもふたら違ふぞ円道様為右衛門様の御命令《おいひつけ》ぢや、と語気あらくなれば十兵衛も少し勃然《むつ》として、我《わし》は円道様為右衛門様から五重塔建ていとは命令《いひつ》かりませぬ、御上人様は定めし風が吹いたからとて十兵衛よべとは仰やりますまい、其様な情無い事を云ふては下さりますまい、若《も》しも御上人様までが塔危いぞ十兵衛呼べと云はるゝやうにならば、十兵衛一期の大事、死ぬか生きるかの瀬門《せと》に乗かゝる時、天命を覚悟して駈けつけませうなれど、御上人様が一言半句十兵衛の細工を御疑ひなさらぬ以上は何心配の事も無し、余の人たちが何を云はれうと、紙を材《き》にして仕事もせず魔術《てづま》も手抜もして居ぬ十兵衛、天気のよい日と同じことに雨の降る日も風の夜も楽ゝとして居りまする、暴風雨が怖いものでも無ければ地震が怖うもござりませぬと円道様にいふて下され、と愛想なく云ひ切るにぞ、七蔵仕方なく風雨の中を駈け抜けて感応寺に帰りつき円道為右衛門に此よし云へば、さても其場に臨むでの智慧の無い奴め、何故《なぜ》其時に上人様が十兵衛来いとの仰せぢやとは云はぬ、あれ〳〵彼《あの》揺るゝ態《さま》を見よ、汝《きさま》までがのつそりに同化《かぶれ》て寛怠過ぎた了見ぢや、是非は無い、も一度行つて上人様の御言葉ぢやと欺誑《たばか》り、文句いはせず連れて来い、と円道に烈しく叱られ、忌ゝしさに独語《つぶや》きつゝ七蔵ふたゝび寺門を出でぬ。

其　三十四

さあ十兵衛、今度は是非に来よ四の五のは云はせぬ、上人様の御召ぢやぞ、と七蔵爺《ぢゞ》いきりきつて門口から我鳴《がな》れば、十兵衛聞くより身を起して、なにあの、上人様の御召なさるとか、七蔵殿それは真実《まこと》でござりまするか、嗚呼なさけ無い、何程風の強ければとて頼みきつたる上人様までが、此十兵衛の一心かけて建てたものを脆くも破《こ》壊《は》る丶歟《か》のやうに思し召されたか口惜しい、世界に我を慈悲の眼で見て下さる丶唯一つの神とも仏ともおもふて居た上人様にも、真底からは我が手腕《うで》たしかと思はれざりし歟、つく〴〵頼母しげ無き世間、もう十兵衛の生き甲斐無し、たま〳〵当時に双《ならび》なき尊き智識に知られしを、是れ一生の面目とおもふて空《あだ》に悦びしも真《しん》に果敢無き少時《しばし》の夢、嵐の風のそよと吹けば丹誠凝らせし彼《あの》塔も倒れやせむと疑はる丶とは、ゐ丶腹の立つ、泣きたいやうな、それほど我《おれ》は腑《ふ》の無い奴か、恥をも知らぬ奴《やつこ》と見ゆる歟、自己《おのれ》が為たる仕事が恥辱《はぢ》を受けてものめ〳〵面《つら》押拭ふて自己は生きて居るやうな男と我《おれ》は見らる丶歟、仮令《たとへ》ば彼塔倒れた時生きて居やうか生きたからう歟、ゐ丶口惜《くやし》い、腹の立つ、お浪、それほど我が鄙《さも》しからうか、嗚呼ゝゝ生命も既《もう》いらぬ、我が身体にも愛想の尽きた、此世の中から見放された十兵衛は生きて居るだけ恥辱をかく苦悩《くるしみ》を受ける、ゐ丶いつその事塔も倒れよ暴風雨《あらし》も此上烈しくなれ、少しなりとも彼塔に損じの出来て呉れよかし、空吹く風も地《つち》打つ雨も人間《ひと》ほど我には情無《つれな》からねば、塔破壊《こは》されても倒されても悦びこそせめ恨はせじ、板一枚の吹きめくられ釘一本の抜かる丶とも、味気無き世に未練はもたねば物の見事に死んで退けて、十兵衛といふ愚魯漢《ばかもの》は自己が業の粗漏《てぬかり》より恥辱を受けても、生命惜しさに生存《いきなが》へて居るやうな鄙劣《けち》な奴では無かりしか、如是《かゝる》心を有つて居しかと責めては後にて吊《とむら》はれむ、一度はどうせ捨つる身の捨処よし捨時よし、仏寺を汚すは恐れあれど我が建てしもの壊れしならば其場を一歩立去り得べきや、諸仏菩薩も御許しあれ、生雲塔の頂上《てつぺん》より直ちに飛んで身を捨てむ、投ぐる五尺の皮嚢《かはぶくろ》は潰《やぶ》れて醜かるべきも、きたなきものを盛つては居らず、あはれ男児《をとこ》の醇粋《いつぽんぎ》、清浄の血を流さむなれば愍然《ふびん》ともこそ照覧あれと、おもひし事やら思はざりしや十兵衛自身も半分知らで、夢路を何時の間にか辿りし、七蔵にさへ何処でか分れて、此所《こゝ》は、おゝ、それ、その塔なり。

上りつめたる第五層の戸を押明けて今しもぬつと十兵衛半身あらはせば、礫《こいし》を投ぐるが如き暴風の眼も明けさせず面《おもて》を打ち、一ツ残りし耳までも扯断《ちぎ》らむばかりに猛風の呼吸《いき》さへ為《さ》せず吹きかくるに、思はず一足退きしが屈せず奮つて立出でつ、欄を握むで屹《きつ》と睥《にら》めば天《そら》は五月《さつき》の闇より黒く、たゞ囂々《がう〳〵》たる風の音のみ宇宙に充て物騒がしく、さしも堅固の塔なれど虚空に高く聳えたれば、どう〳〵どつと風の来る度ゆらめき動きて、荒浪の上に揉まるゝ棚無し小舟のあはや傾覆《くつがへ》らむ風情、流石覚悟を極《きは》めたりしも又今更におもはれて、一期の大事死生の岐路《ちまた》と八万四千の身の毛竪《よだ》たせ牙咬《かみし》定めて眼《まなこ》を睜《みは》り、いざ其時はと手にして来し六分鑿《ろくぶのみ》の柄忘るゝばかり引握むでぞ、天命を静かに待つとも知るや知らずや、風雨いとはず塔の周囲《めぐり》を幾度となく徘徊《はいくわい》する、怪しの男一人ありけり。

其　三十五

去る日の暴風雨《あらし》は我等生れてから以来《このかた》第一の騒なりしと、常は何事に逢ふても二十年前《ぜん》三十年前にありし例《ためし》をひき出して古きを大袈裟に、新しきを訳も無く云ひ消す気《かた》質《ぎ》の老人《としより》さへ、真底我《が》折つて噂仕合へば、まして天変地異をおもしろづくで談話《はなし》の種子にするやうの剽軽《へうきん》な若い人は分別も無く、後腹の疾《や》まぬを幸ひ、何処の火の見が壊れたり彼処《かしこ》の二階が吹き飛ばされたりと、他《ひと》の憂ひ災難を我が茶受とし、醜態《ざま》を見よ馬鹿慾から芝居の金主して何某《なにがし》め痛い目に逢ふたるなるべし、さても笑止彼《あ》の小屋の潰れ方はよ、又日頃より小面憎かりし横町の生花の宗匠が二階、御神楽だけの事はありしも気味《きび》よし、それよりは江戸で一二といはるゝ大寺《たいじ》の脆く倒れたも仔細こそあれ、実は檀徒から多分の寄附金集めながら役僧の私曲《わたくし》、受負師の手品、そこにはそこの有りし由、察するに本堂の彼《あ》の太い柱も桶でがな有つたらうなんどと様ゝの沙汰に及びけるが、いづれも感応寺生雲塔の釘一本ゆるまず板一枚剝がれざりしには舌を巻きて讃歎し、いや彼塔《あれ》を作つた十兵衛といふは何とえらいものではござらぬ歟《か》、彼塔《あの》倒れたら生きては居ぬ覚悟であつたさうな、すでの事に鑿啣《のみふく》んで十六間真逆《まさか》しまに飛ぶところ、欄干《てすり》を斯う踏み、風雨を睨んで彼程《あれほど》の大揉《おほもめ》の中に泰然《ぢつ》と構へて居たといふが、其一念でも破壊《こは》るまい、風の神も大方血眼《ちまなこ》で睨まれては遠慮が出たであらう歟、甚五郎このかたの名人ぢや真の棟梁ぢや、浅草のも芝のもそれ〴〵損じのあつたに一寸一分歪みもせず退《ず》りもせぬとは能う造つた事の。いやそれについて話しのある、其十兵衛といふ男の親分がまた滅法えらいもので、若《も》しも些《ちと》なり破壊《こは》れでもしたら同職《なかま》の恥《は》辱《ち》知合《しりあひ》の面汚し、汝《うぬ》はそれでも生きて居られうかと、到底《とても》再度《ふたゝび》鉄槌も手斧《てうな》も握る事の出来ぬほど引叱《ひつしか》つて、武士で云はば詰腹同様の目に逢はせうと、ぐる〳〵〳〵大雨を浴びながら塔の周囲《まはり》を巡つて居たさうな。いや〳〵、それは間違ひ、親分では無い商売上敵《がたき》ぢやさうな、と我れ知り顔に語り伝へぬ。

　暴風雨のために準備《したく》狂ひし落成式もいよ〳〵済みし日、上人わざ〳〵源太を召《よ》び玉ひて十兵衛と共に塔に上られ、心あつて雛僧《こぞう》に持たせられし御筆に墨汁《すみ》したゝか含ませ、我此塔に銘じて得させむ、十兵衛も見よ源太も見よと宣ひつゝ、江都の住人十兵衛之を造り川越源太郎之を成《な》す、年月日とぞ筆太に記し了られ、満面に笑を湛へて振り顧《かへ》り玉へば、両人ともに言葉なくたゞ平伏《ひれふ》して拝謝《をが》みけるが、それより宝塔長《とこしな》へに天に聳えて、西より瞻《み》れば飛檐《ひえん》或時素月《そげつ》を吐き、東より望めば勾欄《こうらん》夕《ゆふべ》に紅日を呑んで、百有余年の今になるまで、譚《はなし》は活きて遺りける。

太郎坊

見るさへまばゆかつた雲の峯は風に吹き崩されて夕方の空が青みわたると、真夏とはいひながらお日様の傾くに連れて流石《さすが》に凌ぎよくなる。軈《やが》て五日頃の月は葉桜の繁みから薄く光つて見える、其下を蝙蝠《かうもり》が得たり顔にひら〳〵と彼方此方《かなたこなた》へ飛んで居る。

主人《あるじ》は甲斐〻〻しくはだし尻端折で庭に下り立つて、蟬も雀も濡れよとばかりに打水をして居る。丈夫づくりの薄禿《うすつぱげ》の男ではあるが、其余念のない顔付はおだやかな波を額に湛えて、今は充分世故《せこ》に長けた身の最早何事にも軽〻しくは動かされぬといふやうなありさまを見せて居る。

細君は焜炉《しちりん》を煽《あふ》いだり、庖丁の音をさせたり、忙がしげに台所をゴトツカせて居る。主人が跣足《はだし》になつて働いて居るといふのだから細君が奥様然と済しては居られぬ筈で、かういふ家の主人といふものは、俗にいふ罰も利生《りしやう》もある人であるによつて、人の妻たるだけの任務は厳格に果すやうに馴らされて居るのらしい。

下女は下女で碓《うす》のやうな尻を振立て、椽側を雑巾がけして居る。まづ賤しからず貴からず暮らす家の夏の夕暮れの状態としては、生き〳〵として活気のある、よい家庭である。

主人は打水を了へて後満足げに庭の面を見わたしたが、やがて足を洗つて下駄をはくかとおもふと直に下女を呼んで、手拭、石鹼《シャボン》、湯銭等を取り来らしめて湯へいつてしまつた。返つて来ればチャンと膳立てが出来て居るといふのが、毎日〳〵版に摺つたやうに定まつて居る寸法と見える。

軈て主人はまくり手をしながら茹蛸のやうになつて帰つて来た。椽に花蓙《はなござ》が敷いてある、提煙草盆が出て居る。ゆつたりと坐つて烟草を二三服ふかして居る中に、黒塗の膳は主人の前に据ゑられた。水色の天具帖《てんぐでふ》で張られた籠洋燈《かごランプ》は坐敷の中に置かれて居る。ほどよい位置に吊された岐阜提灯は涼しげな光りを放つて居る。

庭は一隅の梧桐《あをぎり》の繁みから次第に暮れて来て、ひよろ松檜葉《まつひば》などに滴る水珠は夕立の後かと見紛ふばかりで、其濡色に夕月の光の薄く映ずるのは何とも云へぬすが〳〵しさを添へて居る。主人は庭を渡る微風《そよかぜ》に袂を吹かせながら、おのれの労働《ほねをり》が為《つく》り出した快い結果を極めて満足しながら味はつて居る。

所へ細君は小形の出雲焼の燗徳利を持つて来た。主人に対《むか》つて坐つて、一つ酌をしながら微笑《ゑみ》を浮べて、

「嘸《さぞ》お疲労《くたびれ》でしたらう。」

と云つた其言葉は極めて簡単であつたが、打水の涼しげな庭の景色を見て感謝の意を含めたやうな口調《くちぶり》であつた。主人はさも〳〵甘《うま》さうに一口啜つて猪口《ちよく》を下に置き、

「何、疲労るといふまでのことも無いのさ。却つて程好い運動になつて身体の薬になるやうな気持がする。而《そ》して自分が水を与《や》つたので庭の草木の勢ひが善くなつて生ゝとして来る様子を見ると、また明日も水撒を仕て遣らうとおもふのさ。」

と云ひ了つてまた猪口を取り上げ、静に飲み乾して更に酌をさせた。

「其日に自分が為るだけの務めを為て了つてから、適宜《いゝほど》の労働《ほねをり》を仕て、湯に浴《はひ》つて、それから晩酌に一盃飲《や》ると、同じ酒でも味が異ふやうだ。これを思ふと労働ぐらゐ人を幸福にするものは無いかも知れないナ。ハ、、、、。」

と快げに笑つた主人の面からは実に幸福が溢るゝやうに見えた。

膳の上にあるのは有触れた鯵の塩焼だが、たゞ穂蓼《ほたで》を置き合せたのに、一寸《ちよつと》細君の心の味が見えて居た。主人は箸を下《くだ》して後、再び猪口を取り上げた。

「ア、、酒も好い、下物《さかな》も好い、お酌はお前だし、天下泰平といふ訳だな。アハ、、、。だが御馳走はこれつきりかナ。」

「オホ、、厭ですネエ、御戯諚《おふざけ》なすつては。今鴫焼《しぎやき》を拵へてあげます。」

と細君は主人が斜ならず機嫌の宜いので自分も同じく胸が潤ゝ《ひろゞ》とするのでもあらう歟《か》、

極めて快活《きさく》に気軽に答へた。多少は主人の気風に同化されて居るらしく見えた。

そこで細君は、

「一寸御免なさい。」

と云つて座を立つて退いたが、軈て鳴焼を持つて来た。主人は熱いところに一箸つけて、

「豪気ゝゝ。」

と賞翫した。

「もう宜いからお前も其処で御飯《ごぜん》を食べるが宜い。」

と主人は陶然とした容子で細君の労を謝して勧めた。

「はい、有り難う。」

と手短に答へたが、思はず主人の顔を見て細君は打微笑みつゝ、

「何うも大層好い御色におなりなさいましたね、まあ、宛然《まるで》金太郎のやうで。」

と真に可笑さうに云つた。

「左様《さう》か。湯が平生《いつも》に無く熱かつたからナ、それで特別に利いたかも知れない。ハ、、、。」

と笑つた主人は、真にはや大分とろりとして居た。が、酒呑根性で、今一盃と云はぬばかりに、猪口の底に少しばかり残つて居た酒を一息に吸ひ乾して直ぐと其猪口を細

君の前に突き出した。其手は何んとなく危げであつた。

細君が静かに酌をしやうとしたとき、主人の手は稍《やゝ》顫《ふる》へて徳利の口へカチンと当つたが、如何なる機会《はずみ》か、猪口は主人の手をスルリと脱けて椽に落ちた。はつと思ふたが及ばない、見れば猪口は一つ跳《をど》つて下の靴脱の石の上に打付《ぶつか》つて、大片《おほきいの》は三ツ四ツ小片《ちひさい》のは無数に砕けて仕舞つた。是れは日頃主人が非常に愛翫して居つた菫花《すみれ》の模様の着いた永楽の猪口で、太郎坊〻〻と主人が呼んで居たところのものであつた。アッとあきれて夫婦は霎時《しばし》無言のまゝ顔を見合せた。

今まで喜びに満されて居たのに引換へて、大した出来ごとではないが善いことがあつたやうにも思はれないから歟《か》して、主人は快よく酔ふて居たが折角の酔も興も醒めて仕舞つたやうに、如何にも残念らしく猪口の欠けを拾つて彼此と継ぎ合せて見て居た。而して、

「己《おれ》が醺《よ》つて居たものだから。」

と誰に対つて云ふでも無く独語のやうに主人は幾度も悔んだ。

細君は好いほどに主人を慰めながら立ち上つて、更に前より立優つた美しい猪口を持つて来て、

「さあ、さつぱりと御心持よく此盃《これ》で飲《あが》つて、而して御結局《おつもり》になすつたが好うございませう。」

と慇懃《まめやか》に勧めた。が、主人はそれを顧みもせず矢張り毀れた猪口の砕片《かけら》を熟《じつ》と見て居る。

細君は笑ひながら、

「貴方にもお似合ひなさらない、マア如何したのです。そんなものは仕方がありませんから捨て、御仕舞なすつて、サア一ツ新規に召し上れな。」

といふ。主人は一向言葉に乗らず、

「ア、、何様《どう》も詰まらないことを仕たな。何様だらう、もう継げないだらうか。」

と猶未練を云ふて居る。

「そんなに細かく毀れて仕舞つたのですから、もう継げますまい。どうも今更仕方は御坐いませんから、諦めて御仕舞なすつたが宜う御坐いませう。」

といふ細君の言葉は差当つて理の当然なので、主人は落胆《がつかり》したといふ調子で、

「ア、諦めるよりほか仕方が無いかナア。ア、〱、物の命数には限りがあるものだナア。」

と悵然として嘆じた。

細君は何日《いつ》にない主人が余りの未練さを稍訝りながら、

「貴方はまあ如何なすつたのです、今日に限つて男らしくも無いぢやありませんか。何時ぞやお鍋が伊万里の刺身皿の箱を落して、十人前ちやんと揃つて居たものを、毀

したり傷物にしたり一ツも満足の物の無いやうにしました時、傍で見て居らしつて、過失《そさう》だから仕方がないは、と笑つて済ましてお仕舞なすつたではありませんか。彼《あ》の皿は古びもあれば出来も佳い品で、価値《ねうち》にすれば其猪口とは十倍も違ひませうに、それすら何とも思はないで御諦めなすつた貴方が、何んだつてそんなに未練らしいことを仰しやるのです。まあ一盃《ひとつ》召し上れな、すつかり御酒《ごしゆ》が醒めて御仕舞なすつたやうですね。」

と激まして慰めた。それでも主人は何んとなく気が進まぬらしかつた。しかし妻の深切を無にすまいと思ふてか、重ゝしげに猪口を取つて更に飲み始めた。けれども以前のやうに浮き立たない。

「どうも矢張り違つた猪口だと酒も甘くない、まあ止めて飯に仕やうか。」

と矢張大層沈んで居る。細君は余り未練すぎると稍たしなめるやうな調子で、

「もう宜い加減に御諦らめなさい。」

ときつぱり言つた。

「ウム、諦めることは諦めるよ。だがの、別段未練を残すの何んのといふではないが、茶人は茶碗を大切《だいじ》にする、飲酒家《さけのみ》は猪口を秘蔵にするといふのが、こりやあ人情だらうぢやないか。」

「だつて、今出してまゐつたのも同じ永楽ですよ。それに毀れた方はざつとした菫花《すみれ》

の模様で、焼も余り好くありませんが、此方は中は金襴地で外は青華で、工手間《くでま》もかゝつて居れば出来も好いし、まあ永楽といふ中《うち》にも此等は極上といふ手だ、と御自分で仰やつた事さへあるぢやあございませんか。」

「ウム、然し此猪口は買つたのだ。去年の暮に己《おれ》が仲通の骨董店《だうぐや》で見つけて来たのだが、彼《あ》の猪口は金銭《おあし》で買つたものぢやあないのだ。」

「では如何なさつたのでございます。」

「ヤ、こりやあ詰らないことをうつかり饒舌《しやべ》つた。ハ、、、。」

と紛らしかけたが、不図目を挙げて妻の方を見れば妻は無言で我が面《おもて》をぢつと護つて居た。主人もそれを見て無言になつて霎時《しばし》は何か考へたが、やがて快活《きさく》な調子になつて、

「ハ、ハ、、、。」

と笑ひ出した。其面上には既《はや》不快の雲は名残無く吹き掃はれて、其眼は晴やかに澄んで見えた。此の僅少《わづか》の間に主人は其心の傾きを一転したと見えた。

「ハ、、、云ふて仕舞はう、云ふて仕舞はう。一人で物をおもふ事はないのだ、話して笑つて仕舞へばそれで済むのだ。」

と何か一人で合点した主人は、言葉さへおのづと活気を帯びて来た。

「ハ、、、お前を前に置いてはちと言ひ苦《にく》い話だがナ。実は彼《あ》の猪口は、昔己《おれ》が

若かつた時分、ア、、今思へば古い、古い、ア、もう二十年も前のことだ。己が思つて居た女があつたが、ハ、、、、何《ど》うもちッと馬鹿らしいやうで真面目では話せないが。」

と主人は一口飲んで、

「まあ好いは。これもマア、酒に酔つた此場だけの坐興で、半分位も虚言《うそ》を交ぜて談《はな》すことだと思つて聞いて居て呉れ。ハ、、、、。まだ考のさつぱり足りない、年のゆかない時分のことだ。今思へば真実《ほんと》に夢のやうなことで全《まる》で茫然《ぼんやり》とした事だが、まあ其頃は乃公《おれ》の頭髪《あたま》も此様《こんな》に禿げては居なかつたらうといふものだし、また色も少しは白かつたらうといふものだ。何といつても年が年だから今よりはまあ優《ま》しだつたらうさ、いや何も左様《さう》見つとも無く無かつたからといふ訳ばかりでも無かつたらうが、兎に角ある娘に思はれたのだ。思へば思ふといふ道理で、性が合つたとでもいふ事だつたが、先方《さき》でも深切にして呉れる、此方《こつち》でもやさしくする。いやらしい事なぞは毫《ちつと》も口に仕無かつたが、胸と胸との談話《はなし》は通つて、どうかして一緒になりたい位の事は互に思ひ思つて居たのだ。ところが其娘の父に招ばれて遊びに行つた一日《あるひ》の事だつた、此盃で酒を出された。まだ其時分は陶工《やきものし》の名なんぞ一ツだつて知つて居た訳では無かつたが、たゞ何となく気に入つたので切《しきり》と此の猪口を面白がると、其娘の父が乃公《おれ》に対つて、斯う申しては失礼ですが此盃《これ》がおもしろいとは御若いに似ず御目が高い、これは佳いものではないが了全《れうぜん》の作で、ざつとした中にもまんざらの下手が造つたものとは異ふところもあるやうに思つて居ました、と悦んで話した。さうすると傍に居た娘が口を添へて、大層御気に入つた御様子ですが、御気に召しましたのは其《それ》盃の仕合せといふものでございます、宜しう御坐いますから御持帰下さいまし、失礼で御坐いますけれど差上げたう御坐います、ねえお父様、進上《あ》げたつて宜いでせう、と取り做《な》して呉れた。もとより惜むほどの貴いものではなし、差当つての愛想にはなる事だし、また可愛がつて居る娘の言葉を他人《ひと》の前で挫きたくもなかつたからであらう、父《おや》は直に娘の言葉に同意して、自分の膳にあつた小いのをも併せて贈つて呉れた。その時老人の言葉に、菫のことをば太郎坊次郎坊といひまするから、此同じやうな菫の絵の大小二ツの猪口の、大きい方を太郎坊、小さい方を次郎坊などと呼んで居りましたが、一ツ離して献《あ》げるのも異なものですから二つともに進じませう、といふので終《つひ》に二つとも呉れた。其一つが今壊れた太郎坊なのだ。そこで乃公は時ゝ自分の家で飲む時には必らず今の太郎坊と、太郎坊よりは小さかつた次郎坊とを二ツならべて、其娘と相酌でも仕て飲むやうな心持で内ゝ人知らぬ楽みを仕て居た。また偶《たま》には其娘に逢つた時、太郎坊が貴娘《あなた》に御眼にかゝりたいと申して居りました、などと云つて戯れたり、あの次郎坊が小生《わたくし》に対《むか》つて、早く元の御主人様の御嬢様にお逢ひ申したいのですが、何時になれば朝夕御傍に居られるやうな運びになりませうかなぞと責め立てゝ困りまする、と云つて紅い顔をさせたりして、真実《ほんたう》に罪のない楽しい日を送つて居た。」と古への賤《しづ》の苧環《をだまき》繰り返して、流石に今更今昔の感に堪へざるものの如く我れと我が額に手を加へたが、直ぐに其手を伸して更に一盃を傾けた。

「左様斯様するうち次郎坊の方を不図した過失《そさう》で毀して仕舞つた。ア、、二箇《ふたつ》揃つて居たものを如何に過失とは云ひながら一箇《ひとつ》にして仕舞つたが、あゝ情無いことをしたものだ、若しやこれが前表《ぜんぺう》となつて二人が離れ〳〵になるやうな悲しい目を見るのではあるまいかと、痛く其時は心を悩ました。然し年は若し勢ひは強い時分だつたから直にまた思ひ返して、なんの〳〵、心さへ慥《たしか》なら決してそんなことがあらう筈はないと、窃《ひそか》に自から慰めて居た。」

と云ひかけて再び言葉を淀ました。妻は興有りげに一心になつて聞いて居る。庭には梧桐を動かしてそよ〳〵と渡る風が、極ゝ静穏な合の手を弾いて居る。

「頭がそろ〳〵禿げかゝつて斯様《こんな》になつては乃公《おれ》も敵《かな》はない。過般《こなひだ》も宴会の席で頓狂な雛妓《おしやく》めが、貴郎《あなた》の御頭顱《おつむり》とかけて御恰好の紅絹《もみ》と解きますよ、といふから、其心はと聞いたら、地が透いて赤く見えますと云つて笑ひ転げたが、左様云はれたツて腹も立てないやうな年になつて、こんなことを云ひ出しちやあ可笑いが、難儀をした旅行《たび》の談《はなし》と同じことで、今のことぢやあ無いから何にも彼も笑つて済むといふものだ。で、マア、其娘も己《おれ》の所へ来るといふ覚悟、己も行末は其女と同棲《いつしよ》にならうといふ積りだつた。ところが世の中の御定まりで、思ふやうにはならぬ骰子《さい》の眼といふ習ひだから仕方が無い、何うしても斯うしても其の女と別れなければならない、強ひて情を張れば其娘のためにもなるまいといふ仕誼に差懸つた。今考へても冷りとするやうな突き詰めた考へも発《おこ》さないでは無かつたが、待てよ、周章《あわてる》ところで無い、と思案に思案して生きは生きたが、女とはたうとう別れて仕舞つた。あゝ、何時か次郎坊が毀れた時若しやと取越苦労を仕たつけが、其通りになつたのは情け無いと、太郎坊を見るにつけては幾度となく人には見せぬ涙をこぼした。が、乃公《おれ》は男だ、乃公は男だ、一婦人《いっぷじん》の為に心を労して何時まで泣かうかと思ひ返して、女ゝしい心を捨てゝ切《しき》りに男児《をとこ》がつて諦めて仕舞つた。然し歳が経つても月が経つても、どういふものか忘れられない。別れた頃の苦しさは次第ゝゝに忘れたが、ゆかしさは矢張り太郎坊や次郎坊の言伝《ことづて》をして戯れて居た其時と些《ちつ》とも変らず心に浮ぶ。気に入らなかつたことは皆忘れても、好いところは一つ残らず思ひ出す、未練とは悟りながらも思ひ出す、何様《どう》しても忘れきつて仕舞ふことは出来ない。左様《さう》かと云つて其後は如何いふ人に縁付いて、何処に其娘が如何生活《くら》して居るかといふことも知らないばかりか、知らうとおもふ意《こゝろ》も無いのだから、無論其女を何様《どう》斯様《かう》しやうといふやうな心は夢にも持たぬ。無かつた縁に迷ひは惹かぬつもりで、今日に満足して平穏に日を送つて居る。たゞ往時《むかし》の感情《おもひ》の遺した余影《かげ》が太郎坊の湛える酒の上に時ゝ浮ぶといふばかりだ。で、乃公は其後其娘を思つて居るといふのではないが、何年後になつても折節は思ひ出すことがあるにつけて、其往昔《むかし》娘を思つて居た念《おもひ》の深さを初めて知つて、あゝ此様《こんな》にまで思ひ込んで居たものが能く彼《あ》の時に無分別をも仕無かつたことだと悦こんで見たり、また、これほどに思ひ込んで居たものでも、無い縁は是非が無いで今に至つたが、天の意といふものは扨て測られないものではあると、何と無く神さまにでも頼りたいやうな幽微《かすか》な感じを起したりするばかりだつた。お前が家へ来てからももう彼是十五六年になるが、己が酒さへ飲むといへばどんな時でも必らず彼《あ》の猪口で飲むで居たが、談すにも及ばないことだから此仔細は談しも仕なかつた。此談は汝《おまへ》さへ知らないのだもの誰が知つて居やう、唯太郎坊ばかりが、太郎坊の伝言《ことづて》を仕た時分の乃公《おれ》を能く知つて居るものだつた。ところで此の太郎坊も今宵を限りに此世に無いものになつて仕舞つた。其娘は既《もう》二十年も昔から、存命《ながら》へて居ることやら死んで仕舞ふたことやらも知れぬものになつて仕舞ふ、わづかに残つて居た此の太郎坊も土に帰つて仕舞ふ。花やかで美しかつた、暖かで燃え立つやうだつた若い時の総ての物の紀念《かたみ》といへば、たゞ此の薄禿頭、お恰好の紅絹《もみ》のやうなもの一つとなつて仕舞ふたかとおもへば、はゝゝゝ、月日といふものの働きの今更ながら強いのに感心する。人の一代といふものは、思へば不思議のものぢやあ無いか。頭が禿げるまで忘れぬほどに思ひ込んだことも、一ツ二ツと轄《くさび》が脱《ぬ》けたり輪が脱《と》れたりして車が亡くなつて行くやうに、段〻消ゆるに近づくといふは、はて恐ろしい月日の力だ。身にも替へまいとまでに慕つたり、浮世を憂いとまでに迷つたり、無い縁は是非もないと悟つたりしたが、まだ何所《どこ》ともなく心が惹かされて居た其古い友達の太郎坊も今宵は摧《くだ》けて亡くなれば、恋も起らぬ往時《むかし》に返つた。今の今まで太郎坊を手放さず居つたのも思へば可笑しい、其の猪口を落して摧いてそれから種〻《いろ〳〵》と昔時《むかし》のことを繰返して考へ出したのも愈〻可笑しい。ハ、、、、氷を弄べば水を得るのみ、花の香《にほひ》は虚空《そら》に留まらぬと聞いて居たが、ほんとに左様だ。ハ、、、。どれ〳〵飯に仕やうか、長話しを仕た。」

と語り了つて、また高く笑つた。今は全く顔付も冴え〴〵とした平生《つね》の主人《あるじ》であつた。

細君は笑ひながら聞き了りて、一種の感に打たれたかの如く首を傾けた。

「それほどまでに思つていらしつたものが、一体まあ如何して別れなければならない機会《はめ》になつたのでせう、何かそれには深い仔細があつたのでせうが。」

とは思はず口頭《くちさき》に迸《はし》つた質問で、勿論細君が一方ならず同情を主人の身の上に寄せたからである。然し主人は其の質問には答へなかつた。

「それを今更話した所ろで仕方がない。天下は広い、年月《つきひ》は際涯《はてし》無い。然し誰一人乃《お》公《れ》が今こゝで談す話を虚言《うそ》だとも真実《ほんと》だとも云ひ得る者があるものか、而《さう》してまた乃公が苦しい思ひを仕た事を善いとも悪いとも判断して呉れるものが有るものか。唯一人遺つて居た太郎坊は二人の間の秘密をも悉《くは》しく知つて居たが、それも今亡《むな》しくなつて仕舞った。水を指さしてむかしの氷の形を語ったり、空を望んで花の香の行衞を説いたところで、役にも立たぬ詮議といふものだ。昔時《むかし》を繰返して新しく言葉を費したつて何にならうか、ハヽヽヽ、笑つて仕舞ふに越したことは無い。云はゞ恋の創痕《きずあと》の痂《かさぶた》が時節到来して脱《はが》れたのだ。ハヽヽヽ、大分好い工合に酒も廻つた。可い、可い、酒は既《もう》沢山だ。」

と云ひ終つて主人は庭を見た。一陣の風はさつと起つて籠洋燈《ランプ》の火を瞬きさせた。夜の涼しさは座敷に満ちた。

観画談

ずつと前の事であるが、或人から気味合の妙《めう》な談《はなし》を聞いたことがある。そして其話を今だに忘れてゐないが、人名や地名は今は既に林間の焚火の煙のやうに、何処か知らぬところに逸し去つてゐる。

話を仕て呉れた人の友達に某甲《なにがし》といふ男があつた。其男は極めて普通人型の出来の好い方《はう》で、晩学では有つたが大学も二年生まで漕ぎ付けた。といふものは其男が最初甚だしい貧家に生れたので、思ふやうに師を得て学に就くといふ訳には出来なかつたので、田舎の小学を卒《をへ》ると、やがて自活生活に入つて、小学の教師の手伝をしたり、村役場の小役人みたやうなことをしたり、いろ〳〵困苦勤勉の雛型其物の如き月日を送りながらに、自分の勉強をすること幾年であつた結果、学問も段ゝ進んで来るし人にも段ゝ認められて来たので、いくらか手蔓も出来て、終《つひ》に上京して、やはり立志篇的の苦辛の日を重ねつゝ、大学にも入ることを得るに至つたので、それで同窓中では最年長者――どころでは無い、五ツも六ツも年上であつたのである。蟻が塔を造るやうな遅ゝたる行動を生真面目に取つて来たのであるから、浮世の応酬に疲れた皺をもう額に畳んで、心の中にも他の学生にはまだ出来て居らぬ細かい襞《ひだ》が出来てゐるのであつた。然し大学に在る間だけの費用を支へるだけの貯金は、恐ろしい倹約と勤勉とで作り上げてゐたので、当人は初めて真の学生になり得たやうな気がして、実に清浄純粋な、いぢらしい愉悦と矜持とを抱いて、余念も無しに碩学の講義を聴いたり、豊富な図書館に入つたり、雑事に侵されない朝夕《てうせき》の時間の中に身を置いて十分に勉強することの出来るのを何よりも嬉しいことに思ひながら、所謂「勉学の佳趣《かしゆ》」に浸り得ることを満足に感じてゐた。そして他の若い無邪気な同窓生から大器晩成先生などといふ諢名《あだな》、それは年齢の相違と年寄じみた態度とから与へられた諢名を、臆病臭い微笑でもつて甘受しつゝ、平然として独自一個の地歩を占めつゝ在学した。実際大器晩成先生の在学態度は、其の同窓間の無邪気な、言ひ換れば低級で且つ無意味な飲食の交際や、活潑な、言ひ換れば青年的勇気の漏洩に過ぎぬ運動遊戯の交際に外れることを除けば、何人にも非難さるべきところの無い立派なものであつた。で、自然と同窓生も此人を仲間はづれにはしながらも内ゝは尊敬するやうになつて、甚だしい茶目《ちやめ》吉《きち》一二人のほかは、無言の同情を寄せるに吝《やぶさか》では無かつた。

ところが晩成先生は、多年の勤苦が酬ひられて前途の平坦光明が望見せらるゝやうになつた気の弛みの為か、或は少し度の過ぎた勉学の為か何か知らぬが気の毒にも不明の病気に襲はれた。其頃は世間に神経衰弱といふ病名が甫《はじ》めて知られ出した時分であつたのだが、真に所謂神経衰弱であつたか、或は真に漫性胃病であつたか、兎に角医博士達の診断も朦朧で、人によつて異る不明の病に襲はれて段ゝ衰弱した。切詰めた予算だけしか有して居らぬことであるから、当人は人一倍困悶したが、何様《どう》も病気には勝てぬことであるから、暫く学事を抛擲《はうてき》して心身の保養に力めるが宜いとの勧告に従つて、そこで山水清閑の地に活気の充ちた天地の灝気《かうき》を吸ふべく東京の塵埃を背《うし》後《ろ》にした。

伊豆や相模の歓楽郷兼保養地に遊ぶほどの余裕のある身分では無いから、房総海岸を最初は撰んだが、海岸は何様も騒雑の気味があるので晩成先生の心に染まなかつた。さればとて故郷の平蕪の村落に病軀を持帰るのも厭はしかつたと見えて、野州上州の山地や温泉地に一日二日或は三日五日と、それこそ白雲の風に漂ひ、秋葉《しうえふ》の空に飄るが如くに、ぶらり〳〵とした身の中に、もだ〳〵する心を抱きながら、毛繻子の大洋《おほかう》傘《もり》に色の褪せた制服、丈夫一点張りのボックスの靴といふ扮装《いでたち》で、五里七里歩く日もあれば、又滊車で十里二十里歩く日もある、取止めの無い漫遊の旅を続けた。

憫む可し晩成先生、嚢中自有レ銭《なうちゆうおのづからせんあり》といふ身分では無いから、随分切詰めた懐でもつて、物価の高くない地方、贅沢気味の無い宿屋ゝゝを渡りあるいて、又機会や因縁があれば、客を愛する豪家や心置無い山寺なぞをも手頼つて、遂に福島県宮城県も出抜けて奥州の或辺僻の山中へ入つて仕舞つた。先生極真面目な男なので、俳句なぞは薄生意気な不良老年の玩物《おもちや》だと思つて居り、小説稗史などを読むことは罪悪の如く考へて居り、徒然草をさへ、余り良いものぢや無い、と評したといふ程だから、随分退屈な旅だつたらうが、それでもまだしも仕合せな事には少しばかり漢詩を作るので、それを唯一の旅中の楽にして、踽々然《くゝぜん》として夕陽《せきやう》の山路や暁風《げうふう》の草径《さうけい》をあるき廻つたのである。

秋は早い奥州の或山間、何でも南部領とかで、大街道とは二日路《ぢ》も三日路も横へ折れ込んだ途方も無い僻村の或寺を心ざして、其男は鶴の如くに瘦《や》せた病軀を運んだ。それは旅中で知合になつた遊歴者、其時分は折節然様《さう》いふ人が有つたもので、律詩の一二章も座上で作ることが出来て、一寸《ちよつと》米法山水《べいはふさんすゐ》や懐素《くわいそ》くさい草書で白ぶすまを汚せる位の器用さを持つたのを資本《もとで》に、旅から旅を先生顔で渡りあるく人物に教へられたからである。君は然様いふ訳で歩いてゐるなら、これ〳〵の処に斯様《かう》いふ寺がある。由緒は良くても今は貧乏寺だが、其寺の境内に小さな瀧が有つて、其瀧の水は無類の霊泉である。養老の霊泉は知らぬが、随分響き渡つたもので、二十里三十里をわざ〳〵其瀧へかゝりに行くものもあり、又瀧へ直接《ぢか》にかゝれぬものは、寺の傍の民家に頼んで其水を汲んで湯を立て、貰つて浴する者もあるが、不思議に長病が治つたり、特《こと》に医者に分らぬ正体の不明な病気などは治るといふことであつて、語り伝へた現の証拠はいくらでも有る。君の病気は東京の名医達が遊んで居たら治るといひ、君もまた遊び気分で飛んでも無い田舎などをノソ〳〵と歩いてゐる位だから、とてもの事に其処へ遊んで見たまへ。住持と云つても木綿の法衣《ころも》に襷を掛けて芋畑麦畑で肥柄杓を振廻すやうな気の置けない奴、それと其弟子の二歳坊主が居るきりだから、日に二十銭か三十銭も出したら寺へ泊めても呉れるだらう。古びて歪んでは居るが、座敷なんぞは流石に悪くないから、そこへ陣取つて、毎日風呂を立てさせて遊んで居たら妙だらう。景色もこれといふ事は無いが、幽邃《いうすゐ》で中ゝ佳いところだ。といふ委細の談を聞いて、何となく気が進んだので、考へて見る段になれば随分頓興で物好なことだが、わざ〳〵教へられた其寺を心当に山の中へ入り込んだのである。

路は可なりの大さの渓に沿つて上つて行くのであつた。両岸の山は或時は右が遠ざかつたり左が遠ざかつたり、又或時は右が迫つて来たり左が迫つて来たり、時に両方が迫つて来て、一水遥に遠く巨巌の下に白泡を立て、沸《たぎ》り流れたりした。或場処は路が対岸に移るやうになつてゐる為に、危い略彴《まるきばし》が目の眩《くるめ》くやうな急流に架つて居るのを渡つたり、又少時《しばらく》して同じやうなのを渡り反つたりして進んだ。恐ろしい大きな高い巌が前途《ゆくて》に横たはつてゐて、あのさきへ行くのか知らんと疑はれるやうな覚束ない路を辿つて行くと、辛うじて其の岩岨《いはそば》に線《いと》のやうな道が付いて居て、是非無くも蟻の如く蟹の如くになりながら通り過ぎてはホッと息を吐くことも有つて、何だつてこんな人にも行会はぬ所謂僻地窮境に来たことかと、聊《いさゝ》か後悔する気味にもならざるを得ないで、薄暗いほどに茂つた大樹の蔭に憩ひながら明るく無い心持の沈黙を続けてゐると、ヒーッ、頭の上から名を知らぬ禽《とり》が意味の分らぬ歌を投げ落したりした。

路が漸く緩くなると、対岸は馬鹿〻〻しく高い巌壁になつて居る其下を川が流れて、此方は山が自然に開けて、少しばかり山畠が段〻を成して見え、粟や黍が穂を垂れて居るかとおもへば、兎に荒されたらしい至つて不景気な豆畠に、もう葉を失つて枯れ黒んだ豆がショボ〱と泣きさうな姿をして立つて居たりして、其の彼方に古ぼけた勾配の急な茅屋《かやや》が二軒三軒と飛び〱に物悲しく見えた。天は先刻から薄暗くなつて居たが、サーッといふ稍〻《やゝ》寒い風が下して来たかと見る間に、楢《なら》や槲《かしは》の黄色な葉が空からばらついて降つて来ると同時に、木の葉の雨ばかりでは無く、ほん物の雨もはら〱と遣つて来た。渓の上手の方を見あげると、薄白い雲がずん〱と押して来て、瞬く間に峯巒《ほうらん》を蝕み、巌を蝕み、松を蝕み、忽ちもう対岸の高い巌壁をも絵心に蝕んで、好い景色を見せて呉れるのは好かつたが、其雲が今開いてさしかざした蝙蝠《かうもり》傘の上にまで蔽ひかぶさつたかと思ふほど低く這下つて来ると、堪らない、ザアッといふ本降りになつて、林木も声を合せて、何の事は無い此の山中に入つて来た他国者をいぢめでもするやうに襲つた。晩成先生も流石に慌て心になつて少し駆け出したが、幸ひ取付きの農家は直に間近だつたから、トッ〳〵と走り着いて、農家の常の土間へ飛び込むと、傘が触つて入口の檐《のき》に竿を横たへて懸け吊してあつた玉蜀黍《たうもろこし》の一把をバタリと落した途端に、土間の隅の臼のあたりにかゞんで居たらしい白い庭鳥が二三羽キャキャッと驚いた声を出して走り出した。

何だナ、

と鈍い声をして、土間の左側の茶の間から首を出したのは、六十か七十か知れぬ白髪の油気の無い、火を付けたら心よく燃えさうに乱れ立つたモヤ〳〵頭な婆さんで、皺だらけの黄色い顔の婆さんだつた。キマリが悪くて、傘を搾《すぼ》めながら一寸会釈して、寺の在処を尋ねた晩成先生の頭上から、じた〳〵水の垂れる傘のさきまでを見た婆さんは、それでも此辺には見慣れぬ金鈕《きんボタン》の黒い洋服に尊敬を表して、何一つ咎立がましいことも云はずに、

上へ〳〵と行げば、じねんにお寺の前へ出ます、此処は云はゞ門前村ですから、人家さへ出抜ければ、すぐお寺で。

礼を云つて大器氏は其家を出た。雨は愈〻甚《ひど》くなつた。傘を拡げながら振返つて見ると、木彫のやうな顔をした婆さんはまだ此方を見てゐたが、妙に其顔が眼にしみ付いた。

間遠に立つてゐる七八軒の家の前を過ぎた。何《ど》の家も人が居ないやうに岑閑《しんかん》として

ゐた。そこを出抜けると成程寺の門が見えた。瓦に草が生えて居る、それが今雨に湿《ぬ》れてゐるので甚く古びて重さうに見えるが、兎に角可なり其昔の立派さが偲ばれると同時に今の甲斐無さが明らかに現はれてゐるのであつた。門を入ると寺内は思ひのほかに廓落《くわらり》と濶《ひろ》くて、松だか杉だか知らぬが恐ろしい大きな木が有つたのを今より何年か前に斫《き》つたと見えて、大きな切株の跡の上を、今降りつゝある雨がおとづれて其処に然様《さう》いふものの有ることを見せてゐた。右手に鐘楼が有つて、小高い基礎《いしずゑ》の周囲には風が吹寄せた木の葉が黄色く又は赭《あか》く湿れ色を見せて居り、中ぐらゐな大さの鐘が、漸く逼《せま》る暮色の中に、裾は緑青の吹いた明るさと、龍頭《りゆうづ》の方は薄暗さの中に入つて居る一種の物ゝしさを示して寂寞と懸つてゐた。これだけの寺だから屋の棟の高い本堂が見えさうなものだが、それは回禄《くわいろく》したのか何様《どう》か知らぬが眼に入らなくて、小高い処に庫裡様の建物があつた。それを目ざして進むと、丁度本堂仏殿の在りさうな位置のところに礎石が幾箇ともなく見えて、親切な雨が降る度に訪問するのであらう今も其訪問に接して感謝の嬉し涙を溢らせてゐるやうに、柱の根入りの竅《あな》に水を湛《たゝ》へてゐるのが能く見えた。境内の変にからりとして居る訳もこれで合点が行つて、有る可きものが亡せてゐるのだなと思ひながら、庫裡へと入つた。正面はぴつたりと大きな雨戸が鎖されてゐたから、台所口のやうな処が明いてゐたまゝ入ると、馬鹿にだゞ濶い土間で、土間の向ふ隅には大きな土竈《へつつひ》が見え、つい入口近くには土だらけの腐つたやうな草履が二足ばかり、古い下駄が二三足、特に歯《こと》の抜けた下駄の一ツがひつくり返つて腹を出して死んだやうにころがつてゐたのが、晩成先生のわびしい思を誘つた。

頼む、

と余り大きくは無い声で云つたのだが、がらんとした広土間に響いた。しかし其為に塵一ツ動きもせず、何の音も無く静であつた。外にはサアッと雨が降つてゐる。

頼む、

と再び呼んだ。声は響いた。答は無い。サアッと雨が降つてゐる。

頼む、

と三たび呼んだ。声は呼んだ其人の耳へ反つて響いた。然し答は何処からも起らなかつた。外はたゞサアッと雨が降つてゐる。

また呼んだ。例の如くやゝしばし音沙汰が無かつた。少し焦れ気味になつて、また呼ばうとした時、鼬《いたち》か大鼠かが何処かで動いたやうな音がした。すると頓《やが》て人の気はひがして、左方の上り段の上に閉ぢられてゐた間延びのした大きな障子が、がた〳〵と開かれて、鼠木綿が斑汚《むらよご》れした着附に、白が鼠になつた帯をぐる〳〵と所謂坊主巻に巻いた、五分苅では無い五分生えに生えた頭の十八か九の書生のやうな僮僕《どうぼく》のやうな若僧が出て来た。晩成先生も大分遊歴に慣れて来たので、此処で宿泊謝絶などを食はせられては堪らぬと思ふので、ずん〳〵と来意を要領よく話して、白紙に包んだ多《な》少銭《にがし》かを押付けるやうに渡して仕舞つた。若僧はそれでも坊主らしく、

しばらく、

と、しかつめらしく挨拶を保留して置いて奥へ入つた。奥は大分深いかして何の音も聞えて来ぬ、シーンとしてゐる。外では雨がサアッと降つてゐる。

土間の中の異つた方で音がしたと思ふと、若僧は別の口から土間へ下りて、小盥《こだらひ》へ水を汲んで持つて来た。

マ、兎に角御すゝぎをなさつて御上りなさいまし。

しめたと思つて晩成先生泥靴を脱ぎ足を洗つて導かるゝまゝに通つた。入口の室は茶の間と見えて大きな炉が切つてある十五六畳の室であつた。そこを通り抜けて、一畳幅に五畳か六畳を長く敷いた入側《いりかは》見たやうな薄暗い部屋を通つたが、茶の間でも其部屋でも処ゝで、足踏につれてポコ〳〵と弛んで浮いて居る根太板のヘンな音がした。

通されたのは十畳位の室で、そこには大きな矮《ひく》い机を横にして此方へ向直つてゐた四十ばかりの日に焦けて赭《あか》い顔の丈夫さうなヅク入《にふ》が、赤や紫の見える可笑しい程華《は》美《で》では有るが然しもう古びかへつた馬鹿に大きくて厚い蒲団の上に、小さな円い眼を出来るだけ睜開《さうかい》してムンヅと坐り込んでゐた。麦藁帽子を冠らせたら頂上《てつぺん》で踊を踊りさうなビリケン頭に能く実が入つて居て、これも一分苅では無い一分生えの髪に、厚

皮らしい赭い地が透いて見えた。そして其の割合に小さくて素敵に堅さうな首を、発達の好い丸ゝと肥つた豚のやうな潤い肩の上にシッカリすげ込んだやうにして、ヒョロ〳〵と風の柳のやうに室へ入り込んだ大噐氏に対つて、一刀をピタリと片身青眼に擬《つ》けたといふ工合に手丈夫な視線を投げかけた。晩成先生聊かたぢろいだが、元来正直な君子で仁者敵無しであるから驚くことも無い、平然として坐つて、来意を手短に述べて、それから此処を教へて呉れた遊歴者の噂をした。和尚は其姓名を聞くと、合点が行つたのかして、急にくつろいだ様子になつて、

ア、あの風吹烏《かざふきがらす》から聞いておいでなさつたかい。宜うござる、いつまででもおいでなさい。何室《どこ》でも明いてゐる部屋に勝手に陣取らつしやい、其代り雨は少し漏るかも知れんよ。夜具はいくらもある、綿は堅いがナ。馳走はせん、主客平等と思はつしやい。蔵海、（仮設し置く）風呂は門前の弥平爺にいひつけての、明日から毎日立てさせろ。無銭《たゞ》ではわるい、一日に三銭も遣はさるやうに計らへ。疲れてだらう、脚を伸ばして休息せらるゝやうにしてあげろ。

蔵海は障子を開けて庭へ面した縁へ出て導いた。後に跟《つ》いて縁側を折曲つて行くと、同じ庭に面して三ツ四ツの装飾も何も無い空室《あきま》があつて、縁の戸は光線を通ずる為ばかりに三寸か四寸位づゝすかしてあるに過ぎぬので、中はもう大に暗かつた。此室《こゝ》が宜からうといふ蔵海の言《ことば》のまゝ其室の前に立つて居ると、蔵海は其処だけ雨戸を繰つ

た。庭の樹ゝは皆雨に悩んでゐた。雨は前にも増して恐しい量で降つて、老朽ちてジグザグになつた板廂《いたびさし》からは雨水がしどろに流れ落ちる、見ると簷《のき》の端に生えて居る瓦葦《しのぶぐさ》が雨にたゝかれて、あやまつた、あやまつたといふやうに叩頭《おじぎ》して居るのが見えたり隠れたりしてゐる。空は雨に鎖されて、たゞさへ暗いのに、夜はもう逼つて来る。中ゝ広い庭の向ふの方はもう暗くなつてボンヤリとしてゐる。たゞもう雨の音ばかりザアッとして、空虚にちかい晩成先生の心を一ぱいに埋め尽してゐるが、ふと気が付くと其のザアッといふ音のほかに、また別にザアッといふ音が聞えるやうだ。気を留めて聞くと慥《たしか》に別の音がある。ハテナ、彼の辺か知らんと、其の別の音のする方の雨煙濛ゝたる見当へ首を向けて眼を遣ると、もう心安げになつた蔵海が一寸肩に触つて、

あの音のするのが瀧ですよ、貴方が風呂に立てゝ入らうとなさる水の落ちる……

と云ひさして、少し間を置いて、

雨が甚いので今は能く見えませんが、晴れて居れば此庭の景色の一ッになつて見えるのです。

と云つた。成程庭の左の方の隅は山嘴《さんし》が張り出してゐて、其の樹木の鬱蒼たる中から一条の水が落ちてゐるのらしく思へた。

夜に入つた。茶の間に引かれて、和尚と晩成先生と蔵海とは食事を共にした。成程御馳走は無かつた。冷い挽割飯と、大根ッ葉の味噌汁と、塩辛く煮た車輪麩《くるまぶ》と、何だ

か正体の分らぬ山草の塩漬の香の物ときりで、膳こそは創《きず》だらけにせよ黒塗の宗和膳とかいふ奴で、御客あしらひではあるが、箸は黄色な下等の漆ぬりの竹箸で、気持の悪いものであつた。蔵海は世間に接触する機会の少い此の様な山中に居る若い者なので、新来の客から何等かの耳新らしい談《をし》を得たいやうであるが、和尚は人に求められばゞ是非無いから吾が有つてゐる者を吝みはしないが、人からは何をも求めまいといふやうな態度で、別に雑話《ざふわ》を聞き度くも聞かせ度くも思つて居らぬ風で、食事が済んで後、少時《しばらく》三人が茶を喫してゐる際でも、別に会話をはづませる如きことはせぬので、晩成先生はたゞ僅に、此寺が昔時《むかし》は立派な寺であつたこと、寺の庭のずつと先は渓川で、其渓の向ふは高い巌壁になつてゐること、庭の左方も山になつてゐること、寺及び門前の村家のある辺一帯は一大盆地を為してゐる事位の地勢の概略を聞き得たに過ぎ無かつたが、蔵海も和尚も、時ゞ風の工合でザアッといふ大雨の音が聞えると、一寸暗い顔をしては眼を見合せるのが心に留まつた。

大器氏は定められた室へ引取つた。堅い綿の夜具は与へられた。所在無さの身を直に其中に横たへて、枕許の洋燈《ランプ》の心《しん》を小さくして寝たが、何と無く寐つき兼ねた。茶の間の広いところに薄暗い洋燈、何だか銘ゞの影法師が顧視《かへりみ》らるゝ様な心地のする寂しい室内の雨音の聞える中で寒素な食事を黙ゞとして取つた光景が眼に浮んで来て、自分が何だか今迄の自分で無い、別の世界の別の自分になつたやうな気がして、まさかに死んで別の天地に入つたのだとは思は無いが、何様《どう》も今までに覚えぬ妙な気がした。然し、何の、下らないと思ひ返して眠らうとしたけれども、やはり眠に落ちない。雨は恐ろしく降つて居る。恰も太古から尽未来際《じんみらいざい》まで大きな河の流が流れ通してゐるやうに雨は降り通して居て、自分の生涯の中の或日に雨が降つて居るのでは無くて、常住不断の雨が降り通して居る中に自分の短い生涯が一寸挿まれて居るものでゞもあるやうに降つて居る。で、それが又気になつて睡れぬ。鼠が騒いで呉れたり狗《いぬ》が吠えて呉れたりでもしたらば嬉しからうと思ふほど、他には何の音も無い。住持も若僧も居ないやうに静かだ。イヤ全く吾が五官の領する世界には居無いのだ。世界といふ者は広大なものだと日頃は思つて居たが、今は何様《どう》だ、世界はたゞ是れ

ザアッ

といふものに過ぎないと思つたり、又思ひ反して、此のザアッといふのが即ち是れ世界なのだナと思つたりしてゐる中に、自分の生れた時に初めて挙げたオギャア〱の声も他人の囝地《ぎやつと》云つた一声も、それから自分が書《ほん》を読んだり、他の童子《こども》が書を読んだり、唱歌をしたり、嬉しがつて笑つたり、怒つて怒鳴つたり、キャア〱ガン〱ブン〱グヅ〱シク〱、いろ〱な事をして騒ぎ廻つたりした一切の音声《おんじやう》も、それから馬が鳴き牛が吼え、車ががたつき、滊車が轟き、滊船が浪を蹴開く一切の音声も、板の間へ一本の針が落ちた幽かな音も、皆残らず一緒になつて彼《あ》のザアッといふ

音の中に入つて居るのだナ、といふやうな気がしたりして、そして静かに諦聴《たいちやう》すると分明に其の一ツのザアッといふ音にいろ〳〵の其等の音が確実に存して居ることを認めて、ア、然様だつたかナ、なんぞと思ふ中に、何時か知らずザアッといふ音も聞え無くなり、聞く者も性が抜けて、そして眠に落ちた。

俄然として睡眠は破られた。晩成先生は眼を開くと世界は紅い光や黄色い光に充たされてゐると思つたが、それは自分の薄暗いと思つてゐたのに相異して、室の中が洋燈も明るくされてゐれば、又其外に提灯なども吾が枕辺に照されてゐて、眠に就いた時と大に異なつて居たのが寝惚眼《ねぼけまなこ》に映つたからの感じであつた事が解つた。が、見れば和尚も若僧も吾が枕辺に居る。何事が起つたのか、其の意味は分らなかつた。けゞんな心持がするので、頓《とみ》には言葉も出ずに起直つたまゝ二人を見ると、若僧が先づ口をきつた。

御やすみになつてゐるところを御起しして済みませんが、夜前《やぜん》からの雨が彼《あ》の通り甚《ひど》くなりまして、渓が俄《にほか》に膨れてまゐりました。御承知でせうが奥山の出水《でみづ》は馬鹿に疾いものでして、もう境内にさへ水が見え出して参りました。勿論水が出たとて大事にはなりますまいが、此地の渓川の奥入は恐ろしい広い緩傾斜の高原なのです。むかしはそれが密林だつたので何事も少かつたのですが、十余年前に悉く伐採したため禿げた大野になつて仕舞つて、一ト夕立しても相当に渓川が怒るのでして、既に当寺の仏殿は最初の洪水の時、流下して来た巨材の衝突によつて一角が壊《やぶ》れたため遂に破壊して仕舞つたのです。其後は上流に巨材などは有りませんから、水は度ゝ出ても大したことも無く、出るのが早い代りに退くのも早くて、直に翌日《あくるひ》は何の事も無くなるのです。それで昨日からの雨で渓川はもう開きましたが、水は何《ど》の位で止まるか予想は出来ません。しかし私共は慣れても居りますし、此処を守る身ですから逃げる気も有りませんが、貴方には少くとも危険——は有りますまいが余計な御心配はさせたく有りません。幸なことには此庭の左方の高みの、彼の小さな瀧の落ちる小山の上は絶対に安全地で、そこに当寺の隠居所の草庵があります。そこへ今の内に移つて居て頂きたいのです。わたくしが直に御案内致します。手早く御支度をなすつて頂きます。

ト末の方はもはや命令的に、早口に能弁にまくし立てた。其後について和尚は例の小さな円い眼に力を入れて瞬開しながら、

膝まで水が来るやうだと歩けんからノ、早く御身繕ひなすつて。

と追立てるやうに警告した。大器晩成先生は一トたまりも無く浮腰になつて仕舞つた。

ハイ、ハイ、御親切に、有難うございます。

ト少しドギマギして、顫《ふる》へて居はしまいかと自分でも気が引けるやうな弱い返辞をしながら、慌て、衣を着けて支度をした。勿論少し大きな肩から掛ける鞄と、風呂敷包一ツ、蝙蝠傘一本、帽子、それだけなのだから直に支度は出来た。若僧は提灯を持つ

て先に立つた。此時になつて初めて其の服装《みなり》を見ると、依然として先刻《さつき》の鼠の衣だつたが、例の土間のところへ来ると、そこには蓑笠が揃へてあつた。若僧は先づ自ら尻を高く端折つて蓑を甲斐〻〻しく手早く着けて、そして大嚚氏にも手伝つて一ツの蓑を着けさせ、竹の皮笠を被せ、其紐を緊《きび》しく結んで呉れた。余り緊しく結ばれたので口を開くことも出来ぬ位で、随分痛かつたが、黙つて堪へると、若僧は自分も笠を被つて、

サア、

と先へ立つた。提灯の火はガランとした黒い大きな台所に憐れに小さな威光を弱〻と振つた。外は真暗で、雨の音は例の如くザアッとして居る。

気をつけてあげろ、ナ。

と和尚は親切だ。高〻とズボンを捲り上げて、古草鞋を着けさせられた晩成子は、何処へ行くのだか分らない真黒暗の雨の中を、若僧に随つて出た。外へ出ると驚いた。雨は横振りになつてゐる、風も出てゐる。川鳴の音だらう、何だか物凄い不明の音がしてゐる。庭の方へ廻つたやうだと思つたが、建物を少し離れると、成程もう水が来てゐる。足の裏が馬鹿に冷い。親指が没する、踝《くるぶし》が没する、脚首が全部没する、ふくら脛あたりまで没すると、もう中〻渓の方から流れる水の流れ勢《ぜい》が分明にこたへる。空気も大層冷たくなつて、夜雨の威がひし〳〵と身に浸みる。足は恐ろしく冷い。足

の裏は痛い。胴ぶるひが出て来て止まらない。何か知らん痛いものに脚の指を突掛けて、危く大器氏は顚倒しさうになつて若僧に捉まると、其途端に提灯はガクリと揺めき動いて、蓑の毛に流れてゐる雨の滴の光りをキラリと照らし出したかと思ふと、雨が入つたか滴がかゝつたかであらう、チュッと云つて消えて仕舞つた。風の音、雨の音、川鳴の音、樹木の音、たゞもう天地はザーッと、黒漆のやうに黒い闇の中に音を立てゝ居るばかりだ。晩成先生は泣きたくなつた。

ようございます、今更帰れもせず、提灯を点火《つけ》ることも出来ませんから、何様《どう》せ差して居るのでは無い其の蝙蝠傘をお出しない。然様《さう》ゝゝ。わたくしが此方を持つ、貴方はそちらを握つて、決して離してはいけませんよ。闇でもわたしは行けるから、恐れることはありません。

ト蔵海先生実に頼もしい。平常は一ト通りの意地が無くもない晩成先生も、こゝに至つて他力宗になつて仕舞つて、たゞもう世界に力とするものは蝙蝠傘一本、其の蝙蝠傘の此方は自分が握つてゐるが、彼方は真の親切者が握つてゐるのだか狐狸が握つて居るのだか、妖怪変化、悪魔の類が握つてゐるのだか、何だか彼だかサッパリ分らない黒闇々《こくあん〱》の中を、兎に角後生大事にそれに縋《すが》つて随つて歩いた。

水は段ゝ足に触れなくなつて来た。爪先上りになつて来たやうだ。やがて段ゝ勾配が急になつて来た。坂道にかゝつたことは明らかになつて来た。雨の中にも瀧の音は耳近く聞えた。

もうこゝを上りさへすれば好いのです。細い路ですからね、わたくしも路で無いところへ踏込むかも知れませんが、転びさへしなければ草や樹で擦《す》りむく位ですから驚くことは有りません。ころんではいけませんよ、そろ〳〵歩いてあげますからね。

ハハイ、有り難う。

ト全く顫へ声だ。何様して中〻足が前へ出るものでは無い。

かうなると人間に眼の有つたのは全く余り有り難くありませんね、盲目の方が余程重宝です、アッハヽハ、。わたくしも大分小さな樹の枝で擦剝《すりむ》き疵《きず》をこしらへましたよ。アッハヽハヽ。

ト蔵海め、流石に仏の飯で三度の埒を明けて来た奴だけに大禅師らしいことを云つたが、晩成先生はたゞもうビク〳〵ワナ〳〵で、批評の余地などは、余程喉元過ぎて怖いことが糞になつた時分までは有り得はし無かつた。

路は一トしきり大に急になり且又窄《せま》くなつたので、胸を突くやうな感じがして、晩成先生は遂に左の手こそは傘をつかまへて居るが、右の手は痛むのも汚れるのも厭つてなど居られないから、一歩一歩に地面を探るやうにして、まるで四足獣が三足で歩くやうな体になつて歩いた。随分長い時間を歩いたやうな気がしたが、苦労には時間を長く感じるものだから実際は然程《さほど》でも無かつたらう。然し一町余は上つたに違ひ無

い。漸くだら〳〵坂になつて、上りきつたナと思ふと、

サア来ました。

卜蔵海が云つた。そして途端に持つて居た蝙蝠傘の一端を放した。で、大噐氏は全く不知案内《ふちあんない》の暗中の孤立者になつたから、黙然として石の地蔵のやうに身じろぎもしないで、雨に打たれながらポカンと立つて居て、次の脈搏、次の脈搏を数へるが如き心持になりつゝ、次の脈が搏つ時に展開し来る事情をば全くアテも無く待つのであつた。

若僧はそこらに何か為て居るのだらう、しばらくは消息も絶えたが、やがてガタ〳〵いふ音をさせた。雨戸を開けたに相違無い。それから少し経て、チッチッといふ音がすると、パッと火が現はれて、彼は一ツの建物の中の土間に踞《うづくま》つてゐて、マッチを擦つて提灯の蠟燭に火を点じやうとして居るのであつた。四五本のマッチを無駄にして、やつと火は点いた。荊棘《いばら》か山椒《さんせう》の樹のやうなもので引爬《ひつか》いたのであらう、雨にぬれた頬から血が出て、それが散つて居る、そこへ蠟燭の光の映つたさまは甚だ不気味だつた。漸く其処へ歩み寄つた晩成先生は、

怪我をしましたね、御気の毒でした。

と云ふと、若僧は手拭を出して、此処でせう、と云ひながら顔を拭いた。蚯蚓《みゝず》脹《ば》れの少し大きいの位で、大した事では無かつた。

急いで居るからであらう、若僧は直に其手拭で泥足をあらましに拭いて、提灯を持

つたま〱、ずんずんと上り込んだ。四畳半の茶の間には一寸二寸位の小炉が切つてあつて、竹の自在鍵《じざい》の煤びたのに小さな茶釜が黒光りして懸つて居るのが見えたかと思ふと、若僧は身を屈して敬虔の態度にはなつたが、直と区劃《しきり》になつてゐる襖を明けて其の次の室《ま》へ、云はゞ闖入せんとした。土間からオヅ〱覗いて見て居る大器氏の眼には、六畳敷位の部屋に厚い坐蒲団を敷いて死せるが如く枯坐《こざ》して居た老僧が見えた。着色の塑像の如くで、生きて居るものとも思へぬ位であつた。銀のやうな髪が五分ばかり生えて、細長い輪郭の正しい顔の七十位の痩せ枯《から》びた人ではあつたが、突然の闖入に対して身じろぎもせず、少しも驚く様子も無く落つき払つた態度で、恰も今まで起きてゞも居た者のやうであつた。特に晩成先生の驚いたのは、蔵海が其老人に対して何も云はぬことであつた。そして其老僧の坐辺の洋燈を点火すると、蔵海は立返つて大器氏を上へ引ずり上げようとした。大器氏は慌てゝ足を拭つて上ると、老僧はジーッと細い眼を据ゑて其顔を見詰めた。晩成先生は急に挨拶の言葉も出ずに、何か知らず叮嚀に叩頭《おじぎ》をさせられて仕舞つた。そして頭を挙げた時には、蔵海は頻りに手を動かして麓の方の闇を指したり何かして居た。老僧は点頭《うなづ》いて居たが、一語をも発しない。

蔵海はいろ〱に指を動かした。真言宗の坊主の印を結ぶのを極めて疾くするやうなので、晩成先生は呆気に取られて眼ばかりパチクリさせて居た。老僧は極めて徐《しづ》か

に軽く点頭いた。すると蔵海は晩成先生に対つて、
このかたは耳が全く聞えません。然し慈悲の深い方ですから御安心なさい。ではわたくしは帰りますから。

ト云つて置いて、初の無遠慮な態度とはスッカリ違つて叮嚀に老僧に一礼した。老僧は軽く点頭いた。大器氏に一寸会釈するや否や、若僧は落付いた、しかしテキパキした態度で、彼の提灯を持つて土間へ下り、蓑笠するや否や忽ち戸外《そと》へ出て、物静かに戸を引寄せ、そして飛ぶが如くに行つて仕舞つた。

大器氏は実に稀有な思がした。此の老僧は起きて居たのか眠つて居たのか、夜中真黒な中に坐禅といふことをして居たのか、坐りながら眠つて居たのか、眠りながら坐つて居たのか、今夜だけ偶然に此様いふ態であつたのか、始終斯様なのか、と怪み惑うた。もとより真の已達《いたつ》の境界には死生の間にすら関所が無くなつてゐる、まして覚めて居るといふことも睡つてゐるといふことも無い、坐つて居るといふことと起きて居るといふこととは一枚になつてゐるので、比丘《びく》たる者は決して無記《むき》の睡《ねむり》に落ちるべきでは無いこと、仏説離睡経《ぶつせつりすゐきやう》に説いてある通りだといふことも知つて居なかつた。又いくらも近い頃の人にも、死の時のほかには脇を下に着け身を横たへて臥さぬ人の有ることをも知らなかつたのだから、吃驚《びつくり》したのは無理でも無かつた。

老僧は晩成先生が何を思つて居やうとも一切無関心であつた。

□□さん、サア洋燈(ランプ)を持つてあちらへ行つて勝手に休まつしやい。押入の中に何か有らうから引出して纏ひなさい、まだ三時過ぎ位のものであらうから。大噐氏は自然に叩頭《おじぎ》をさせられて、其言葉通りになるよりほかは無かつた。洋燈を手にしてオヅ〳〵立上つた。あとは復《また》真黒闇になるのだが、そんな事を兎角云ふことは却つて余計な失礼の事のやうに思へたので、其儘に坐を立つて、襖を明けて奥へ入つた。やはり其処は六畳敷位の狭さであつた。間の襖を締切つて、そこに在つた小さな机の上に洋燈を置き、同じくそこに在つた小坐蒲団の上に身を置くと、初めて安堵して我に返つたやうな気がした。同時に寒さが甚《ひど》く身に染みて胴顫《どうぶるひ》がした。そして何だかがつかりしたが、漸く落ついて来ると、□□さんと自分の苗字を云はれたのが甚く気になつた。若僧も告げなければ自分も名乗らなかつたのであるのに、特に全くの聾になつてゐるらしいのに、何様して知つてゐたらうと思つたからである。然しそれは蔵海が指頭《ゆびさき》で談り聞かせたからであらうと解釈して、先づ解釈は済ませて仕舞つた。寝ようか、此儘に老僧の真似をして暁に達して仕舞はうかと、何か有らうと云つて呉れた押入らしいものを見ながら一寸考へたが、気がついて時計を出して見た。時計の針は三時少し過ぎてゐるのだ。驚くことは何とを示してゐた。三時少し過ぎて居るから、三時少し過ぎであるこも無いのだが、大噐氏は又驚いた。ギッと時計の文字盤を見詰めたが、遂に時計を引出して、洋燈の下、小机の上に置いた。秒針はチ、チ、チ、チと音を立てた。音がするのだから、音が聞えるのだ。驚くことは何も無いのだが、大噐氏は又驚いた。そして何だか知らずにハッと思つた。すると戸外《そと》の雨の音はザアッと続いて居た。時計の音は忽ち消えた。眼が見てゐる秒針の動きは止まりはしなかつた、確実な歩調で動いて居た。

何となく妙な心持になつて頭を動かして室内を見廻はした。洋燈の光がボーッと上を照らして居るところに、煤びた額が掛つてゐるのが眼に入つた。間抜な字体で何の語かが書いてある。一字づゝ心を留めて読んで見ると、

橋流水不流

とあつた。橋流れて水流れず、橋流れて水流れず、ハテナ、橋流れて水流れず、と口の中で扱ひ、胸の中で咬んで居ると、忽ち昼間渡つた仮そめの橋が洶《きよう》〻〳〵と流れる渓川の上に架渡されて居た景色が眼に浮んだ。水はどう〳〵と流れる、橋は心細く架渡されてゐる。橋流れて水流れず。サテ何だか解ら無い。シーンと考へ込んでゐると、忽ち誰だか知らないが、途方も無い大きな声で

橋流れて水流れず

と自分の耳の側で怒鳴りつけた奴が有つて、ガーンとなつた。

フト大噐氏は自ら嘲つた。ナンダこんな事、とかく此様《こん》な変な文句が額なんぞには

書いてあるものだ、と放下して仕舞つて、又そこらを見ると、床の間では無い、一方の七八尺ばかりの広い壁になつてゐるところに、其壁を何程《いくら》も余さない位な大きな古びた画の軸がピタリと懸つてゐる。何だか細かい線で描いてある横物で、打見たところはモヤ〳〵と煙つて居るやうなばかりだ。紅や緑や青や種々《いろ〳〵》の彩色が使つてあるやうだが、図が何だとはサッパリ読めない。多分有り勝な涅槃像か何かだらうと思つた。が、看るとも無しに薄い洋燈の光に朦朧としてゐる其の画面に眼を遣つて居ると、何だか非常に綿密に楼閣だの民家だの樹だの水だの遠山だの人物だのが描いてあるやうなので、とう〳〵立上つて近くへ行つて観た。すると是は古くなつて処々汚れたり損じたりしては居るが、中々叮嚀に描かれたもので、巧拙は分らぬけれども、かつて仇《きう》十州《じつしう》の画だとか教へられて看たことの有るものに肖《に》た画風で、何だか知らぬが大層な骨折から出来てゐるものであることは一目に明らかであつた。そこで特《ことさら》に洋燈を取つて左の手にして其図に近々と臨んで、洋燈を動かしては光りの強いところを観ようとする部分々々に移しながら看た。さうし無ければ極めて繊細な画が古び煤けて居るのだから、動《や》ゝもすれば看て取ることが出来なかつたのである。

画は美はしい大江に臨んだ富麗の都の一部を描いたものであつた。図の上半部を成してゐる江の彼方には翠色悦ぶべき遠山が見えてゐる、其手前には丘陵が起伏してゐる、其間に層塔もあれば高閣《かうかふ》もあり、黒ずんだ欝樹が蔽ふた岨《そば》もあれば、明るい花に埋められた谷もあつて、それからずつと岸の方は平らに開けて、酒楼の綺麗なのも幾戸かあり、士女老幼、騎馬の人、閑歩の人、生計にいそしんで居る負販《ふはん》の人、種ゝ雑多の人ゝが蟻ほどに小さく見えてゐる。筆はたゞ心持で動いてゐるだけで、勿論其の委曲が画けて居る訳では無いが、それでもおのづからに各人の姿態や心情が想ひ知られる。酒楼の下の岸には画舫《ぐわはう》もある、舫中の人などは胡麻半粒ほどであるが、やはり様子が分明に見える。大江の上には帆走つてゐるや、大きい船もあれば、篠の葉形の漁舟《ぎよしう》もあつて、漁人の釣して居るらしい様子も分る。光を移して此方の岸を見ると、此方の右の方には大きな宮殿様の建物があつて、玉樹琪花《きくわ》とでも云ひたい美しい樹や花が点綴《てんてい》してあり、殿下の庭様のところには朱欄曲ゝと地を劃して、欄中には奇石もあれば立派な園花もあり、人の愛観を待つさまぐ〱の美しい禽《とり》なども居る。段ゝと左へ燈火を移すと、大中小それぐ〱の民家があり、老人や若いものや、蔬菜を荷つてゐるものもあれば、蓋《かさ》を張らせて威張つて馬に騎つてゐる官人のやうなものもあり、跣足《はだし》で柳条に魚の鰓《あぎと》を穿《うが》つた奴をぶらさげて川から上つて来たらしい漁夫もあり、柳がところぐ〱に翠烟《すゐえん》を罩《こ》めてゐる美しい道路を、士農工商樵漁《せうぎよ》、あらゆる階級の人ゝが右往左往してゐる。綺錦《ききん》の人もあれば襤褸《らんる》の人もある、冠りものをしてゐるのもあれば露頂のものもある。これは面白い、春江の景色に併せて描いた風俗画だナと思つて、また段ゝに燈を移して左の方へ行くと、江岸がなだらかになつて川柳が扶疎《ふそ》として居り、雑樹がもさ〳〵となつて居る其末には蘆荻《ろてき》が茂つて居る。柳の枝や蘆荻の中には風が柔らかに吹いて居る。蘆のきれ目には春の水が光つて居て、そこに一艘の小舟が揺れながら浮いてゐる。船は籧篨《あじろ》を編んで日除兼雨除といふやうなものを胴の間にしつらつてある。何やら火炉《こんろ》だの槃礫《さら》だのの家具も少し見えてゐる。船頭の老夫《ぢいさん》は艫《とも》の方に立上つて、牂牁《かしぐひ》に片手をかけて今や舟を出さうとしてゐながら、片手を挙げて、乗らないか乗らないかと云つて人を呼んでゐる。其顔がハッキリ分らないから、大噐氏は燈火《ともしび》を段ゝと近づけた。遠いところから段ゝと歩み近づいて行くと段ゝと人顔が分つて来るやうに、朦朧たる船頭の顔は段ゝと分つて来た。膝ッ節も肘もムキ出しになつて居る絆纏みたやうなものを着て、極ゝ小さな笠を冠つて、稍ゝ《やゝ》仰いでゐる様子は何とも云へない無邪気なもので、寒山か拾得の叔父さんにでも当る者に無学文盲の此男があつたのでは有るまいかと思はれた。オーイッと呼はつて船頭さんは大きな口をあいた。晩成先生は莞爾《くわんじ》とした。今行くよーッと思はず返辞をしやうとした。途端に隙間を漏つて吹込んで来た冷たい風に燈火はゆらめいた。船も船頭も遠くから近くへ飄《へう》として来たが、又近くから遠くへ飄として去つた。唯是れ一瞬の事で前後は無かつた。

屋外《そと》は雨の音、ザアッ。

大器晩成先生はこれだけの談《はなし》を親しい友人に告げた。病気はすべて治つた。が、再び学窓に其人は見《あら》はれなかつた。山間水涯《さんかんすゐがい》に姓名を埋めて、平凡人となり了《おほ》するつもりに料簡をつけたのであらう。或人は某地に其人が日に焦《や》けきつたたゞの農夫となつてゐるのを見たといふことであつた。大器不成なのか、大器既成なのか、そんな事は先生の問題では無くなつたのであらう。

野道

流鶯啼破《りうあうていは》す一簾《いちれん》の春。書斎に籠つてゐても春は分明《ぶんみやう》に人の心の扉を排《ひら》いて入込むほどになつた。

郵便脚夫にも燕や蝶に春の来ると同じく春は来たのであらう。郵便といふ声も陽気に軽やかに、幾個《いくつ》かの郵便物を投込んで、そしてひらりと燕がへしに身を翻して去つた。

無事平和の春の日に友人の音信《おとづれ》を受取るといふことは、感じのよい事の一《いつ》である。たとへば、其の書簡《てがみ》の封を開くと、其中からは意外な悲しいことや煩はしいことが現れやうとも、それは第二段の事で、差当つては長閑《のどか》な日に友人の手紙、それが心境に投げられた恵光で無いことは無い。

見ると其の三四の郵便物の中の一番上になつてゐる一封の文字は、先輩の某氏の筆であることは明らかであつた。そして名宛の左側の、親展とか侍曹とか至急とか書くべきところに、閑事といふ二字が記されてあつた。閑事と表記してあるのは、急を要する用事でも何んでも無いから、忙しくなかつたら披いて読め、他に心の惹かれる事でもあつたら後廻しにして宜い、といふ注意である。ところが其の閑事としてあつたのが嬉しくて、他の郵書よりは先づ第一にそれを手にして開読した、さも大至急とでも注記してあつたものを受取つたやうに。

書中のおもむきは、過日絮談《じよだん》の折にお話した如く某ゝ氏等と瓢酒《へうしゆ》野蔬《やそ》で春郊漫歩の半日を楽まうと好晴の日に出掛ける、貴居はすでに都外故其節御尋ねして御誘引する、御同行あるなら彼物二三枚を御忘れないやうに、呵ゝ《かゝ》、といふまでであつた。おもしろい。自分はまだ知らないことだ。が、教へられてゐたから、妻に対《むか》つて、オイ、二三枚でよいが杉の赤身の屋根板は無いか、と尋ねた。そんなものはございません、と云つたが、少し考へてから、老婢を近処の知合の大工さんのところへ遣つて、巧く祈り出して来た。瀧割の片木《へぎ》で、杉の佳い香が佳い色に含まれてゐた。成程ゝゝと自分は感心して、小短冊位の大きさにそれを断《き》つて、そして有合せの味噌を其杓子の背で五厘か七厘ほど、一分とはならぬ厚さに均《なら》して塗りつけた。妻と婢とは黙つて笑つて見てゐた。今度からは汝達《おまへたち》に為てもらふ。おぼえて置け、と云ひながら、自分は味噌の方を火に向けて片木を火鉢の上に翳《かざ》した。成程ゝゝ、味噌は巧く馴染んでゐるから剝落もせず、宜い工合に少し焦げて、人の饞意《さんい》を催させる香気を発する。同じやうなのが二枚出来たところで、味噌の方を腹合せにして一寸紙《ちよつと》に包《くる》んで、それでもう事は了《れう》した。

其の翌日になつた。照りはせぬけれども穏やかな花ぐもりの好い暖い日であつた。三先輩は打揃つて茅屋《ばうをく》を訪うてくれた。いづれも自分の親として可い年輩の人々で、其中の一人は手製の東坡巾《とうばきん》といつたやうなものを冠つて、鼠紬の道行振を被て居るといふ打扮《いでたち》だから、誰が見ても漢詩の一つも作る人である。他の二人も老人らしく似つこらしい打扮だが、一人の濃い褐色の土耳古《トルコ》帽子に黒い絹の総糸《ふさいと》が長く垂れてゐるのは一寸人目を側立たせたし、又他の一人の鍔《つば》無しの平たい毛織帽子に、鼠甲斐《かひ》絹のパッチで尻端折、薄いノメリの駒下駄穿きといふ姿《なり》も、妙な洒落からであつて、後輩の自分が枯草色の半毛織の猟服《れふふく》――その頃銃猟をして居たので――のポケットに肩から吊つた二合瓶を入れてゐるのだけが、何だか野卑のやうで一群に掛離れ過ぎて見えた。

庭口から直に縁側の日当りに腰を卸して五分ばかりの茶談《さだん》の後、自分を促して先輩等は立出でたのであつた。自分の村人は自分に遇ふと、興がる眼を以て一行を見て笑ひながら挨拶した。自分は何となく少しテレた。けれども先輩達は長閑《のんき》気に元気に潑溂と笑ひ興じて、田舎道を市川の方へ行《ある》いた。

菜の花畠、麦の畠、そらまめの花、田境の榛《はん》の木を籠める遠霞、村の児の小鮒を逐廻してゐる溝川、竹籬《たけがき》、藪椿の落ちはらゝいでゐる、小禽《ことり》のちらつく、何といふことも無い田舎路ではあるが、或点を見出しては、好いネエ、と先輩がいふ。成程指摘されて見ると、呉春の小品でも見る位には思へる一寸とした美がある。小さな稲荷のよろけ鳥居が藪げやきのもぢや〳〵の傍に見えるのをほめる。ほめられて見ると、成程一寸おもしろく其の丹ぬりの色の古ぼけ加減が思はれる。土橋から少し離れて馬頭観音が有り無しの陽炎の中に立つてゐる、里の子のわざくれだらう、蓮華草の小束がそこに抛《はふ》り出されてゐる。好いといふ。成程悪くはない。今はじまつたことでは無いが、自分は先輩の如何にも先輩だけあるのに感服させられて、ハイ成程然様《さう》ですネ、ハイ成程然様ですネ、と云つてゐると、東坡巾の先生は囅然《てんぜん》として笑出して、君そんなに感服ばかりしてゐると、今に馬糞の道傍に盛上がつてゐるのまで春の景色だなぞと褒めさせられるよ、と戯れたので一同《みんな》哄然《どつ》と笑声《せうせい》を挙げた。

東坡巾先生は道行振の下から腰にしてゐた小さな瓢《ひさご》を取出した。一合少し位しか入らぬらしいが、如何にも上品な佳い瓢だつた。そして底の縁に小孔《こあな》があつて、それに細い組紐を通してある白い小玉盃を取出して自ら楽しげに一盃を仰いだ。そこは江戸川の西の土堤へ上り端《ばな》のところであつた。堤の桜わづか二三株ほど眼界に入つて居た。

土耳古帽は堤畔《ていはん》の草に腰を下して休んだ。二合余も入りさうな瓢にスカリのかゝつてゐるのを傍に置き、袂から白い巾《きれ》に包んだ赤楽《あからく》の馬上杯を取出し、一度拭つてから落ちついて独酌した。鼠股引の先生は二ツ折にした手拭を草に布いて其上へ腰を下して、銀の細箍《ほそたが》のかゝつてゐる杉の吸筒《すひづゝ》の栓をさし直して、張紙《はりこ》の髹猪口《ぬりちよく》の中は総金箔《ひたはく》になつてゐるのに一盃ついで、一ト口呑んだまゝ猶ほ其を手にして四方《あたり》を眺めてゐる。自分は人ゝに倣《なら》つて、堤腹に脚を出しながら、帰路《かへり》には捨てる積りで持つて来た安い猪口に吾が酒を注いで呑んだ。

見ると東坡巾先生は瓢も玉盃も腰にして了つて、懐中《ふところ》の紙入から弾機《ばね》の無い西洋ナイフのやうな総真鍮製の物を取出して、刃を引出して真直にして少し戻すと手丈夫な真鍮の刀子《たうす》になつた。それを手にして堤下《どてした》を少しうろついてゐたが、何か掘つてゐると思ふと、忽地《たちまち》にして春の日に光る白い小さい球根を五つ六つ懐から出した半紙の上へ載せて戻つて来た。ヤア、と云つて皆は挨拶した。

鼠股引氏は早速に其球を受取つて、懐紙で土を拭つて、取出した小短冊形の杉板の焼味噌に其を突掛けて喫《た》べて、余りの半盃を嚥《の》んだ。土耳古帽氏も同じく然様した。東坡巾先生は味噌を携へて居なくつて、君が沢山《たんと》持つて来たらうと思つてゐたといつて自分に出させた。果して自分が他に比すれば馬鹿に大きな板を二枚持つてゐたので、人ゝに哄笑された。自分も一顆《くわ》の球を取つて人ゝの為すが如くにした。球は野蒜《のびる》であつた。焼味噌の塩味香気と合した其の辛味臭気は酒を下《くだ》すに一寸おもしろいをかしみがあつた。

真鍮刀は土耳古帽氏にわたされた。一同《みんな》は又ぶら〳〵と笑語しながら堤上《どてうへ》や堤下を歩いた。ふと土耳古帽氏は堤下の田の畔《くろ》へ立寄つて何か採つた。皆ゝはそれを受けたが、もつさりした小さな草だつた。東坡巾先生は叮嚀に其の疎葉を捨て、中心部の嫩《わか》いところを揀《えら》んで少し喫べた。自分はいきなり味噌をつけて喫べたが、微《すこ》しく甘いが褒められないものだつた。何です、これは、と変な顔をして自分が問ふと、鼠股引氏が、薺《なづな》さ、ペン〳〵草も君は御存知ないのかエ、と意地の悪い云ひ方をした。エ、ペン〳〵草で一盃飲まされたのですか、と自分が思はず呆れて不興して言ふと、好いサ、粥ぢやあ一番いきな色を見せるといふ憎くもないものだから、と股引氏は愈ゝ人を茶にしてゐる。土耳古帽氏は復《また》び畠の傍から何か採つて来て、自分の不興を埋合せるつもりでもあるやうに、それならこれは何様《どう》です、と差出して呉れた。それを見ると東坡巾先生は悲しむやうに妙に笑つたが、先づ自ら手を出して喫べたから、自分も安心して味噌を着けて試みたが、歯切れの好いのみで、可も不可も無い。熟《よ》く視るとハコべの嫩《わか》いのだつたので、ア、コリャ助からない、雞ぢあ有るまいし、と手に残したのを抛捨《なげす》てると、一同がハ、、と笑つた。

土耳古帽氏が真鍮刀を鼠股引氏に渡すと、氏は直に其を予に逓与《わた》して、わたしは此は要らない、と云ひながら、見つけたものが有るのか、一寸歩きぬけて、百姓家の背戸の雑樹籬《ざふきがき》のところへ行つた。籬には蔓草が埒無く纏ひついてゐて、それに黄色い花が沢山咲きかけてゐた。其花や莟《つぼみ》をチョイ〳〵摘取つて、ふところの紙の上に盛溢れるほど持つて来た。サア、味噌までにも及びません、と仲直り気味に先づ予に薦めて呉れた。花は唇形《しんけい》で、少し佳い香がある。食べると甘い、忍冬花《すひかづら》であつた。これに機嫌を直して、楽しく一杯酒を賞した。

氏はまた蒲公英《たんぽぽ》少しと、蕗《ふき》の晩《おく》れ出《で》の芽とを採つてくれた。双方共に苦いが、蕗の芽は特に苦い。然しいづれも極少許《ごくせうきよ》を味噌と共に味はへば、酒客好みのものであつた。困つたのは自分が何か採らうと思つても自分の眼に何も入らなかつたことであつた。まさかオンバコやスギ菜を取つて食はせる訳にもゆかず、せめてスカンポか茅花《つばな》でも無いかと思つても見当らず、茗荷ぐらゐは有りさうなものと思つても其も無し、山椒でも有つたら木の芽だけでも宜いがと、苦みながら四方《あたり》を見廻しても何も無かつた。八重桜が時ゝ見える。彼《あ》の花に味噌を着けたら食へぬことは有るまい、最後はそれだ、と腹の中で定めながら、猶ほ四辺《あたり》を見て行くと、百姓家の小汚い孤屋の背戸に椎の樹まじりに栗だか何だか三四本生へてる樹蔭に、黄色い四弁の花の咲いてゐる、毛の生へた茎から、薄い軟らかげな裏の白い、桑のやうな形に裂れこみの大きい葉の出てゐるものがあつた。何といふものか知らないが、菜の類の花を着けてゐるから其類のものだらうと、別に食べる気でも食べさせる気でも無かつたが、真鍮刀で其一茎を切つて手にして一行のところへ戻つて来ると、鼠股引は目敏《めざと》くも、其れは何です、と問うた。何だか知らないのであるが然様《さう》尋ねられると、自分が食べてさへ見せれば宜いやうな気になつて、答へもせずに口のほとりへ持つて行つた。途端に恐ろしい敏捷《すばや》さで東坡巾先生は突《つ》と出て自分の手からそれを打落して、やゝ慌て気味で、飛んでもない、そんなものを口にして成るものですか、と叱《しつ》するが如くに制止した。自分は呆れて驚いた。

先生の言によると、それはタムシ草と云つて、其葉や茎から出る汁を塗れば疥癬《ひぜん》の虫さへ死んで了ふといふ毒草ださうで、食べるどころのものでは無い危いものだといふことであつて、自分も全く驚いてしまつた。斯様《こん》な長閑気《のんき》な仙人じみた閑遊の間にも、危険は伏在してゐるものかと、今更ながら呆れざるを得なかつた。

ペン〳〵草の返礼にあれを喫べさせられては、と土耳古帽氏も恐れ入つた。人ゝは大笑ひに笑ひ、自分も笑つたが、自分の慙入《はぢい》つた感情は、洒ゝ落ゝたる人ゝの間の事とて、やがて水と流され風と払はれて何の痕も留めなくなつた。

其日は猶ほ種ゝ《いろ〳〵》のものを喫したが、今詳しく思出すことは出来ない。其後の或日にもまた自分が有毒のものを採つて叱られたことを記憶してゐるが、三十余年前の彼の晩春の一日は霞の奥の花のやうに楽しい面白かつた情景として、春ごとの頭に浮んで来る。

幻談

斯《か》う暑くなつては皆さん方が或は高い山に行かれたり、或は涼しい海辺に行かれたりしまして、さうしてこの悩ましい日を充実した生活の一部分として送らうとなさるのも御尤《ごもつと》もです。が、もう老い朽ちてしまへば山へも行かれず、海へも出られないでゐますが、その代り小庭の朝露、縁側の夕風ぐらゐに満足して、無難に平和な日を過して行けるといふもので、まあ年寄はそこいらで落着いて行かなければならないのが自然なのです。山へ登るのも極くいゝことであります。深山に入り、高山、嶮山なんぞへ登るといふことになると、一種の神秘的な興味も多いことです。その代り又危険も生じます訳で、怖しい話が伝へられてをります。海もまた同じことです。今お話し致さうといふのは海の話ですが、先に山の話を一度申して置きます。

それは西暦千八百六十五年の七月の十三日の午前五時半にツェルマットといふ処か

ら出発して、名高いアルプスのマッターホルンを世界始まつて以来最初に征服致しませうと心ざし、その翌十四日の夜明前から骨を折つて、さうして午後一時四十分に頂上へ着きましたのが、あの名高いアルプス登攀記の著者のウィンパー一行でありました。その一行八人がアルプスのマッターホルンを初めて征服したので、それから段ゝとアルプスも開けたやうな訳です。

それは皆様がマッターホルンの征服の紀行によつて御承知の通りでありますから、今私が申さなくても夙に御合点のことですが、さてその時に、その前から他の一行即ち伊太利《イタリー》のカレルといふ人の一群がやはりそこを征服しようとして、両者は自然と競争の形になつてゐたのであります。併しカレルの方は不幸にして道の取り方が違つてゐた為に、ウィンパーの一行には負けてしまつたのであります。ウィンパーの一行は登る時には、クロス、それから次に年を取つた方のペーテル、それからその悴《せがれ》が二人、それからフランシス・ダグラス卿といふこれは身分のある人です。それからハドウ、それからハドス、それからウィンパーといふのが一番終ひで、つまり八人がその順序で登りました。

十四日の一時四十分に到頭《たうとう》さしもの恐しいマッターホルンの頂上、天にもとゞくやうな頂上へ登り得て大に喜んで、それから下山にかゝりました。下山にかゝる時には、一番先へクロス、その次がハドウ、その次がハドス、それからフランシス・ダグラス、それから年を取つたところのペーテル、一番終ひがウィンパー、それで段〻降りて来たのでありますが、それだけの前古未曾有の大成功を収め得た八人は、上りにくらべては猶一倍おそろしい氷雪の危険の路を用心深く辿りましたのです。ところが、第二番目のハドウ、それは少し山の経験が足りなかつたせゐもありませうし、又疲労したせゐもありましたらうし、イヤ、むしろ運命のせゐと申したいことで、誤つて滑つて、一番先にゐたクロスへぶつかりました。さうすると、雪や氷の蔽つてゐる足がゝりもないやうな険峻の処で、さういふことが起つたので、忽ちクロスは身をさらはれ、二人は一つになつて落ちて行きました訳。あらかじめロープをもつて銘〻の身をつないで、一人が落ちても他が踏止まり、そして個〻の危険を救ふやうにしてあつたのでありますけれども、何せ絶壁の処で落ちかゝつたのですから堪りません、二人に負けて第三番目も落ちて行く。それからフランシス・ダグラス卿は四番目にゐたのですが、三人の下へ落ちて行く勢で、この人も下へ連れて行かれました。ダグラス卿とあとの四人との間でロープはピンと張られました。四人はウンと踏堪へました。落ちる四人と堪へる四人との間で、ロープは力足らずしてプツリと切れて終ひました。丁度午後三時のことでありましたが、前の四人は四千尺ばかりの氷雪の処を逆おとしに落下したのです。後の人は其処へ残つたけれども、見る〳〵自分達の一行の半分は逆落しになつて深い〳〵谷底へ落ちて行くのを目にした其心持はどんなでしたらう。それで上に残つた者は狂人の如く興奮し、死人の如く絶望し、手足も動かせぬやうになつたけれども、さてあるべきではありませぬから、自分達も今度は滑つて死ぬばかりか、不測の運命に臨んでゐる身と思ひながら段〻下りてまゐりまして、さうして漸く午後の六時頃に幾何《いくら》か危険の少いところまで下りて来ました。

下りては来ましたが、つい先刻《さつき》まで一緒にゐた人〻がもう訳も分らぬ山の魔の手にさらはれて終つたと思ふと、不思議な心理状態になつてゐたに相違ありません。で、我〻はさういふ場合へ行つたことがなくて、たゞ話のみを聞いただけでは、それらの人の心の中がどんなものであつたらうかといふことは、先づ殆ど想像出来ぬのでありまするが、そのウィンパーの記したものによりますると、その時夕方六時頃です、ペーテル一族の者は山登りに馴れてゐる人ですが、その一人がふと見るといふと、リスカンといふ方に、ぼうつとしたアーチのやうなものが見えましたので、はてナと目を留めてをりまするると、外の者もその見てゐる方を見ました。すると軈《やが》てそのアーチの処へ西洋諸国の人にとつては東洋の我〻が思ふのとは違つた感情を持つところの十字架の形が、それも小さいのではない、大きな十字架の形が二つ、あり〳〵空中に見えました。それで皆もなにかこの世の感じでない感じを以てそれを見ました、と記してありまする。それが一人見たのではありませぬ、残つてゐた人にみな見えたと申すのです。十字架は我〻の五輪の塔同様なものです。それは時に山の気象で以て何かの形が見えることもあるものでありますが、兎に角今のさきまで生きて居つた一行の者が亡くなつて、さうしてその後へ持つて来て四人が皆さういふ十字架を見た、それも一人二人に見えたのでなく、四人に見えたのでした。山にはよく自分の身体《からだ》の影が光線の投げられる状態によつて、向う側へ現はれることがありまする。四人の中にはさういふ幻影かと思つた者もあつたでせう、そこで自分達が手を動かしたり身体を動かして見たところが、それには何等の関係がなかつたと申します。

これで此話はお終ひに致します。古い経文の言葉に、心は巧みなる画師の如し、とございます。何となく思浮めらるゝ言葉ではござりませぬか。

さてお話し致しますのは、自分が魚釣を楽んで居りました頃、或先輩から承りました御話です。徳川期もまだひどく末にならない時分の事でございます。江戸は本所《ほんじよ》の方に住んで居られました人で――本所といふ処は余り位置の高くない武士どもが多くゐた処で、よく本所の小ッ旗本《こつぱたもと》などと江戸の諺で申した位で、千石とまではならないやうな何百石といふやうな小さな身分の人達が住んで居りました。これもやはりさういふ身分の人で、物事がよく出来るので以て、一時は役づいて居りました。役づいてをりますれば、つまり出世の道も開けて、宜しい訳でしたが、どうも世の中といふものはむづかしいもので、その人が良いから出世するといふ風には決つてゐないもので、却つて外の者の嫉みや憎みをも受けまして、さうして役を取上げられまする、さうすると大概小普請といふのに入る。出る杙《くひ》が打たれて済んで御小普請、などと申しまして、小普請入りといふのは、つまり非役になつたといふほどの意味になります。この人も良い人であつたけれども小普請入になつて、小普請になつてみれば閑なものですから、御用は殆ど無いので、釣を楽みにしてをりました。別に活計《くらし》に困る訳ぢやなし、奢りも致さず、偏屈でもなく、ものはよく分る、男も好し、誰が目にも良い人。さういふ人でしたから、他の人に面倒な関係なんかを及ぼさない釣を楽んでゐたのは極く結構な御話でした。

そこでこの人、暇具合さへ良ければ釣に出て居りました。神田川の方に船宿があつて、日取り即ち約束の日には船頭が本所側の方に舟を持つて来てゐるから、其処からその舟に乗つて、さうして釣に出て行く。帰る時も舟から直に本所側に上つて、自分の屋敷へ行く、まことに都合好くなつてをりました。そして潮の好い時には毎日のやうにケイヅを釣つてをりました。ケイヅと申しますと、私が江戸訛りを言ふものとお思ひになる方もありませうが、今は皆様カイヅ〳〵とおつしやいますが、カイヅは訛りで、ケイヅが本当です。系図を言へば鯛の中《うち》、といふので、系図鯛を略してケイヅといふ黒い鯛で、あの恵比寿様が抱いて居らつしやるものです。イヤ、斯様《かやう》に申しますと、ゑびす様の抱いてゐらつしやるのは赤い鯛ではないか、変なことばかり言ふ人だと、また叱られますか知れませんが、これは野必大《やひつだい》と申す博物の先生が申されたことです。第一ゑびす様が持つて居られるやうなあゝいふ竿では赤い鯛は釣りませぬものです。黒鯛ならあゝいふ竿で丁度釣れますのです。釣竿の談になりますので、よけいなことですが一寸申し添へます。

或日のこと、この人が例の如く舟に乗つて出ました。船頭の吉《きち》といふのはもう五十過ぎて、船頭の年寄なぞといふものは客が喜ばないもんでありますが、この人は何もさう焦つて魚を無暗に獲らうといふのではなし、吉といふのは年は取つてゐるけれども、まだそれでもそんなにぼけてゐるほど年を取つてゐるのぢやなし、ものはいろ〳〵よく知つてゐるし、此人は吉を好い船頭として始終使つてゐたのです。釣船頭といふものは魚釣の指南番か案内人のやうに思ふ方もあるかも知れませぬけれども、元来さういふものぢやないので、たゞ魚釣をして遊ぶ人の相手になるまでで、つまり客を扱ふものなんですから、長く船頭をしてゐた者なんぞといふものはよく人を呑込み、さうして人が愉快と思ふこと、不愉快と思ふことを呑込んで、愉快と思ふやうに時間を送らせることが出来れば、それが好い船頭です。網船頭なぞといふものは尚のことさうです。網は御客自身打つ人もあるけれども先づは網打が打つて魚を獲るのです。といつて魚を獲つて活計を立てる漁師とは異《ちが》ふ。客に魚を与へることを多くするより、客に網漁に出たといふ興味を与へるのが主です。ですから網打だの釣船頭だのといふものは、洒落が分らないやうな者ぢやそれになつてゐない。遊客も芸者の顔を見れば三絃《しやみ》を弾き歌を唄はせ、お酌には扇子を取つて立つて舞はせる、むやみに多く歌舞を提供させるのが好いと思つてゐるやうな人は、まだまるで遊びを知らないのと同じく、魚にばかりこだはつてゐるのは、所謂二才客《にさいきやく》です。といつて釣に出て釣らなくても可いといふ理屈はありませんが、アコギに船頭を使つて無理にでも魚を獲らうといふやうなところは通り越してゐる人ですから、老船頭の吉でも、却つてそれを好いとしてゐるのでした。

　ケイヅ釣といふのは釣の中でも又他の釣と様子が違ふ。なぜかと言ひますと、他の、例へばキス釣なんぞといふのは立込みといつて水の中へ入つてゐたり、或は脚榻釣《きやたつつり》といつて高い脚榻を海の中へ立て、その上に上つて釣るので、魚のお通りを待つてゐるのですから、これを悪く言ふ者は乞食釣なんぞと言ふ位で、魚が通つてくれなければ仕様が無い、みじめな態《ざま》だからです。それから又ボラ釣なんぞといふものは、ボラといふ魚が余り上等の魚でない、群れ魚ですから獲れる時は重たくて仕方が無い、担はなくては持てない程獲れたりなんぞする上に、これを釣る時には舟の艫《とも》の方へ出まして、さうして大きな長い板子や楫《かぢ》なんぞを舟の小縁《こべり》から小縁へ渡して、それに腰を掛けて、風の吹きさらしにヤタ一の客よりわるいかつかうをして釣るのでありまするから、もう遊びではありません、本職の漁師みたいな姿になつてしまつて、まことに哀れなものであります。が、それは又それで丁度さういふ調子合のことの好きな磊落《らいらく》な人が、ボラ釣は豪爽で好いなどと賞美する釣であります。が、話中の人はそんな釣はしませぬ。ケイヅ釣りといふのはさういふのと違ひまして、その時分、江戸の前の魚はずつと大川へ奥深く入りましたものでありまして、永代橋新大橋より上流《かみ》の方でも釣つたものです。それですから善女が功徳の為に地蔵尊の御影を刷つた小紙片を両国橋の上からハラ〳〵と流す、それがケイヅの眼球へかぶさるなどといふ今からは想像も出来ないやうな穿《うが》ちさへありました位です。

で、川のケイヅ釣は川の深い処で釣る場合は手釣を引いたもので、竿などを振廻して使はずとも済むやうな訳でした。長い釣綸《つりいと》を篗輪《わつか》から出して、さうして二本指で中《あた》りを考へて釣る。疲れた時には舟の小縁へ持つて行つて錐を立てゝ、その錐の上に鯨の鬚を据ゑて、その鬚に持たせた岐《また》に綸《いと》をくひこませて休む。これを「いとかけ」と申しました。後には進歩して、その鯨の鬚の上へ鈴なんぞ附けるやうになり、脈鈴《みやくすゞ》と申すやうになりました。脈鈴は今も用ゐられてゐます。併し今では川の様子が全く異ひまして、大川の釣は全部なくなり、ケイヅの脈釣なんぞといふものは何方《どなた》も御承知ないやうになりました。たゞしその時分でも脈釣ぢやさう釣れない。さうして毎日出て本所から直ぐ鼻の先の大川の永代の上あたりで以て釣つてゐては興も尽きるわけですから、話中の人は、川の脈釣でなく海の竿釣をたのしみました。竿釣にも色ゝありまして、明治の末頃はハタキなんぞいふ釣もありました。これは舟の上に立つてゐて、御台場に打付ける波の荒れ狂ふやうな処へ鉤《はり》を抛《はふ》つて入れて釣るのです。強い南風《みなみ》に吹かれながら、乱石にあたる浪の白泡立つ中へ竿を振つて餌を打込むのですから、釣れることは釣れても随分労働的の釣であります。そんな釣はその時分には無かつた、御台場も無かつたのである。それから又今は導流柵《だうりうさく》なんぞで流して釣る流し釣もありますが、これもなか〳〵草臥《くたび》れる釣であります。釣はどうも魚を獲らうとする三昧になりますと、上品でもなく、遊びも苦しくなるやうでございます。

そんな釣は古い時分にはなくて、澪《みよ》の中《うち》だとか澪がらみで釣るのを澪釣と申しました。これは海の中に自から水の流れる筋がありますから、その筋をたよつて舟を潮なりにちやんと止めまして、お客は将監《しやうげん》――つまり舟の頭《かしら》の方からの第一の室《ま》――に向うを向いてしやんと坐つて、さうして釣竿を右と左とへ八の字のやうに振込んで、舟《み》首《よし》近く、甲板《かつぱ》のさきの方に亘つてゐる簪《かんご》の右の方へ右の竿、左の方へ左の竿をもたせ、その竿尻を一寸何とかした銘〻の随意の趣向でちよいと軽く止めて置くのであります。さうして客は端然として竿先を見てゐるのです。船頭は客よりも後ろの次の間にゐまして、丁度お供のやうな形に、先づは少し右舷《ひか》によつて扣へて居ります。日がさす、雨がふる、いづれにも無論のこと苫《とま》といふものを葺きます。それはおもての舟梁《ふなばり》と其次の舟梁とにあいてゐる孔《あな》に、「たてぢ」を立て、二のたてぢに棟を渡し、肘木を左右にはね出させて、肘木と肘木とを木竿で連ねて苫を受けさせます。苫一枚といふのは凡そ畳一枚より少し大きいもの、贅沢にしますと尺長の苫は畳一枚のより余程長いのです。それを四枚、舟の表の間の屋根のやうに葺くのでありますから、まことに具合好く、長四畳の室の天井のやうに引いてしまへば、苫は十分に日も雨も防ぎますから、ちやんと座敷のやうになるので、それでその苫の下即ち表の間——釣舟は多く網舟と違つて表の間が深いのでありますから、まことに調子が宜しい。そこへ茣蓙《ござ》なんぞ敷きまして、其上に敷物を置き、胡坐《あぐら》なんぞ掻かないで正しく坐つてゐるのが式です。故人成田屋が今の幸四郎、当時の染五郎を連れて釣に出た時、芸道舞台上では指図を仰いでも、勝手にしなせいと突放して教へて呉れなかつたくせに、舟では染五郎の座りやうを咎めて、そんな馬鹿な坐りやうがあるかと厳しく叱つたといふことを、幸四郎さんから直接に聞きましたが、メナダ釣、ケイヅ釣、すゞき釣、下品でない釣はすべてそんなものです。

それで魚が来ましても、又、鯛の類といふものは、まことにさういふ釣をする人ゝに具合の好く出来てゐるもので、鯛の二段引きと申しまして、偶《たま》には一度にガブッと食べて釣竿を持つて行くといふやうなこともありますけれども、それは寧ろ稀有の例で、ケイヅは大抵は一度釣竿の先へあたりを見せて、それから一寸して本当に食ふものでありまするから、竿先の動いた時に、来たナと心づきましたら、ゆつくりと手を竿尻にかけて、次のあたりを待つてゐる。次に魚がぎゆつと締める時に、右の竿なら右の手であはせて竿を起し、自分の直と後ろの方へその儘持つて行くので、さうすると後ろに船頭が居ますから、これが攩網《たま》をしやんと持つてゐまして掬ひ取ります。大きくない魚を釣つても、そこが遊びですから竿をぐつと上げて廻して、後ろの船頭の方に遣る。船頭は魚を掬つて、鉤を外して、舟の丁度真中の処に活間《いけま》がありますから魚を其処へ入れる。それから船頭が又餌をつける。「旦那、つきました」と言ふと、竿をまた元へ戻して狙つたところへ振込むといふ訳であります。ですから、客は上布の着物を着てゐても釣ることが出来ます訳で、まことに綺麗事に殿様らしく遣つてゐられる釣です。そこで茶の好きな人は玉露など入れて、茶盆を傍に置いて茶を飲んでゐても、相手が二段引きの鯛ですから、慣れてくればしづかに茶碗を下に置いて、さうして釣つてゐられる。酒の好きな人は潮間などは酒を飲みながらも釣る。多く夏の釣でありますから、泡盛だとか、柳蔭などといふものが喜ばれたもので、置水屋ほど大きいものではありませんが上下箱といふのに茶器酒器、食器も具へられ、一寸した下物《さかな》、そんなものも仕込まれてあるやうな訳です。万事がさういふ調子なのですから、真に遊びになります。しかも舟は上《じやう》だな檜で洗ひ立てゝありますれば、清潔此上無しです。しかも涼しい風のすい〳〵流れる海上に、片苫《かたとま》を切つた舟なんぞ、遠くから見ると余所目《よそめ》から見ても如何にも涼しいものです。青い空の中へ浮上つたやうに広〻と潮が張つてゐる其上に、風のつき抜ける日蔭のある一葉の舟が、天から落ちた大鳥の一枚の羽のやうにふわりとしてゐるのですから。

それから又、澪釣でない釣もあるのです。それは澪で以てうまく食はなかつたりなんかした時に、魚といふものは必ず何かの蔭にゐるものですから、それを釣るのです。鳥は木により、さかなはかゝり、人は情の蔭による、なんぞといふ「よしこの」がありますが、かゝりといふのは水の中にもさ〳〵したものがあつて、其処に網を打つことも困難であり、釣鉤を入れることも困難なやうなひつかゝりがあるから、かゝりと申します。そのかゝりには兎角に魚が寄るものであります。そのかゝりの前へ出掛けて行つて、さうしてかゝりと擦れ〳〵に鉤を打込む、それがかゝり前の釣といひます。澪だの平場だので釣れない時にかゝり前に行くといふことは誰もすること。又わざ〳〵かゝりへ行きたがる人もある位。古い澪杙《みよぐひ》、ボッカ、われ舟、ヒゞがらみ、シカケを失ふのを覚悟の前にして、大様にそれ〴〵の趣向で遊びます。何れにしても大名釣と云はれるだけに、ケイヅ釣は如何にも贅沢に行はれたものです。

ところで釣の味はそれでいゝのですが、やはり釣は根が魚を獲るといふことにあるものですから、余り釣れないと遊びの世界も狭くなります。或日のこと、ちつとも釣れません。釣れないといふと未熟な客は兎角にぶつ〳〵船頭に向つて愚痴をこぼすものですが、この人はさういふことを言ふ程あさはかではない人でしたから、釣れなくていつもの通りの機嫌でその日は帰つた。その翌日も日取りだつたから、翌日もその人は又吉公を連れて出た。ところが魚といふのは、それは魚だから居さへすれば餌があれば食ひさうなものだけれども、さうも行かないもので、時によると何かを嫌つて、例へば水を嫌ふとか風を嫌ふとか、或は何か不明な原因があつてそれを嫌ふといふと、居ても食はないことがあるもんです。仕方がない。二日ともさつぱり釣れない。そこで幾ら何でもちつとも釣れないので、吉公は弱りました。小潮の時なら知らんこと、い丶潮に出てゐるのに、二日ともちつとも釣れないといふのは、客はそれ程に思はないにしたところで、船頭に取つては面白くない。それも御客が、釣も出来てゐれば人間も出来てゐる人で、ブツリとも言はないでゐてくれるので却つて気がすくみます。どうも仕様がない。が、どうしても今日は土産を持たせて帰さうと思ふものですから、さあいろ〳〵な潮行きと場処とを考へて、あれもやり、これもやつたけれども、何様《どう》してても釣れない。それが又釣れるべき筈の、月のない大潮の日。どうしても釣れないから、吉も到頭へたばつて終《しま》つて、

「やあ旦那、どうも二日とも投げられちやつて申訳がございませんなア」と言ふ。客は笑つて、

「なアにお前、申訳がございませんなんて、そんな野暮かたぎのことを言ふ筈の商売ぢやねえぢやねえか。ハ丶丶。い丶やな。もう帰るより仕方がねえ、そろ〳〵行かう

ぢやないか。」

「ヘイ、もう一ヶ処やつて見て、さうして帰りませう。」

「もう一ヶ処たつて、もうそろ〳〵真《ま》づみになつて来るぢやねえか。」

真づみといふのは、朝のを朝まづみ、晩のを夕まづみと申します。段ゝと昼になつたり夜になつたりする迫《せ》りつめた時をいふのであつて、兎角に魚は今までちつとも出て来なかつたのが、まづみになつて急に出て来たりなんかするものです。吉の腹の中では、まづみに中《あ》てたいのですが、客はわざと其反対を云つたのでした。

「ケイヅ釣に来て、こんなに晩くなつて、お前、もう一ヶ処なんて、そんなぶいきなことを言ひ出して。もうよさうよ。」

「済みませんが旦那、もう一ヶ処ちよいと当てゝ。」

と、客と船頭と言ふことがあべこべになりまして、吉は自分の思ふ方へ船をやりました。

吉は全敗に終らせたくない意地から、舟を今日までかゝつたことの無い場処へ持つて行つて、「かし」をきめるのに慎重な態度を取りながら、やがて、

「旦那、竿は一本にして、みよしの真正面へ巧く振込んで下さい」と申しました。これはその壺以外は、左右も前面も、恐ろしいカヽリであることを語つてゐるのです。客は合点して、「あいよ」とその言葉通りに実に巧く振込みましたが、心中では気乗

薄であつたことも争へませんでした。すると今手にしてゐた竿を置くか置かぬかに、魚の中りか芥《ごみ》の中りか分からぬ中り、――大魚に大ゴミのやうな中りがあり、大ゴミに大魚のやうな中りが有るもので、然様《さう》いふ中りが見えますと同時に、二段引どころではない、糸はピンと張り、竿はズイと引かれて行きさうになりましたから、客は竿尻を取つて一寸《ちよいと》当てゝ、直に竿を立てにかゝりました。が、此方の働きは少しも向うへは通じませんで、向うの力ばかりが没義道《もぎだう》に強うございました。竿は二本継の、普通の上物でしたが、継手の元際がミチリと小さな音がして、そして糸は敢へなく断れてしまひました。魚が来てカ、リへ啣《くは》へ込んだのか、大芥が持つて行つたのか、もとより見ぬ物の正体は分りませんが、吉は又一つ此処で黒星がついて、しかも竿が駄目になつたのを見逃しはしませんで、一層心中は暗くなりました。此様いふことも無い例では有りませんが、飽までも練れた客で、「後追ひ小言」などは何も言はずに吉の方を向いて、

「帰れつていふことだよ」と笑ひましたのは、一切の事を「もう帰れ」といふ自然の命令の意味合だと軽く流して終つたのです。「へイ」といふよりほかは無い、吉は素直にカシを抜いて、漕ぎ出しながら、

「あつしの樗蒲一《ちよぼいち》がコケだつたんです」と自語的《しごてき》に言つて、チョイと片手で自分の頭《かしら》を打つ真似をして笑つた。「ハ、、」「ハ、、」と軽い笑で、双方とも役者が悪くない

から味な幕切を見せたのでした。

海には遊船はもとより、何の舟も見渡す限り見え無いやうになつて居ました。吉はぐい〳〵と漕いで行く。余り晩くまでやつてゐたから、まづい潮になつて来た。それを江戸の方に向つて漕いで行く。さうして段〻やつて来ると、陸はもう暗くなつて江戸の方遥にチラ〳〵と燈が見えるやうになりました。吉は老いても巧いもんで、頻りと身体に調子をのせて漕ぎます。苫は既に取除けてあるし、舟はずん〳〵と出る。客はすることもないから、しやんとして、たゞぽかんと海面を見てゐると、もう海の小波のちらつきも段〻と見えなくなつて、雨ずつた空が初は少し赤味があつたが、ぼうつと薄墨になつてまゐりました。さういふ時は空と水が一緒にはならないけれども、から、空の明るさが海へ溶込むやうになつて、反射する気味が一つもないやうになつて来るから、水際が蒼茫と薄暗くて、たゞ水際だといふことが分る位の話、それでも水の上は明るいものです。客はなんにも所在がないから江戸の彼《あ》の燈は何処の燈だらうなどと、江戸が近くなるにつけて江戸の方を見、それからずいと東の方を見ますと、――今漕いでゐるのは少しでも潮が上《かみ》から押すのですから、澪を外れた、つまり水の抵抗の少い処を漕いでゐるのでしたが、澪の方をヒョイッと見るといふと、暗いといふ程ぢやないが、余程濃い鼠《ねずみ》色に暮れて来た、その水の中からふつと何か出ました。はてナと思つて、其儘見てゐると又何かがヒョイッと出て、今度は少し時間があつて又引込んでしまひました。葭か蘆《よし》のやうな類のものに見えたが、そんなものなら平らに水を浮いて流れる筈だし、どうしても細い棒のやうなものが、妙な調子でもつて、ツイと出ては又引込みます。何の必要があるではないが、合点が行きませぬから、

「吉や、どうもあすこの処に変なものが見えるな」と一寸声をかけました。客がヂッと見てゐるその眼の行方を見ますと、丁度その時又ヒョイッと細いものが出ました。そして又引込みました。客はもう幾度も見ましたので、

「どうも釣竿が海の中から出たやうに思へるが、何だらう。」

「さうでござんすね、どうも釣竿のやうに見えましたね。」

「併し釣竿が海の中から出る訳はねえぢやねえか。」

「だが旦那、たゞの竹竿が潮の中をころがつて行くのとは違つた調子があるので、釣竿のやうに思へるのですネ。」

吉は客の心に幾らでも何かの興味を与へたいと思つてゐた時ですから、舟を動かしてその変なものが出た方に向ける。

「ナニ、そんなものを、お前、見たからつて仕様がねえぢやねえか。」

「だつて、あつしにも分らねえをかしなもんだから一寸後学《こうがく》の為に。」

「ハヽヽ、後学の為には宜かつたナ、ハヽヽ。」

吉は客にかまはず、舟をそつちへ持つて行くと、丁度途端にその細長いものが勢よ

く大きく出て、吉の真向を打たんばかりに現はれた。吉はチャッと片手に受留めたが、シブキがサッと顔へかゝつた。見るとたしかにそれは釣竿で、下に何かゐてグイと持つて行かうとするやうなので、なやすやうにして手をはなさずに、それをすかして見ながら、

「旦那これは釣竿です、野布袋《のぼてい》です、良いもんのやうです。」

「フム、然様《さう》かい」と云ひながら、其竿の根の方を見て、

「ヤ、お客さんぢやねえか。」

お客さんといふのは溺死者のことを申しますので、それは漁やなんかに出る者は時ゝはさういふ訪問者に出会ひますから申出した言葉です。今の場合、それと見定めましたから、何も嬉しくもないことゆゑ、「お客さんぢやねえか」と、「放してしまへ」と言はぬばかりに申しましたのです。ところが吉は、

「エ、、ですが、良い竿ですぜ」と、足らぬ明るさの中でためつすかしつ見てゐて、

「野布袋の丸でさア」と付足した。丸といふのはつなぎ竿になつてゐない物のこと。野布袋竹といふのは申すまでもなく釣竿用の良いもので、大概の釣竿は野布袋の具合のいゝのを他の竹の先につないで穂竹として使ひます。丸といふと、一竿全部がそれなのです。丸が良い訳はないのですが、丸でゐて調子の良い、使へるやうなものは、稀物《まれもの》で、つまり良いものといふわけになるのです。

「そんなこと言つたつて欲しかあねえ」と取合ひませんでした。

が、吉には先刻客の竿をラリにさせたことも含んでゐるからでせうか、竿を取らうと思ひまして、折らぬやうに加減をしながらグイと引きました。すると中浮《ちゆうき》になつてゐた御客様は出て来ない訳には行きませんでした。中浮と申しますのは、水死者に三態あります、水面に浮ぶのが一ツ、水底に沈むのが一ツ、両者の間が即ち中浮です。引かれて死体は丁度客の坐の直ぐ前に出て来ました。

「詰らねえことをするなよ、お返し申せと言つたのに」と言ひながら、傍に来たものですから、其竿を見まするといふと、如何にも具合の好さゝうなものです。竿といふものは、節と節とが具合よく順ゝに、いゝ割合を以て伸びて行つたのがつまり良い竿の一条件です。今手元からずつと現はれた竿を見ますと、一目にもわかる実に良いものでしたから、その武士も、思はず竿を握りました。吉は客が竿へ手をかけたのを見ますと、自分の方では持切れませんので、

「放しますよ」と云つて手を放して終《しま》つた。竿尻より上の一尺ばかりのところを持つと、竿は水の上に全身を凛《りん》とあらはして、恰《あたか》も名刀の鞘を払つたやうに美しい姿を見せた。

　持たない中《うち》こそ何でも無かつたが、手にして見ると其竿に対して油然《いうぜん》として愛念が起つた。とにかく竿を放さうとして二三度こづいたが、水中の人が堅く握つてゐて離

れない。もう一寸一寸に暗くなつて行く時、よくは分らないが、お客さんといふのはでつぷり肥つた、眉の細くて長いきれいなのが僅に見える、耳朶《みゝたぶ》が甚だ大きい、頭は余程禿げてゐる、まあ六十近い男。着てゐる物は浅葱の無紋の木綿縮と思はれる、それに細い麻の襟のついた汗取りを下につけ、帯は何だかよく分らないけれども、ぐるりと身体が動いた時に白い足袋を穿いてゐたのが目に浸みて見えた。様子を見ると、例へば木刀にせよ一本差して、印籠の一つも腰にしてゐる人の様子でした。

「どうしような」と思はず小声で言つた時、夕風が一ト筋さつと流れて、客は身体の何処かが寒いやうな気がした。捨てゝしまつても勿体ない、取らうかとすれば水中の主が生命がけで執念深く握つてゐるのでした。躊躇のさまを見て吉は又声をかけました。

「それは旦那、お客さんが持つて行つたつて三途川で釣をする訳でもありますまいし、お取りなすつたらどんなものでせう。」

そこで又こづいて見たけれども、どうしてなか〳〵しつかり摑んでゐて放しません。死んでも放さないくらゐなのですから、とてもしつかり握つてゐて取れない。といつて刃物を取出して取る訳にも行かない。小指でしつかり竿尻を摑んで、丁度それも布袋竹の節の処を握つてゐるからなか〳〵取れません。仕方がないから渋川流といふ訳でもないが、吾が拇指をかけて、ぎくりとやつてしまつた。指が離れる、途端に先主《せんしゆ》人《じん》は潮下に流れて行つてしまひ、竿はこちらに残りました。かりそめながら戦つた吾が掌を十分に洗つて、ふところ紙三四枚でそれを拭ひ、そのまゝ海へ捨てますと、白い紙玉は魂でゞもあるやうにふわ〳〵と夕闇の中を流れ去りまして、やがて見えなくなりました。吉は帰りをいそぎました。

「南無阿弥陀仏、南無阿弥陀仏、ナア、一体どういふのだらう。なんにしても岡釣の人には違ひねえな。」

「え、、さうです、どうも見たこともねえ人だ。岡釣でも本所、深川、真鍋河岸や万年のあたりでまご〳〵した人とも思はれねえ、あれは上の方の向島か、もつと上の方の岡釣師ですな。」

「成程勘が好い、どうもお前うまいことを言ふ、そして。」

「なアに、あれは何でもございませんよ、中気に決まつてゐますよ。岡釣をしてゐて、変な処にしやがみ込んで釣つてゐて、でかい魚を引かけた途端に中気が出る、転げ込んでしまへばそれまででせうネ。だから中気の出さうな人には平場でない処の岡釣はいけねえと昔から言ひまさあ。勿論どんなところだつて中気にいゝことはありませんがネ、ハ、、。」

「さうかなア。」

それでその日は帰りました。

いつもの河岸に着いて、客は竿だけ持つて家に帰らうとする。吉が
「旦那は明日は？」

「明日も出る筈になつてるんだが、休ませてもいゝや。」

「イヤ馬鹿雨でさへなければあつしやあ迎へに参りますから。」

「さうかい」と言つて別れた。

あくる朝起きてみると雨がしよ〳〵と降つてゐる。

「あゝこの雨を孕んでやがつたんで二三日漁がまづかつたんだな。それとも赤潮でもさしてゐたのかナ。」

約束はしたが、こんなに雨が降つちや奴も出て来ないだらうと、その人は家にゐて、せうこと無しの書見などしてゐると、昼近くなつた時分に吉はやつて来た。庭口からまはらせる。

「どうも旦那、お出になるかならないかあやふやだつたけれども、あつしやあ舟を持つて来て居りました。この雨はもう直あがるに違へねえのですから参りました。御伴をしたいとも云出せねえやうな、まづい後ですが。」

「ア、さうか、よく来てくれた。いや、二三日お前にムダ骨を折らしたが、おしまひに竿が手に入るなんてまあ変なことだなア。」

「竿が手に入るてえのは釣師にや吉兆でさア。」

「ハヽヽ、だがまあ雨が降つてゐる中《うち》あ出たくねえ、雨を止ませる間遊んでゐねえ。」

「ヘイ。時に旦那、あれは？」

「あれかい。見なさい、外鴨居の上に置いてある。」

吉は勝手の方へ行つて、雑巾盥《ざふきんだらひ》に水を持つて来る。すつかり竿をそれで洗つてから、見るといふと如何にも良い竿。ぢつと二人は検《あらた》め気味に詳しく見ます。第一あんなに濡れてゐたので、重くなつてゐるべき筈だが、それがちつとも水が浸みてゐないやうにその時も思つたが、今も同じく軽い。だからこれは全く水が浸みないやうに工夫がしてあるとしか思はれない。それから節廻りの良いことは無類。さうして蛇口《へびぐち》の処を見るといふと、素人細工に違ひないが、まあ上手に出来てゐる。それから一番太い手元の処を見ると一寸細工《ちよいと》がある。細工といつたつて何でもないが、一寸《ちよつと》した穴を明けて、その中に何か入れでもしたのか又塞いである。尻手縄《しつてなは》が付いてゐた跡でもない。何か解らない。そのほかには何の異《かは》つたこともない。

「随分稀《めづ》らしい良い竿だな、そしてこんな具合の好い軽い野布袋は見たことが無い。」

「さうですな、野布袋といふ奴は元来重いんでございます、そいつを重くちやいやだから、それで工夫をして、竹がまだ野に生きてゐる中に少し切目なんか入れましたり、痛めたりしまして、十分に育たないやうに片つ方をさういふやうに痛める、右なら右、左なら左の片方をさうしたのを片うきす、両方から攻めるやつを諸うきすといひます。

さうして拵へると竹が熟した時に養ひが十分でないから軽い竹になるのです。」

「それはお前俺も知つてゐるが、うきすの竹はそれだから萎びたやうになつて面白くない顔つきをしてゐるぢやないか。これはさうぢやない。どういふことをして出来たのだらう、自然にかういふ竹が有つたのかなア。」

竿といふものの良いのを欲しいと思ふと、釣師は竹の生えてゐる藪に行つて自分で以てさがしたり撰んだりして、買約束をして、自分の心の儘に育てたりしますものです。さういふ竹を誰でも探しに行く。少し釣が劫《こふ》を経て来るとさういふことにもなりまする。唐の時に温庭筠《をんていゐん》といふ詩人、これがどうも道楽者で高慢で、品行が悪くて仕様がない人でしたが、釣にかけては小児《こども》同様、自分で以て釣竿を得ようと思つて裴氏《はいし》といふ人の林に這入り込んで良い竹を探した詩がありまする。一径互《いつけいたがひ》に紆直《うちよく》し、茅棘《ばうきよく》亦已《またすで》に繁し、といふ句がありまするから、曲りくねつた細径の茅や棘を分けて、むぐり込むのです。歴尋《れきじん》す嬋娟《せんえん》の節、翦破《せんぱ》す蒼莨根《さうらうこん》、とありまするから、一々此竹、彼竹と調べまはつた訳です。唐の時は釣が非常に行はれて、薛氏《せつし》の池といふ今日まで名の残る位の釣堀さへ有つた位ですから、竿屋だとて沢山有りましたらうに、当時持囃された詩人の身で、自分で藪くゞりなんぞをしてまでも気に入つた竿を得たがつたのも、好の道なら身をやつす道理でございます。半井卜養《なからゐぼくやう》といふ狂歌師の狂歌に、浦島が釣の竿とて呉竹の節はろく〳〵伸びず縮まず、といふのがありまするが、呉竹の竿など余り感心出来ぬものですが、三十六節あつたとかで大に節のことを褒めてゐまする、そんなやうなものです。それで趣味が高じて来るといふと、良いのを探すのに浮身をやつすのも自然の勢です。

二人はだん〱と竿を見入つてゐる中に、あの老人が死んでも放さずにゐた心持が次第に分つて来ました。

「どうもこんな竹は此処《こゝ》らに見かけねえですから、よその国の物か知れませんネ。それにしろ二間の余もあるものを持つて来るのも大変な話だし。浪人の楽な人だか何だか知らないけれども、勝手なことをやつて遊んでゐる中に中気が起つたのでせうが、何にしろ良い竿だ」と吉は云ひました。

「時にお前、蛇口を見てゐた時に、なんぢやないか、先についてゐた糸をくる〱つと捲いて腹掛のどんぶりに入れちやつたぢやねえか。」

「エ、邪魔つけでしたから。それに、今朝それを見まして、それでわつちがこつちの人ぢやねえだらうと思つたんです。」

「どうして。」

「どうしてつたつて、段ゝ細につないでありました。段ゝ細につなぐといふのは、はじまりの処が太い、それから次第に細いの又それより細いのと段ゝ細くして行く。この面倒な法は加州やなんぞのやうな国に行くと、鮎を釣るのに蚊鉤《かばり》など使つて釣る、その時蚊鉤がうまく水の上に落ちなければまづいんで、糸が先に落ちて後から蚊鉤が落ちてはいけない、それぢや魚が寄らない、そこで段ゝ細の糸を拵へるんです。どうして拵へますかといふと、鋏を持つて行つて良い白馬の尾の具合のいゝ、古馬にならないやつのを頂戴して来る。さうしてそれを豆腐の粕で以て上からぎゆう〳〵と次第ゝゝにこく。さうすると透き通るやうにきれいになる。それを十六本、右撚りなら右撚りに、最初は出来ないけれども少し慣れると訳無く出来ますことで、片撚りに撚る。さうして一つ拵へる。その次に今度は本数を減らして、前に右撚りなら今度は左撚りに片撚りに撚ります。順ゝに本数をへらして、右左をちがへて、一番終ひには一本になるやうにつなぎます。あつしあ加州の御客に聞いておぼえましたがネ、西の人は考がこまかい。それが定跡です。此竿は鮎をねらふのではない、テグスでやつてあるけれども、うまくこきがついて順減らしに細くなつて行くやうにしてあります。この人も相当に釣に苦労してゐますね、切れる処を決めて置きたいからさういふことをするので、岡釣ぢや尚のことです、何処でも構はないでぶつ込むのですから、ぶち込んだ処にかゝりがあれば引かゝつてしまふ。そこで竿をいたはつて、しかも早く埒の明くやうにするには、竿の折れさうになる前に切れ処から糸のきれるやうにして置くのです。一番先の細い処から切れる訳だからそれを竿の力で割出して行けば、竿に取つては怖いことも何もない。どんな処へでもぶち込んで、引かゝつていけなくなつたら竿は折れずに糸が切れてしまふ。あとは又直ぐ鉤をくつつければそれでいゝのです。この人が竿を大事にしたことは、上手に段ゞ細にしたところを見てもハッキリ読めましたよ。どうも小指であんなに力を入れて放さないで、まあ竿と心中したやうなもんだが、それだけ大事にしてゐたのだから、無理もねえでさあ。」
などと言つてゐる中に雨がきれかゝりになりました。主人は座敷、吉は台所へ下つて昼の食事を済ませ、遅いけれども「お出なさい」「出よう」といふので以て、二人は出ました。無論その竿を持つて、そして場処に行くまでに主人は新しく上手に自分でシカケを段ゞ細に拵へました。

さあ出て釣り始めると、時ゞ雨が来ましたが、前の時と違つて釣れるは、釣れるは、むやみに調子の好い釣になりました。到頭あまり釣れる為に晩くなつて終ひまして、昨日と同じやうな暮方になりました。それで、もう釣もお終ひにしようなあといふので、蛇口から糸を外して、さうしてそれを蔵《しま》つて、竿は苫裏《とまうら》に上げました。だん〳〵と帰つて来るといふと、又江戸の方に燈がチョイ〳〵見えるやうになりました。客は昨日からの事を思つて、此竿を指を折つて取つたから「指折リ」と名づけようかなどと考へてゐました。吉はぐい〳〵漕いで来ましたが、せつせと漕いだので、艪臍《ろべそ》が乾いて来ました。乾くと漕ぎづらいから、自分の前の処にある柄杓《ひしやく》を取つて潮を汲んで、身を妙にねぢつて、ぱつさりと艪の臍の処に掛けました。こいつが江戸前の船頭は必ずさういふやうにするので、田舎船頭のせぬことです。身をねぢつて高い処から其処を狙つてシャッと水を掛ける、丁度その時には臍が上を向いてゐます。うまくやるもので、浮世絵好みの意気な姿です。それで吉が今身体を妙にひねつてシャッとかける、身のむきを元に返して、ヒョッと見るといふと、丁度昨日と同じ位の暗さになつてゐる時、東の方に昨日と同じやうに葭のやうなものがヒョイ〳〵と見える。オヤ、と言つて船頭がそつちの方を見るので、その方を見ると、表の間に坐つてゐたお客も、船頭がオヤと言つて彼方《あつち》の方を見るので、その方をギッと見る、薄暗くなつてゐる水の中からヒョイ〳〵と、昨日と同じやうに竹が出たり引込んだりしまする。ハテ、これはと思つて、合点しかねてゐるといふと、船頭も驚きながら、旦那は気が附いたかと思つて見ると、旦那も船頭を見る。お互に何だか訳の分らない気持がしてゐるところへ、今日は少し生暖かい海の夕風が東から吹いて来ました。が、吉は忽ち強がつて、

「なんでえ、この前の通りのものがそこに出て来る訳はありあしねえ、竿はこつちにあるんだから。ネエ旦那、竿はこつちにあるんぢやありませんか。」

怪を見て怪とせざる勇気で、変なものが見えても「こつちに竿があるんだからね、何でもない」といふ意味を言つたのであつたが、船頭も一寸身を屈めて、竿の方を覗く。客も頭の上の闇を覗く。と、もう暗くなつて苫裏の処だから竿があるかないか殆ど分らない。却つて客は船頭のをかしな顔を見る、船頭は客のをかしな顔を見る。客

も船頭も此世でない世界を相手の眼の中から見出したいやうな眼つきに相互に見えた。

竿はもとよりそこにあつたが、客は竿を取出して、南無阿弥陀仏、南無阿弥陀仏と言つて海へかへしてしまつた。

雪たゝき

上

鳥が其巣を焚《や》かれ、獣が其窟《あな》をくつがへされた時は何様《どう》なる。悲しい声も能くは立てず、うつろな眼は意味無く動くまでで、鳥は篠むらや草むらに首を突込み、たゞ暁の天《そら》を切ない心に待焦るゝであらう。獣は所謂駭《おどろ》き心になつて急に奔《はし》つたり、懼《おそ》れの目を張つて疑ひの足取り遅くのそ〳〵と歩いたりしながら、何その場合には咬みつかうか、はたきつけようかと、恐ろしい緊張を顎骨や爪の根に漲らせることを忘れぬであらう。

応仁、文明、長享、延徳を歴て、今は明応の二年十二月の初である。此頃は上は大将軍や管領から、下は庶民に至るまで、哀れな鳥や獣となつたものが何程有つたことだつたらう。

此処は当時明や朝鮮や南海との公然または秘密の交通貿易の要衝で大富有の地であつた泉州堺の、町外れといふのでは無いが物静かなところである。

夕方から零《お》ち出した雪が暖地には稀《めづ》らしくしん〳〵と降つて、もう宵の口では無い今もまだ断れ際にはなりながらはら〳〵と降つてゐる。片側は広く開けて野菜圃《やさいばたけ》でも続いてゐるのか、其間に折ゝ小さい茅屋が点在してゐる。他の片側は立派な丈の高い塀つゞき、それに沿うて小溝が廻されてゐる、大家の裏側通りである。

今時分、人一人通らうやうは無い此様《こん》なところの雪の中を、何処を雪が降つてゐるといふやうに、寒いも淋しいも知らぬげに、昂然《かうぜん》として又悠然として田舎の方から歩いて来る者があつた。

こんなところを今頃うろつくのは、哀れな鳥か獣か。小鳥では無いまでも、いづれ暖い洞窟が待つてゐるのでは無い獣でもあるか。

薄筵《うすむしろ》の一端を寄せ束ねたのを笠にも蓑にも代へて、頭上から三角なりに被つて来たが、今しも天を仰いで三四歩ゆるりと歩いた後に、いよ〳〵雪は断れるナと判じたのだらう、

「エーッ」

と、それを道の左の広みの方へかなぐり捨てざまに抛《はふ》つて了つた。如何にも其様《そん》な悪びれた小汚い物を暫時にせよ被てゐたのが癪に触るので、其物に感謝の代りに怒喝を

加へて抛棄てゝ気を宜くしたのであらう。もつとも初から捨てさせるつもりで何処ぞで呉れ、捨てるつもりで被て来たには相違無いわびしいものであつた。

少し速足になつた。雪はもとよりべた雪だつた。ト、下駄の歯の間に溜つた雪に足を取られて、ほと〳〵顚《ころ》びさうになつた。が、素捷《すばや》い身のこなし、足の踏立変《ふみたてが》への巧さで、二三歩泳ぎはしたが、しやんと踏止まつた。

「エーッ」

今度は自分の不覚を自分で叱る意で毒喝したのである。余程肚の中がむしやくしやして居て、悪気が噴出したがつてゐたのであらう。

叱咤したとて雪は脱《と》れはしない、益〻固くなつて歯の間に居しこるばかりだつた。そこで、ふと見ると小溝の上に小さな板橋とおぼしいのが渡つてゐるのが見えたので、其板橋の堅さを仮りてと橋の上にかゝつたが、板橋では無くて、柴橋に置土をした風雅のものだつたのが一ト踏で覚り知られた。これではいけぬと思ふより早く橋を渡り越して其突当りの小門の裾板に下駄を打当てた。乱暴ではあるが構ひはしなかつた。

「トン、トン、トン」

蹴着《けつ》けるに伴なつて雪は巧く脱けて落ちた。左足の方は済んだ。今度は右のをと、左足を少し引いて、又
「トン、トン」

と、蹴つけた。ト、漸《やうや》くに雪のしつかり嵌り込んだのが脱けた途端に、音も無く門は片開きに開いた。開くにつれて中の雪がほの白く眼に映つた。男はさすがにギョッとしない訳にはゆかなかつた。

が、逃げもしなかつた、口も利かなかつた。身体は其儘、不意に出あつても、心中は早くも立直つたのだ。自分の方では何とすることもせず、先方の出を見るのみに其瞬間は埋められたのであつた。然し先方は何のこだわりも無く、身を此方《こつち》へ近づけると同時に、何の言葉も無く手をさしのべて、男の手を探り取つてやさしく握つて中へ引入れんとした。触つた其手は暖かであつた、なよやかであつた。其力はやはらかであつた、たしかに鄙《いや》しく無い女の手であつた。これには男は又ギョッとした。が、しかし逃げもしなかつた、口もきかなかつた。

「何《ど》んな運にでもぶつかつて呉れう、運といふものの面《つら》が見たい。」

といふやうな料簡が日頃定まつて居るので無ければ斯様《かう》は出来ぬところだが、男は引かるゝまゝに中へ入つた。

女は手ばしこく門を鎖した。佳い締り金物と見えて音も少く、しかもぴつたりと厳重に鎖されたやうだつた。雲の余りの雪は又ちら〳〵と降つて来た。女は門の内側に置いてあつた恐ろしい大きな竹の笠、――茶の湯者の露次に使ふ者を片手で男の上へかざして雪を避けながら、片手は男の手を取つて謹《つゝし》まやかに導く。庭といふでは無い小広い坪の中を一ト筋敷詰めてある石道伝ひに進むと、前に当つて雪に真黒く大きな建物が見えた。左右は張り出たやうに、真中は引入れてあるやうに見えたが、そこは深廂《ふかびさし》になつてゐて、其突当りは中ノ口とも云ふべきところか。其処へかゝると中に燈火が無く、外の雪明りは届かぬので、たゞ女の手に引かるゝのみの真暗闇に立つ身の、男は聊か不安を覚えぬでは無かつた。

然し男は「まゝよ」の安心で、大戸の中の潜り戸とおぼしいところを女に従つて、たゞ只管《ひたすら》に足許を気にしながら入つた。女は一寸復《また》締りをした。少し許《ばか》りの土間を過ぎて、今宵の不思議な運を持来らした下駄と別れて上へあがつた。女は何時の間に笠を何処へ置いたらう、これに気付いた時は男は又ギョッとして、其のさかしいのに驚いた。板の間を過ぎた。女は一寸男の手を上げた。男は悟つた。畳厚さだけ高くなるのだナと。それで躓くことなども無しに段ゝ進んだ。物騒な代の富家大家は、家の内に上り下りを多くしたものであるが、それは勝手知らぬ者の潜入闖入を不利ならしむる設《まう》けであつた。

幾間かを通つて遂に物音一ツさせず奥深く進んだ。未だ燈火を見ないが、やがてフーンと好い香がした。沈《ぢん》では無いが、外国の稀品と聞かるゝ甘いものであつた。

女はこゝへ坐れと云ふやうに暗示した。そして一寸会釈したやうに感じられたが、もの静かに去つた。男は外国織物と思はるゝ稍《やゝ》堅い茵《しとね》の上にむんづと坐つた。室隅《しつぐう》には炭火が顔は見せねど有りしと知られて、室はほんのりと暖かであつた。

これだけの家だ。奥にこそ此様《こんな》に人気無くはしてあれ、表の方には、相応の男たち、腕筋も有り才覚も有る者どもの居らぬ筈は無い。運の面は何様《どん》なつらをして現はれて来るものか、と思へば、流石に真暗の中に居りながらも、暗中一ぱいに我が眼が見張られて、自然と我が手が我が左の腰に行つた。然し忽ち思返して、運は何様な面をしておれの前に出て来るか知らぬが、おれは斯様《こん》な面をして運に見せて遣れ、とにつたりとした笑ひ顔をつくつた。

其時上手の室に、忍びやかにはしても、男の感には触れる衣ずれ足音がして、いや、それよりも紅燭の光がさつと射して来て、前の女とおぼしいのが銀の燭台を手にして出て来たのにつゞいて、留木のかをり咽せるばかりの美服の美女が現はれて来た。が、互に能くも見交さぬに、

「アッ」

と前の女は驚いて、燭台を危く投げんばかりに、膝も腰も潰《つひ》え砕けて、身を投げ伏して面《おもて》を匿して終《しま》つた。

「にツたり」

と男は笑つた。

主人は流石に主人だけあつた。これも驚いて仰反《のけぞ》つて倒れんばかりにはなつたが、

辛く踏止まつて、そして踏止まると共に其姿勢で、立つたまゝ男を憎悪と憤怒との眼で睨み下した。悍《たけ》しい、峻《さが》しい、冷たい、氷の欠片《かけ》のやうな厳しい光の眼であつた。しかし美しいことは美しい、——悪の美しさの眼であつた。

「にツたり」

と男は笑つた。曇つた鏡が人を映すやうに男は鈍《のろく》ゝと主人を見上げた。年はまだ三十前、肥り肉《じゝ》の薄皮だち、血色は激したために余計紅いが、白粉を透して、我邦《わがくに》の人では無いやうに美しかつた。眼鼻、口耳、皆立派で、眉は少し手が入つてゐるらしい、代りに、髪は高貴の身分の人の如くに、綰《わが》ねずに垂れてゐる、其処が傲慢に見える。

夜盗の類か、何者か、と眼《め》稜《かど》強《きつ》く主人が観た男は、額広く鼻高く、上り目の、朶《たぶ》少き耳、鎗おとがひに硬さうな鬚疎らに生ひ、甚だ多き髪を茶筅《ちやせん》とも無く粗末に異様に短く束《つか》ねて、町人風の身づくりはしたれど更に似合はしからず、脇差一本指したる体、何とも合点が行かず、痩せて居れども強さうに、今は貧相なれども前には人の上に立てるかとも思はれ、盗賊の道の附入りといふことを現在には為したのなれど、痼癖強くて正《まさ》しく意地を張りさうにも見え、すべて何とも推量に余る人品であつた。その不気味な男が、前に

「にツたり」

と笑つたきり、何時までも顔の様子をかへず、にツたりを木彫にしたやうな者に「に

ツたり」と対《むか》つてゐられて、憎悪も憤怒も次第に裏崩れして了つた。実に怒る者は知る可し、笑ふ者は測るべからず、である。求むる有るものは弱し、恐るゝに足らず、求むる無き者は強し、之を如何ともする能はず、である。不可解は恐怖になり、恐怖は遁逃《とんたう》を思はしめるに至つた。で、何も責め立てられるでも無く、強請されるでも無いが、此男の前に居るに堪へ無くなつて、退かうとした。が、前に泣臥してゐる召使を見ると、そこは女の忽然《こつねん》として憤怒になつて、

「コレ」

と、小さい声ではあつたが叱るやうに云つた。

「…………」

「…………」

「…………」

であつて、短い時間では有つたが、非常に長い時間のやうに思はれて、女は其の無言無物の寂寞の苦に、十万億土を通るといふのは斯様いふものでゞもあるかと苦んでゐたので、今、「コレ」と云はれると、それが厳しい叱咤であらうと何であらうと、活路を死中に示され、暗夜に燈火を得たが如く、急に涙の顔を挙げて、

「ハイ」

と答へたが、事態の現在を眼にすると、復今更にハラ〳〵と泣いて、

「まことに相済みませぬ疎忽《そこつ》を致しました。御相図と承はり、又御物ごしが彼方様《あのかたさま》其儘でござりましたので、……如何様にも私を御成敗下さりまして、……又此方様は、私、身を捨てましても、御引取いたゞくやう願ひまして、然《さ》やう致しますれば……」と、今まで泣伏してゐた間に考へてゐたものと見えて、心有りたけを澱みなく言立てた。真実はおもてに現はれて、うそや飾りで無いことは、其の止途無い涙に知れ、そして此の紛れ込者を何様して捌《さば》かうか、と一生懸命真剣になつて、男の顔を伺つた。目鼻立のパラリとした人並以上の器量、純粋の心を未だ世に濁されぬ忠義一図の立派な若い女であつた。然し此女の言葉は主人の昨日今日を明白にして了つた。そして又真正面から見た

「にツたり」

の木彫に出会つて、これが自分で捌き得る人物だらうかと、大に疑懼《ぎく》の念を抱かざるを得なくなり、又今更に艱苦にぶつかつたのであつた。

主人の憤怒はや、薄らいだらしいが、激情が退くと同時に冷透の批評の湧く余地が生じたか、

「そちが身を捨てましても、と云つて、ホ、、、何とするつもりかえ。」

と云つて冷笑すると、女は激して、

「イエ、ほんとに身を捨てましても」

とムキになつて云つたが、主人は
「いや、それよりも」

と、女を手招きして耳に口を寄せて、何かさゝやいた。女は其意を得て屏風を遶《めぐ》り、奥の方へ去り、主人は立つても居られず其便《びん》に坐した。

やがて女は何程か知れぬが相当の金銀を奉書を敷いた塗三宝に載せて持て来て男の前に置き、

「私軽忽《きようこつ》より誤つて御足を留め、まことに恐れ入りました。些少にはござりますれど、御用を御欠かせ申しましたる御勘弁料差上げ申しまする。何卒御納め下されまして、御随意御引取下されまするやうに。」

と、利口に云廻して指をついて礼をすると、主人も同時に軽く頭を下げて挨拶した。

すると「にツたり」は「にツたり」で無くなつた。俄《にはか》に強く衝き動かされて、ぐら〳〵となつたやうに見えたが、憤怒と悲みとが交り合つて、たゞ一ツの真面目さになつたやうな、犯し難い真面目さになつて、

「ム」

と行詰つたが如くに一ト息した。真面目の顔からは手強い威が射した。主人も女も其威に打たれ、何とも測りかねて伏目にならざるを得なかつた。蠟燭の光りにちらついてゐた金銀などは今誰の心にも無いものになつた。主人にも女にも全く解釈の手がゝ

りの無い男だつた。

「おのれ等」

と、見だての無い衣裳を着けてゐる男の口からには似合はない尊大な一語が発された。然し二人は圧倒されて愕然とした、中辺の高さでは有るが澄んで良い声であつた。

「揃ひも揃つて、感心しどころのある奴の。」

罵らるべくもあるところを却つて褒められて、二人は裸身の背中を生蛤《なまはまぐり》で撫でられたでもあるやうな変な心持がしたらう。

「これほどの世間の重宝を、手づからにても取り置きすることか、召使に心まゝに出し入れさすること、日頃の大気、又下の者を頼みきつて疑はぬところ、ア、、人の主たるものは然様《さう》無《な》うては叶はぬ、主に取りたいほどの器量よし。……それが世に無くて、此様《こん》なところにある、……」

二人を相手にしての話では無かつた。主は家隷《けらい》を疑ひ、郎党は主を信ぜぬ今の世に対しての憤懣と悲痛との慨歎である。此家の主人はかく云はれて、全然意表外のことを聞かされ、へどもどするより外は無かつた。

「しかし、此処の器量よしめの。かほどの器量までにおのれを迫上《せりあ》げて居をるのも、おのれの私を成さうより始まつたらう。エーッ、忌ゝしい。」

眼の中より青白い火が飛んで出たかと思はれた。主人は訳はわからぬが、其一閃《いつせん》の光に射られて、おのづと吾が眼を閉ぢて了つた。

「この女めも、弁口、取りなし、下の者には十二分の出来者。しかも生命を捨てゝもと云居つた、うその無い、あの料簡分別、ア、、立派な、好い侍、かはゆい、忠義の者ではある。人に頼まれたる者は、然様なうては叶はぬ。高禄をくれても家隷に有ちたいほどの者ではある。……しかし大すぢのことが哀れや分つて居らぬ、致方無い、教への足らぬ世で、忠義の者が忠義でないことをして、忠義と思うて死んで行く。善人と善人とが生命を棄てあつて、世を乱してゐる。エーッ忌ゝしい。」

　全然二人の予期した返答は無かつたが、こゝに至つて、此の紛れ入り者は、何の様な者かといふことが朧気に解つて来た。しかし自分達が何様《どう》扱はれるかは更に測り知られぬので、二人は畏服の念の増すに連れ、愈ゝ底の無い恐怖に陥つた。

　男はおもむろに室の四方を看まはした。屏風、衝立、御厨子、調度、皆驚くべき奢《しや》侈《し》のものばかりであつた。床の軸は大きな傅彩の唐絵であつて、脇棚にはもとより能くは分らぬが、いづれ唐物と思はれる小さな貴げなものなどが飾られて居り、其の最も低い棚には大きな美しい軸盆様《ぢくぼんやう》のものが横たへられて、其上に、これは倭物か何かは知らず、由緒ありげな笛が紫絹を敷いて安置されてゐた。二人は男の眼の行く方を見護つたが、男は次第に復「にツたり」に反つた。透かさず女は恐る〳〵、

「何卒わたくし不調法を御ゆるし下されますやう、如何やうにも御詫の次第は致しま

する。」

と云ふと、案外にも言葉やさしく、

「許してくれる。」

と訳も無く云放つた。二人はホッとしたが、途端にまた
「おのれの疎忽は、けも無い事ぢや。たゞし此家《や》の主人《あるじ》はナ」

と云ひかけて、一寸口をとゞめた。主人と云つたのは此処には居らぬ真の主人を云つたことが明らかだつたから、二人は今さらに心を跳らせた。

「実は、我が昵懇のものであるでの。」

と云ひ出された。二人は大鐘を撞かれたほどに驚いた。それが虚言《うそ》か真実《まこと》かも分らぬが、これでは何様いふ始末になるか全く知れぬので、又新に身内が火になり氷になつた。男はそれを見て、「にツたり」を「にた〳〵にた」にして、

「ハ、、心配しをるな、主人は今、海の外に居るのでの。安心し居れ。今宵の始末を知らさうとて知らさう道は無い。帰つて来居る時までは、おのれ等、敵の寄せぬ城に居るも同然ぢや。好きにし居れ、おのれ等。楽まば楽め。人のさまたげはせぬが功徳ぢや。主人が帰るそれまでは、我とおのれ等とは何の関りも無い。帰る。宜からう。何様ぢや。互に用は無い。勝手にしをれおのれ等。ハ、ハ、ハ、、公方が河内正覚寺《しやうがくじ》の御陣にあらせられた間、桂の遊女を御相手にしめされて御慰みあつたも同じことぢ

や、ハ、ハ、ハ、。」

と笑つた。二人は畳に頭をすりつけて謝した。其間に男は立上つて、手早く笛を懐中して了つて歩き出した。雪に汚れた革足袋の爪先の痕は美しい青畳の上に点ゝと印されてあつた。

中

南北朝の頃から堺は開けてゐた。正平の十九年に此処の道祐《だういう》といふものの手によつて論語が刊出され、其他文選等の書が出されたことは、既に民戸の繁栄して文化の豊かな地となつてゐたことを語つてゐる。山名氏清《うぢきよ》が泉州守護職となり、泉府と称して此処に拠つた後、応永の頃には大内義弘が幕府から此地を賜はつた。大内は西国の大大名で有つた上、四国中国九州諸方から京洛への要衝の地であつたから、政治上交通上経済上に大発達を遂げて愈ゝ殷賑《いんしん》を加へた。大内は西方智識の所有者であつたから歟《か》、堺の住民が外国と交商して其智識を移し得たからである歟、我邦の城は孑然《げつぜん》として町の内、多くは外に在るのを常として、町は何等の防備を有せぬのを例としてゐたが、堺は町を繞《めぐ》らして濠を有し、町の出入口は厳重な木戸ゝゝを有し、堺全体が支那の城池のやうな有様を持つてゐた。乱世に於けるかゝる形式は、自然と人民をして自ら治むることの有利にして且喫緊なことを悟らしめた。当時の外国貿易に従事する者は、もとより市中の富有者でもあり、智識も手腕も有り、従つて勢力も有り、又多少の武力——と云つてはをかしいが、子分子方、下人僮僕《どうぼく》の手兵《しゅへい》やうの者も有つて、勢力を実現し得るのであつた。それで其等の勢力が愛郷土的な市民に君臨するやうになつたか、市民が其等の勢力を中心として結束して自己等の生活を安固幸福にするのを悦んだためであるか、何時となく自治制度様のものが成立つに至つて、市内の豪家《がうか》鉅《きよ》商《しやう》の幾人かの一団に市政を頼むやうになつた。木戸々々の権威を保ち、町の騒動や危険事故を防いで安寧を得せしむる必要上から、警察官的権能をもそれに持たせた。民事訴訟の紛紜《ふんうん》、及び余り重大では無い、武士と武士との間に起つたので無い刑事の裁断の権能をもそれに持たせた。公辺からの租税夫役等の賦課其他に対する接衝等をもそれに委ねたのであつた。実際に是の如き公私の中間者の発生は、栄え行かうとする大きな活気ある町には必要から生じたものであつて、しかも猫の眼の様にかはる領主の奉行、——人民をたゞ納税義務者とのみ見做して居る位に過ぎぬ戦乱の世の奉行なんどよりは、此の公私中間者の方が、何程か其土地を愛し、其土地の利を図り、其人民に幸福を齎《もた》らすものであつたか知れぬのであつた。それで足利幕府でも領主でも奉行でも、何時となくこれを認めるやうになつたのである。此等の人々を当時は、納屋《なや》衆《しゅう》、又は納屋《なや》貸衆《かししゅう》と云ひ、それが十人を定員とした時は納屋十人衆などと云つたのであつた。納屋とは倉庫のことである。交通の便利は未だ十分ならず、商業機関の発達も猶幼稚であつた時に際して、信頼すべき倉庫が、殆んど唯一の此の大商業地に必要で有つたらうことは云ふまでも無い。納屋貸衆は多くの信ぜらるゝ納屋を有してゐて之を貸し、或は其在庫品に対して何等かの商業上の便宜を与へもしたで有らうから、勿論世間の為にもなり、自分の為にも利を見たのであらう。夙《つと》に外国貿易に従事した堺の小島太郎左衛門、湯川宣阿《せんあ》、小島三郎左衛門等は納屋衆の祖先となつたのか知れぬ。しかも納屋衆は殆ど皆、朝鮮、明、南海諸地との貿易を営み、大資本を運転して、勿論冒険的なるを厭はずに、手船《しゆせん》を万里に派し、或は親しく渡航視察の事を敢てするなど、中ゝ一ト通りで無い者共で無くては出来ぬことをする人物であるから、縦《たと》ひ富有の者で無い、丸裸の者にしてからが、其の勇気が逞しく、其経営に筋が通り、番頭、手代、船頭其他のしたゝか者、荒くれ者を駕馭《がぎよ》して行くだけのことでも相当の人物で無くてはならぬのであつたらうから、町の者から尊敬もされ、依信もされ、そして納屋衆と人民とは相持に持合つて、堺の町は月に日に栄を増して行つたものであらう。後に至つて、天正の頃呂宋《るそん》に往来して呂宋助左衛門と云はれ、巨富を擁して、美邸を造り、其死後に大安寺となしたる者の如きも亦是れ納屋衆であつた。永禄年中三好家の堺を領せる時は、三十六人衆と称し、能登屋臙脂屋《べにや》が其首であつた。信長に至つては自家集権を欲するに際して、納屋衆の崛強《くつきやう》を悪み、之を殺して梟首《けふしゆ》し、以て人民を恐怖せしめざるを得無かつたほどであつた。いや、其様な後の事を説いて納屋衆の堺に於て如何様の者であつたかを云ふまでも無く、此物語の時の一昨年延徳三年の事であつた。大内義弘亡滅の後は堺は細川の家領になつたが、其の怜悧で、機変を能く伺ふところの、冷酷険峻の、飯綱《いづな》使ひ魔法使ひと恐れられた細川政元が、其の頼み切つた家臣の安富元家を此処の南の荘の奉行にしたが、政元の威権と元家の名誉とを以てしても、何様《どう》もいざこざが有つて治まらなかつたのである。安富は細川の家では大したもので、応仁の恐ろしい大乱の時、敵の山名方の幾頭《いくから》かの勇将軍が必死になつて目ざして打取つて辛くも悦んだのは安富之綱《ゆきつな》であつた。又打死はしたが、相国寺の戦に敵の総帥の山名宗全を脅かして、老体の大入道をして大汗をかいて悪戦させたのは安富喜四郎であつた。それほど名の通つた安富の家の元家が、管領細川政元を笠に被て出て来ても治まらなかつたといふのは、何で治まらなかつた歟《か》、納屋衆が突張つたからで無くて何であらう。それほどの誇りを有つた大商業地、富の地、殷賑の地、海の向ふの朝鮮、大明、琉球から南海の果まで手を伸ばしてゐる大腹中のしたゝか者の蟠《ばん》踞《きよ》して、一種特別の出し風を吹出し、海風を吹入れてゐる地、泣く児と地頭には勝てぬに相違無いが、内ゝは其諺通りに地頭を——戦乱の世の地頭、銭ばかり取りたがる地頭を、飴ばかりせびる泣く児のやうに思つてゐる人民の地、文化は勝れ、学問諸芸遊伎等までも秀でゝゐる地の、其の堺の大小路を南へ、南の荘の立派な屋並の中の、分けても立派な堂ゝたる家、納屋衆の中でも頭株の臙脂屋の奥の、内庭を前にした美

しい小室に、火桶を右にして暖かげに又安泰に坐り込んでゐるのは、五十余りの清らな赭《あか》ら顔の、福〻しい肥り肉《じゝ》の男、にこやかに

「フム」

とばかりに軽く聴いてゐる。何を些細な事といふ調子である。これに対して下坐に身を伏せて、如何にもかしこまり切つてゐる女は、召使筋の身分の故からといふばかりでは無く、恐れと悲しみとにわな〳〵と顫へてゐるのは、今下げた頭の元結の端の真中に小波《さゞなみ》を打つてゐるのにも明らかであり、そして訴願の筋の差逼《さしせま》つた情に燃えてゐることと見える。

「…………」

「…………」

双方とも暫時《しばし》言葉は無かつた。屈託無げにはしてゐるが福〻爺の方は法体《ほつたい》同様の大きな艶〻した前兀頭《はげあたま》の中で何か考へてゐるのだらう、にこやかには繕つてゐるが、其眼はジッと女の下げてゐる頭を射透すやうに見守つてゐる。女は自分の申出たことに何の手答のある言葉も無いのに堪へかねたか、やがて少し頭を擡《もた》げた。憐みを乞ふ切ない眼の潤み、若い女の心の張つた時の常の血の上つた頰の紅《くれなゐ》色、誰が見てもいぢらしいものであつた。

「どうぞ、然様《さう》いふ訳でございますれば、……の御帰りになりまする前までに、こな

た様の御力を以て其品を御取返し下さいまするやう。」

と復一度、心から頭を下げた。そして、

「御帰りの近ゞに逼つて居りますことは、こなた様にも御存知の通り。御帰りになりますれば、日頃御重愛の品、御手ならしの品とて、しばらく御もてあそび無かつた後ゆゑ、直にも御心のそれへ行くは必定、其時其御秘蔵が見えぬとあつては、御方様《おかたさま》の御申訳の無いはもとより、ひいては何《ど》の様なことが起らうも知れませぬ。御方様のきつい御心配も並一通りではござりませぬ。それ故に、御方様の、たつての御願ひ、生命にもかゝることと思召して、どうぞ吾が手に戻るやうの御計らひをと、……」

生命にもかゝるの一語は低い声ではあつたが耳に立たぬわけには行かなかつた。

「ナニ、生命にもかゝる。」

最高級の言葉を使つたのを福ゞ爺は一寸咎めた迄ではあるが、女に取つてはそれが言葉甲斐の有つたので気がはづむのであらう、やゝ勢込んで、

「ハイ、さうおツしやられたのでござりまする。全く彼の笛が無いとありましては、わたくし共めまでも何の様な……」

「いや、聟殿があれを二の無いものに大事にして居らるゝは予《かね》て知つてもをるが、……多寡が一管の古物ぢやまで。ハ、、、何でこのわし程のものの娘の生命にかゝらう。帰つて申せ、わしが詫びてやる、心配には及ばぬとナ。女は夫を持つと気が小さ

くなるといふが、娘の時のあれは困り者のほどな大気の者であつたが、余程聟殿を大事にかけてゐると見えて、大層女らしくなり居つたナ。好いは、それも夫婦中が細やかなからぢや。ハ、ハ、。」

「…………」

「分らぬか、まだ。よいか、わしが無理借りに此方《こち》へ借りて来て、七ツ下りの雨と五十からの芸事、とても上りかぬると謗らるゝを関《かま》はず、しきりに吹習うてゐる中に、人の居らぬ他所《よそ》へ持つて出ての帰るさに取落して終うた、気が付いて探したが、かいくれ見えぬ、相済まぬことをした、と指を突いてわしがあやまつたら聟殿は頬を膨らしても何様《どう》にもなるまい。よいは、京へ人を遣つて、当りを付けて瘠公卿《やせくげ》の五六軒も尋ね廻らせたら、彼《あの》笛に似つこらしうて、あれよりもずんと好い、敦盛が持つたとか誰やらが持つたとかいふ名物も何の訳無う金で手に入る。それを代りに与へて一寸あやまる。それで一切は済んで終ふ。たとへ聟殿心底は不足にしても、それでも腹なりが治まらぬとは得云ふまい。代りに遣る品が立派なものなら、却つて喜んで恐縮しようぞ。分つたらう。……帰つて宜《よ》う云へ。」

話すに明らさまには話せぬ事情を抱いてゐて、笛の事だけを云つたところを、斯様すらりと見事に捌《さば》かれて、今更に女は窮して終《しま》つた。口がきゝたくても口がきけぬのである。

「………」

何と云つて宜いか、分らぬのである。しかし何様あつても此儘に帰つたのでは何の役にも立たぬ。これでは何様あつても帰れぬのである。苧《を》ごけの中に苧は一杯あるのだが、抽出して宜い糸口が得られぬ苦みである。いや糸口はハッキリして居て、それを引つぱり出しさへすれば埒は明くのだが、それを引出すことは出来なくて、強ひて他の糸口、それは無いに定まつてゐる糸口を見出さなくてはならぬので、何とも為方の無い苦みに心が踠《もが》かれてゐるのである。

「………」

頭も上げ得ず、声も出し得ず、石のやうになつてゐる意外さに、福ゝ爺も遂に自分の会得のゆかぬものが有ることを感じ出した。其感じは次第ゝゝに深くなつた。そして是は自分の智慧の箭《や》の的たるべき魔物が其中に在ることは在るに違無いが何処に在るか分らないので、吾が頼むところの利器の向け処を知らぬ悩みに苦しめられ、そして又今しがた放つた箭が明らかに何も無いところに取りつぱなしにされた無効さの屈辱に憤りを覚えた。福ゝ爺もやゝ福ゝ爺で無くなつた。それでも流石に尖り声などは出さず、やさしい気でいぢらしい此女を、いたはるやうに
「さうしたのではまづいのか。」

と問うた。驚くべき処世の修行鍛錬を積んだ者で無くては出ぬ語調だつた。女は其の

調子に惹かれて、それではまづいので、とは云兼ぬるといふ自意識に強く圧されてゐたが、思はず知らず
「ハ、ハイ」

と答へると同時に、忍び音では有るが激しく泣出して終つた。苦悩が爆発したのである。

「何も彼も皆わたくしの恐ろしい落度から起りましたので。」

自ら責めるよりほかは無かつたが、自ら責めるばかりで済むことでは無い、といふ思が直に胷《むね》の奥から逼《せま》り上つて、

「おかた様のきつい御難儀になりました。若し其の笛を取つた男が、笛を証拠にして御帰りなされた御主人様におかた様の上を悪しく申しますれば、証拠のある事ゆゑ、抜差しはならず、おかた様は大変なことに御成りなされまする。それで是非共に、あれを、御自由のきく此方様の御手で御取返しを願ひに、必死になつて出ました訳。わたくしめに死ねとなら、わたくしは此処でゞも何処でゞも死んでも宜しうございます、どうぞ此願の叶へられますやう。」

と、しどろもどろになつて、代りの品などが何の役にも立たぬことをいふ。潜在してゐる事情の何かは知らず重大なことが感ぜられて、福〻爺も今はむづかしい顔になつた。

「ハテ」

と卒爾《そつじ》の一句を漏らしたが、後はしばらく無言になつた。眼は半眼になつて終《しま》つた。然しまだ苦んだ顔にはならぬ、碁の手でも按ずるやうな沈んだのみの顔であつた。

「取つた男は何様《どん》な男だ。其顔つきは。」

「額広く鼻は高く、きれの長い末上りのきつい目、朶《たぶ》の無いやうな耳、おとがひ細く一体に面長で、上髭《うはひげ》薄く、下鬚《したひげ》疎らに、身のたけはすらりと高い方で。」

「フム――。……して浪人か町人か。」

「なりは町人でござりましたなれど、小脇差。御発明なおかた様は慥《たしか》に浪人と……」

問はるゝまゝに女は答へた。それを咎めるといふのではなく、

「娘もそなたもそれほど知つたものに、何で大切《だいじ》な物を取らせた。」

と、おのづから出づべき疑をおのづからの調子で尋ね問はれて、女はギクリと行詰まつたが、

「それがわたくしの飛んでも無い過ちからでござりまして。」

と、悪いことは身にかぶつて、立切つて又切なさに泣いて終ふ。そして終ふ。福ゝ爺の顔は困惑に陥り、明らかに悶えだした。然し、

「よい〱、そなたを責めるのでは無い。訳が分らぬから聞くまでぢや。では面は見知つても、名はもとより知らぬものぢやナ。前ゝから知つた者でも無いナ。」

と責めるでは無いと云ひながら責め立てる。

「ハイ。ハイ。取られました其夜初めて見ました者で。」

と答へる。

「フム――。そなた等で承知して奪《と》らせやう訳は無いことぢや。忍び入ることなどは叶はぬやうにしてもあるし、又物騒の世なれば、二人三人の押入り者などが来るとも、むざとは物など奪られぬやう、用心の男も飼ふてある家ぢや。それぢやに、そなた等、おもては知つたが、知らぬ者に、大事なものを奪られたといふのか。フム――。そして何も彼もそなたの恐ろしい落度から起つたといふのぢやナ。身の罪に責められて、そなたは生命を取られてもと云ひ居るのぢやナ。」

「ハイ、あの有難いお方様のために、御役に立つことならば只今でも……」

真紅になつた面をあげて、キラリと光つた眼に一生懸命の力を現はして老主人の顔を一寸《ちよつと》見たが、忽ちにして崩折れ伏した。髪は領元《えりもと》からなだれて、末は乱れた。まつたく、今首を取るぞと云はれても後へは退かぬ態《てい》に見えた。

心の誠といふものは神力のあるものである。此の女の心の誠は老主人の心に響いたのであらう。主人の面には甘さも苦さも無くなつて、たゞ正しい確乎《しか》とした真面目さばかりになつた。それは利害などを離れて、たゞ正しい解釈と判断とを求めようとする真剣さの威光の籠り満ちてゐるものであつた。

「して其男が聟殿に何事を申さうといふ心配があるのか。何事。何事を……」

的の真たゞ中に箭鏃《やじり》のさきは触れた。女は何とすることも出来無かつた。其儘に死にでもするやうに、息を詰めるより外はなかつた。

「…………」

「…………」

恐るべき沈黙はしばし続いた。そして其沈黙はホンノしばしであつたに関らず、三《さん》阿僧祇劫《あそぎごふ》の長さでもあるやうだつた。

「チュッ、チュッ、チュ、チュッ」

庭樹に飛んで来た雀が二羽三羽、枝遷りして追随しながら、睦ましげに何か物語るやうに鳴いた。

「告口……証拠……大変なことになる……フム――」

と口の中で独りつぶやいて居た主人は、突然として
「アッ」

と云つて、恐ろしいものにでも打のめされたやうに大動揺したが、直ちに
「ム」

と脣を結んで自ら堪へた。我を失つたのであつた。大努力したのであつた。今や満身の勇気を振ひ起したのであつた。勇気は勝つた。顔は赤みさした。

「アヽ」

といふ一嘆息に、過ぎたことはすべて葬り去つて終つて、

「よいは。子は親を悩ませ苦めるやうなことを為し居つても、親は子を何処までも可愛く思ふ。それを何様《どう》とも仕ようとは思はぬ。あれはかはゆい、助けてやらねば……」

と、自分から自分を評すやうに云つた。たしかにそれは目の前の女に対《むか》つて言つたのでは無かつた。然し其調子は如何にもしんみりとしたもので、怜悧《りこう》な此の女が帰つて其主人に伝へ忘れるべくも無いものであつた。

一切の事情は洞察されたのであつた。

女の才弁と態度と真情とは、事の第一原因たる吾が女主人の非行に触れること無く、又此家の老主人の威厳を冒すことも無く、巧みに一枝の笛を取返すことの必要を此家の主人に会得させ、其の力を借ることを乞ひて、将に其目的を達せんとするに至つたのである。此家の主人の処世の老練と、観照の周密と、洞察力の鋭敏とは、一切を識《しき》破《は》して、そして其力を用ゐて、将に発せんとする不幸の決潰を阻止せんとするのである。しかも其の中でも老主人は人の心を攬《と》ることを忘れはし無かつた。

「分つた。言ふ通りにして計らつてやる。それにしてもそちは見上げた器量ぢや。過ちは時の魔といふものだ、免《ゆる》してやる。口も能く利ける、気立も好い、感心に忠義ごゝろも厚い。行末は必ず好い男を見立てゝ出世させて遣る。」

と附足して、やさしい眼で女を見遣つた時は、前の福〻爺になつてゐた。女はたゞ頭を下げて無言に恩を謝するのみであつた。

「たゞナ、惜いことは其時そちが今一ト働きして呉れてゐたら十二分だつたものを。其様に深くは、望む方が無理ぢやが。あれも其処までは気が廻らなかつたらうか。」

「ト仰《おつし》ありまするのは。」

「イヤサ、少し調べれば直に分ることだから好いやうなもの丶、此方は何の何某《なにがし》といふものの家と、其男めには悟られて了つて居ながら、其男めを此方では、何処の何といふ者と、大よその見当ぐらゐも着かぬま丶に済ませたは、分が悪かつたからナ。」

と余談的に云ふと、女は急に頭を上げて勇気に充ちた面持で、小声ではあるが、

「イエ、其事でございまするなら、一旦其男を出して帰らせました後、直に身づくろひ致しまして、低下駄の無提灯、幸ひの雪の夜道にポッツリと遠く黒く見えまする男のあとを、悟られぬやうつけてまゐりました。」

と云ひかくるに、老主人は思はず知らず声を出して、

「ナニ、直に其後をつけたといふのか。」

「ハイ、悟られぬやう……、見失はぬやう……、もし悟られて逆に捉へられましたならば何と致しませうか、と随分切ない心遣ひをいたしながら、冷たさに足も痛く、寒さに身も凍り縮みましたなれど、一生懸命、とう〳〵首尾好くつけおほせました。」

主人は感心極まつたので身を乗出して、

「オヽ。ヤ、えらい奴ぢや。よくやり居つた。思ひついて出たのもえらいが、つけ果《おほ》せたとは、ハテ恐ろしい。女にしては恐ろしいほどの甲斐性者。シテ……」

「イエ何、御方様の御指図でござりましたので、……私はたゞ私の不調法を償ひませうばつかりに、一生懸命に致しましたことで。それに全く一面の雪の明るさが有つたればこそで、随分遠く〳〵見失ひかねませぬほど隔たつても、彼方《あなた》の丈高い影は見え、此方《こなた》は頭上から白はげた古かつぎを細紐の胴ゆはひといふばかりの身なりから、気取られました様子も無く、巧くゆきましたのでございまする。」

「フム。シテ其男の落着いたところは。」

「塩孔《しほな》の南、歟《か》とおぼえまする、一丁余りばかり離れて、人家少し途絶え、ばら〳〵松七八本の其のはづれに、大百姓の古家か、何にせよ屋の棟の割合に高い家、それに其姿は蔵《かく》れて見えずなりましたのでございまする。ばら〳〵松の七八本が動かぬ目処《めど》にございまする。」

「ム、よし。すぐに調べはつく。ア、、峻《さが》しい世の中のため、人は皆さかしくなつてゐるとは云へ、女子供までがそれほどの事をするか。よし、厭なことではあるが、乃公《おれ》も何とかして呉れいでは。」

と、強い決意の色を示したが、途端に身の周囲《まはり》を見廻して、手近にあつた紙おさへに

してあつた小さなものを取つて、

「遣る。」

と、女に与へた。当座の褒美と思はれた。それは唐の狻猊《さんげい》か何かの、黄金色《きん》だの翠色《みどり》だの美しく綺《いろ》へ造られたものだつた。畳に置かれた白ゝとした紙の上に、小さな宝玩は其の貴い輝きを煥発した。女は其前に平伏《ひれふ》してゐた。

「チュッ、チュッ、チュ、チュ」

雀の声が一霎時《いちせふじ》の閑寂の中に投入れられた。

下

舳《へ》の松村の村はづれ、九本松といふ俚称は辛く残りながら、樹ゝは老い枯《から》び痩せかじけて将に齢尽きんとし、或は半ば削げ、或は倒れかゝりて、人の愛護の手に遠ざかれるものの、自然の風残雪虐《ふうざんせつぎやく》に堪へかねたる哀しき姿を現はしたる其の端に、昔は立派でも有つたらうが、今は不幸な家運を語る証拠物のやうに遺つてゐるに過ぎぬといふべき一軒屋の、ほかには母屋を離れて立腐れになりたる破れ廐《まや》、屋根の端の斜に地に着きて倒れ潰れたる細長き穀倉などの見ゆるのみの荒廃さ加減は、恐らくは怨霊屋敷なんど呼ばれて人住まずなつた月日が、既に四五年以上も経たものであらう。それでも、だゞ広い其の母屋の中の広座敷の、古畳の寄せ集め敷、隙間もあれば凸凹《たかひく》もあり、下手の板戸は立附が悪くなつて二寸も裾があき、頭があき、上手の襖は引手が脱けて、妖魔の眼のやうに窅然《えうぜん》と奥の方の仄暗さを湛へてゐる其中に、主客の座を分つて安らかに対座してゐる二人がある。客はあたゝかげな焦茶の小袖ふくよかなのを着て、同じ色の少し浅い肩衣の幅細なのと、同じ袴。慇懃なる物ごし、福ゝしい笑顔。それに引かへて主人《あるじ》は萎え汚れて黒ばめる衣裳を、流石に寒げに着てこそは居ないが、身の痩の知らるゝ怒り肩は稜ゝとして、巌骨霜を帯びて屹然《きつぜん》として聳ゆるが如く、凛として居丈高に坐つた風情は、容易に傍近く寄り難いありさまである。然し其姿勢にも似ず、顔だけは不思議にもにツたりと笑を含むで、眼にも嶮しい光は見せて居らぬが、それは此人が此頃何処からか仮りて来て被つてゐる仮面では無いかと疑はれる、むしろ無気味なものであつた。

座の一隅には矮《ひく》い脚を打つた大きな折敷《をしき》に柳樽一荷置かれてあつた。客が従者に吊らせて来て此処へ餉《おく》つたものに相違無い。

突然として何処やらで小さな鈴の音が聞えた。主人も客も其の音に耳を立てたといふほどのことは無かつたが、主人は客が其音を聞いたことを覚り、客も主人が其の音を聞いたことを覚つた。客は其音が此家へ自分の尋ねて来た時、何処からか敏捷に飛出して来て脚元に戯《じや》れついた若い狗《いぬ》の首に着いてゐた余り善くも鳴らぬ小さな鈴の音であることを知つた。随つて新に何人かが此家《や》へ音づれたことを覚つた。しかし召使の百姓上りのよぼ〳〵婆が入口へ出て何かぼそ〳〵と云つてゐたやうだつたが、帰つたのか入つたのか、それきりで此方へは何も通じは仕無かつた。

主人は改めて又にツたりとして、

「ヤ、了休禅坊の御話といひ、世間の評話といひ、いろ〳〵面白うござつた。今日はじめて御尋をいたゞいたなれど十年の知己の心持が致す。」

「左様仰あつて頂き得て、何よりにござる。人と人との気の合うたるは好い、合ひたがつたるは悪い、と然る方が仰せられたと承はり居りまするが、まことに自然に、性分の互に反りかへらぬ同士といふはなつかしいものでござる。」

「反りかへつた同士が西と東とに立分れ、反りかへらぬ同士が西にかたまり、東にかたまり、そして応仁の馬鹿戦が起つたかナ。ハ、、、。」

「イヤ、そればかりでもござりますまい。損得勘定が大きな分け隔てを致しましたら
う。」

「其の損得といふ奴が何時も人間を引廻すのが癪に障る。損得に引廻されぬ者のみであつたなら世間はすらりと治まるであらうに。」

「ハ、、。そこに又面白いことがござりまする。先づ世間の七八分までは、得に就かぬものは無いのでござりまするから、得に就いた者が必定に得になりましたなら、世間は疾《と》く治まりまする訳でござりまするが、得を取る筈の者が却つて損を取り、損を

する筈の者が意外に得をしたり致しますことが、得て有るものでござりまするので、二重にも三重にも世間は治まり兼ぬるのではござりますまいか。」

「おもしろい。されば愈〻損得に引廻はされぬ者を世間の心《しん》にせねばならぬ。」

「ところが、見す〳〵敗けるといふ方に附く者は今の世――何時の世にも少いでござりませう。されば損得に引廻されないやうな大将の方に旗の数が多くならう理は先づ以て無いことでござれば、そこで世の中は面倒なのでござる。」

「癪に触る。損得勘定のみに賢い奴等、かたツぱしからたゝき切るほかは無い。」

「しかし、申しては憚りあることでござれど」

と声を落して、粛然として、

「正覚寺の、さきだつての戦の如く、桃井、京極、山名、一色殿等の上に細川殿まで首《しゅ》となつて、敵勢の四万、味方は二三千とあつては、如何とも致し方無く、公方、管領の御職位、御権威は有つても遂に是非なく、たゝき切らうにも力及ばず、公方は囚はれ、管領は御自害、律儀者の損得かまはずは、世を思切つて、僧になつて了休となるやうな始末、彼などは全く損得の沖を越えたものでござる。人柄はまことになつかしいものでござるが、世捨人入道雲水ばかり出来ても善人が世に減る道理。又管領殿御臣下も多人数御切腹あり、武士の行儀はそれにて宜敷けれど、世間より申せば、義によつて御腹召すほどの善い方〻が、それだけ世間に減つた道理。さういふことで世間の行末が好くなつて行かう理窟はござらぬ。これは何としても世間一体を良くせうといふ考へ方に向はねば、何時迄経つても鑓刀、修羅の苦患を免れる時は来ないと存じまする。」

主人《あるじ》は公方や管領の上を語るのを聞いてゐる中に、やゝ激したのであらう、にツたりと緩めて居た顔つきは稍ゝ引緊つて硬《こは》ばつて来たが、それを打消さうと力《つと》むるのか、裏の枯れたやうな高笑ひ、

「ハッハッハ。其通り。了休がまだ在俗の時、何処からか教へられてまゐつたことであらうが、二ツの泥づくりの牛が必死に闘ひながら海へ入つて了ふ、それが此世の様だと申居つた。泥牛、泥人形、みんな泥牛、泥人形。世間一体を良くせうなどと心底から思ふものが何処にござらう。又仮令然様《たとひさう》思ふ者が有つたにしても、何様《どう》すれば世間が良くなるか、其様な道を知つてゐるものが何処にござらう。道が分らぬから術《て》を求める。術を以て先づおのが角を立派にし、おのが筋骨を強くし、おのが身を大きくせうとする。其段になればやはり闘だ。如何に愛宕の申子なればとて、飯綱愛宕の魔法を修行し、女人禁制の苦を甘なひ、経陀羅尼を誦して、印を結び呪を保ち、身を虚空に騰《あが》らせようなどと、魔道の下《もと》に世をひれ伏させうとするほどのたはけ者が威を振つて、公方を手づくねの泥細工で仕立つる。それが当世でござる。癪に触らいでか。道も知らぬ、術も知らぬ、身柄家柄も無い、頼むは腕一本限《ぎ》りの者に取つては、気に

食はぬ奴は容赦無くたゝき斬つて、時節到来の時は、つんのめつて海に入る。然様《さう》したスッキリした心持で生きて、生きとほしたら今宵死んでも可い、それが又自然に世の中の為にもならう。ハ、ハ、ハ、。」

「それで世の中は何時迄も修羅道つゞきで……御身は修羅道の屈原のやうな。」

「ナニ、屈原とナ。」

「心を厳しく清く保つて主に容れられず、世に容れられず、汨羅《べきら》に身を投げて歿くなられた彼《あ》の。」

「フ、フ。ヤ、それがしはおとなしくは死なぬ、暴れ屈原か。ハ、ハ、。」

「世を遁れて仏道に飛込まれた彼の了休禅坊はおとなしい屈原で。」

「ハ、ハ、。良い男だが、禅に入るなど、ケチな奴で。」

「失礼御免を蒙りまするが、たゝき斬り三昧で、今宵死んで悔いぬとのみの暴れ屈原も……」

「貴様の存分な意見からは……」

「ケチではござらぬかナ。と申したい。」

「アッハッハ。何でまた。」

「物さしで海の深さを測る。物さしのたけが尽きても海が尽きたではござらぬ。今の武家の世も一ト世界でござる、仏道の世界も一ト世界でござる、日本国も一ト世界でござる。が、世界がそれらで尽きたではござらぬ。高麗、唐土《もろこし》、暹羅国《シャムこく》、カンボヂャ、スマトラ、安南《あんなん》、天竺、世界ははて無く広がつて居りまする。こゝの世界が癪に触るとて、癪に触らぬ世界もござらう。紀伊の藤代から大船を出して、四五十反の帆に東ゝ北の風を受ければ、忽ちにして煩はしい此の世界はこちらに残り、あちらの世界はあちらに現はれる。異つた星の光、異つた山の色、随分おもしろい世界もござるげな。何といろ〳〵の世界を股にかける広い〳〵大きな渡海商《とかいあきな》ひの世界から見ませうなら、何人が斬れるでも無い一本の刀で癇癪の腹を癒さうとし、時節到来の暁は未練なく死なうまでよと、身を諦めて居らるゝ仁有らば、いさぎよくはござれど狭い、小さい、見て居らるゝ世界が小さく限られて、自然と好みも小さいかと存ずる。大海に出た大船の上で、一天の星を兜に被て、万里の風に吹かれながら、はて知れぬ世界に対《むか》つて武者振ひして立つ、然様いふ境界もあるのでござりまするから」

と言ひかけたる時、狗の鈴の音しきりに鳴りて、又此家に人の一人二人ならず訪ひ来れる様子の感ぜらる。


此時主人は改めて大きくにツたりと笑つて、其眼は客を正目に見ながら、

「如何にも手広い渡海商ひは、まことに心地よいことでござらう。小さな癇癪などは忘るゝほどのことでもござらう。然しナ、其の大海の上で万里の風に吹かれながら、真蒼《まつさを》の空の光を美しいと見て立つてゐる時、これから帰り着くべき故郷の吾が家でノ、

最愛の妻が明るうないことを仕居つて、其召使が誤つて……あらぬ男を引入れ、そして其のケチな男に手証の品を握つて帰られた……と知つたなら、広い海の上に居ても、大腹中でも、やはり小さな癇癪が起らずには居まいがナ。」

と、三斗の悪水《をすゐ》は驀向《まつかう》から打澆《うちか》けられた。

客は愕然として急に左の膝を一ト膝引いて主人を一ト眼見たが、直に身を伏せて、少時《しばし》は頭を上げ得無かつた。然し流石は老骨だ。

「恐れ入りました。」

と、一句、たゞ一句に一切を片づけて了つて、

「了休禅坊とは在俗中も出家後も懇意に致居りましたを手寄りに、御尋致しましたるところ、御隔意無く種ゝ御話し下され、失礼ながら御気象も御思召も了休御噂の如く珍しき御器量に拝し上げ、我を忘れて無遠慮に愚存など申上げましたが、畢竟《ひつきやう》は只今御話の一ト品を頂戴致したい旨を申出づるに申出兼ねて、何彼《なにかに》、右左、と御物語致し居りたる次第、但し余談とは申せ、詐《いつは》り飾りは申したのではござりませぬ、御覧の如くの野人にござりまする。何卒了休禅坊御懇親の御縁に寄り、私の至情御汲取り下されまして、私めまで右品御戻しを御願ひ致しまする。御無礼、御叱りには測り兼ねまするが、今後御熟懇、永く御為に相成るべき者と御見知り願ひ度、猶不日了休禅坊同道相伺ひ、御礼に罷出ます、重ゝ御恩に被ますることでござりまする。親子の情、是

の如く、真実心を以て相願ひまする。」

と、顔を擡《あ》げてじつと主人《あるじ》を看る眼に、涙のさしぐみて、はふり墜ちんとする時、また頭を下げた。中〻食へぬ老人《としより》には相違無いが、此時の顔つきには福〻しさも図〻しさも無くなつて、たゞ真面目ばかりが充ち溢れてゐた。ところが、それに負けるやうな主人では無かつた。

「いやでござる。」

と言下に撥ねかへした。にツたりとはして居なかつた、苦りかへつてゐた。

「おいやと御思ひではござりませうが、何卒御思ひ返し下されまして、……何卒、何卒、私娘の生命にかゝることでござりまする。」

「…………」

「あの生先長いものが、酷らしいことにもなりまするのでござりまするから。」

「…………」

「何としても、私、このまゝに見ては居れませぬ。仏とも神とも仰ぎたてまつります。何卒、何卒、御あはれみをもちまして。」

「…………」

「如何様《いかやう》の事でも致しまする。あれさへ御返し下されうならば、如何様の事を仰せられませうと、必ず仰のまゝに致しまする。何卒、何となりと仰せられて下さりませ。」

何卒〳〵。」

「…………」

「斯程《かほど》に御願ひ申上げても、よしあし共に仰せられぬは、お情無い。私共を何となれとの御思召か、又彼品を何となされう御思召か。何の御役に立ちませうものでもござりますまいに。」

「御身等を、何となれとも、それがしは思つてをらぬ。すべて他人の事に差図がましいことをすることは、甚だ厭はしいことにして居るそれがしぢや。御身等は船の上の人が何とか捌《あつ》かうまでぢや。少しもそれがしの関からぬことぢや。」

「如何にも冷い厳しい……彼の品は何となさる思召で。」

「彼品は船の上の人の帰り次第、それがしが其人に逢ひ、かく〳〵の仔細で、かく〳〵の場合に臨んだ、其時の証として仮りに持帰つた、もとより御身の物ゆゑ御身に返す、と其人に渡す。それがしの為すべきことはそれだけのことぢや。」

「何故に、然様《さやう》なさりませねばならぬと固くは御思ひになりまする？」

「表裏反覆の甚だしい世ぢや。思ふても見られい、公方と管領とが総州を攻められた折は何様《どう》ぢや。総州が我を立てたが故に攻められたのぢや。然るに細川、山名、一色等は公方管領を送り出して置いて、長陣に退屈させて、桂の遊女を陣中に召さするほどに致し置き、おのれ等ゆる〳〵と大勢を組揃へ、急に起《た》つて四方より取囲み、其謀《ばう》計合期《けいがふご》したれば、管領は御自害ある。留守の者が急に敵になつて、出先の者を攻めたでは出先の者の亡びぬ訳は無い。恐ろしい表裏の世ぢや。ましてそれがしが、御身の妻女はこれ〳〵と、其の良からぬことを告げたところで、証拠無ければたゞ是讒言《これざんげん》。女の弁舌に云廻されては、男は却つてそれがしをこそ怪しき者に思へ、何で吾が妻女を疑ひ、他人を信としようぞ。惣《そう》じてかゝる場合、たとひそれがしが其家譜代の郎党であつて、忠義かねて知られたものにせよ、斯様の事を迂濶に云出さば、却つて逆に不埒者に取つて落され、辛き目に逢ふは知れた事、世上に其例《ためし》いくらも有り。又後暗いことするほどの才ある女が、其迷ひが募つては何ぞの折に夫を禍するに至ることも世に多きためし。それがしが彼人《かのひと》に証を以て告口せずに置かば、彼人の行末も空恐ろしく、又それがしは悪を助けて善を助けぬ外道魔道の眷属《けんぞく》となる。此の外道魔道の眷属が今の世には充ち満ちてゐる。公方を追落し、管領を殺したも、皆かゝる眷属共の為たことである。何事も知らぬ顔して、おのが利得にならぬことは指一ツ動かさず、ぬつぺりと世を送りくさつて、みづから手は下さねど、見す〳〵正道の者の枯れ行き、邪道の者の栄え行くのを見送つてゐる、癇に触る奴めらが世間一杯。一ゝたゝき斬つて呉れたい虫けらども。其虫けらにそれがしがならうや。もとよりとげ〳〵しい今の此世、それがしが身の分際では、朝起きれば夕までは生命ありとも思はず、夜を睡れば明日まであたゝかにあらうとも思はず、今すぐこゝに切死にするか、切り殺さるゝか、と突詰め〳〵て時を送つてゐる。殊更此頃は進んでも鎗ぶすまの中に突懸り、猛火の中にも飛入らう所存に燃えてをる。瘡に触るものは一ツでも多く叩き潰し、一人でも多く叩き斬らうに、遠慮も斟酌《しんしやく》も何有らう。御身は器量骨柄も勝れ、一ト風ある気象もおもしろいで、これまでは談《はなし》も交したなれど、御身の頼みは聴入れ申さぬ。」

と感慨交りに厳しくことわられ、取縋らうすべも無く没義道《もぎだう》に振放された。

「かほどまでに真実《まこと》を尽して御願ひ申しましても。」

「いやでござる。」

「金銀財宝、何なりと思召す通りに計らひましても。」

「いやでござる。」

「何事の御手助けなりとも致しましても。」

「いやでござる。」

「如何様にも御指図下さりますれば、仮令《たとひ》臙脂屋身代悉《ことごと》く灰となりましても御指図通りに致しまするが……」

「いやでござる。」

こゝに至つて客の老人《としより》は徐ろに頭《かうべ》を擡げた。艶やかに兀《は》げた前頭からは光りが走つた。其の澄んだ眼はチラリと主人を射た。が、又忽ちに頭を少し下げて、低い調子の沈着な声で、

「おろかしい獣は愈ゝかなはぬ時は刃物をも咬みまする、あはれに愚かしいことでござります。人が困《こう》じきりますれば碌でないことをも致しまする、あはれなことでござります。臙脂屋は無智のものでござりまする、微力なものでござりまする。しかし碌でないことなど致しまする心は毛頭持ちませぬが、何とか人を困じきらせぬやうに、何とか御憐み下されまするのも、正しくて強い御方に、在つて宜い御余裕かと存じまするが……」

と、飽まで下からは出て居るが、底の心は測り難い、中ゝ根強い言廻しに、却つて激したか主人は、声の調子さへ高くなつて、

「何と。求めて得られぬものは、奪ふといふ法がある、偸《ぬす》むといふ法もある、手だれの者を頼んでそれがしを斬殺して了ふといふ法もある、公辺《こうへん》の手を仮りて、怪しき奴と引括らせる法もある。無智どころでは無い、器量人で。微力どころではない、痩牢人には余りある敵だ。ハ、、、おもしろい。然様《さう》出て来ぬにも限らぬとは最初から想つてゐた。火が来れば水、水が来れば土。いつでも御相手の支度はござる。」

と罵るやうに云ふと、客は慌てず両手を挙げて、制止するやうにし、

「飛んでも無い。ハ、、。申しやうが悪うござりました。私、何でおろかしい獣になり申さう。たゞ立チ端が無いまで困じきつて、御余裕のある御挨拶を得たさの余りに申しました。今一応あらためて真実心を以て御願ひ致しまする、如何様《いかやう》の事にても、

仮令臙脂屋を灰と致しましても苦しうござりませぬ、何卒彼品御かへし下されますやう折入つて願ひ上げまする。真実、斯《こ》の通り……」

と誠実こめて低頭《じぎ》するを、

「いやでござる。」

と膠《にべ》も無く云放つ。

「かほどに御願ひ申しましても。」

「くどい。いやと申したら、いやでござる。」

客は復び涙の眼になつた。

「余りと申せば御情無い。其品を御持になつたればとて其方《そなた》様には何の利得のあるでも無く、此方《こなた》には人の生命にもかゝはるものを……。相済みませぬが御恨めしう存じまする。」

「恨まれい、勝手に恨まれい。」

「我等の仇でもない筈にあらせらるゝに、それでは、我等を強ひて御仇になさるゝ、と申すもの。」

「仇になりたくばなるゝまで。」

「それでは何様《どう》あつても。」

「いやでござる。もはや互に言ふことはござらぬ。御引取なされい。」

「ハアッ」

と流石の老人も男泣に泣倒れんとする、此時足音いと荒く、

「無作法御免。」

と云ふと同時に、入側様《いりがはやう》になりたる方より、がらりと障子を手ひどく引開けて突入し来たる一個の若者、芋虫のやうな太い前差、くゝり袴に革足袋のもの〳〵しき出立、真黒な髪、火の如き赤き顔、輝く眼、年はまだ二十三四、主人《あるじ》の傍にむんづと坐つて、臙脂屋の方へは会釈も仕忘れ、傍に其人有りともせぬ風で、屹として主人の面を見守り、逼るが如くに其眼を見た。主人は眼をしばたゝいて、物言ふなと制止したが、それを悟つてか悟らいでか、今度はくるり臙脂屋の方へ向つて、初めて其面をまともに見、傲然として軽く会釈し、

「臙脂屋御主人と見受け申す。それがしは牢人丹下右膳。」

と名乗つた。主人は有らずもがなに思つたらしいが、にツたりと無言。臙脂屋は涙を収めて福ゝ爺に還り、叮嚀に頭《かしら》を下げて、

「堺、臙脂屋隠居にござりまする。故管領様御内、御同姓備前守様御身寄にござりますか、但しは南河内の……」

と皆まで云はせず、

「備前守弟であるは。」

と誇らしげに云つて、ハッと兀頭《はげあたま》が復び下げられたのに、年若者だけ淡い満足を感じたか機嫌が好く、

「臙脂屋。」

と、今度ははや呼びすてである。然し厭味は無くて親しみはあつた。

「ハ」

と、老人は若者の目を見た。若い者は無邪気だつた。

「其方は何か知らぬが余程の宝物を木沢殿に所望致し居つて、其願が聴かれぬので悩み居るのぢやナ。」

「ハ」

「一体何ぢや其宝物は。」

「…………」

「霊験ある仏体かなんぞか。」

「……ではござりませぬ。」

「宝剣か、玉《ぎよく》か、唐渡りのものか。」

「でもござりませぬ。」

「我邦彼邦の古筆、名画の類でもあるか。」

「イエ、然様《さやう》のものでもござりませぬ。」

「ハテ分らぬ、然らば何物ぢや。」

「………」

主人は横合より口を入れた。

「丹下氏《うぢ》、おきになされ。貴殿にかゝはつたことではござらぬ。」

「ハ、、。一体それがしは宝物などいふものは大嫌ひ、鼻汁《はな》かんだら鼻が黒まうばかりの古臭い書画や、二本指で捻り潰せるやうな持遊び物を宝物呼ばゝりをして、立派な侍の知行何年振りの価をつけ居る、苦々しい阿房の沙汰ぢや。木沢殿の宝物は何か知らぬが、涙こぼして欲しがるほどの此老人に呉れて遣つて下されては如何でござる。喃《なう》、老人、臙脂屋、其方に取つては余程欲しいものと見えるナ。」

「然様《さやう》でござりまする。上も無く欲しいものにござりまする。」

「ム、然様か。臙脂屋身代を差出しても宜いやうに申したと聞いたが、聢《しか》と然様か。」

「全く以て然様で。如何様の事でも致しまする。御渡しを願へますれば此上の悦びはござりませぬ。」

「聢と然様ぢやナ。」

「御当家木沢左京様、又丹下備前守様御弟御さまほどの方々に対して、臙脂屋虚言詐《うそいつは》りは申しませぬ。物の取引に申出を後へ退くやうなことは、商人《あきうど》の決して為ぬことでござりまする。臙脂屋は口広うはござりまするが、商人でござりまする。日本国は泉州界の商人でござる。高麗大明、安南天竺、南蛮諸国まで相手に致しての商人でござる。御武家には人質を取るとか申して、約束変改を防ぐ道があると承はり居りまするが、其様《そん》なことを致すやうでは、商人の道は一日も立たぬのでござりまする。御念には及びませぬ、臙脂屋は商人でござる。世界諸国に立対ひ居る日本国の商人でござりまする。」

と暗に武家をさへ罵つて、自家の気を吐き、まだ雛雞《ひなどり》である右膳を激動せしめた。右膳は真赤な顔を弥《いや》が上に赤くした。

「ウ、ほざいたナ臙脂屋。小気味のよいことをぬかし居る。其儀ならば丹下右膳、汝《そち》の所望を遂げさせて遣はさう。」

「ヤ、これは何ともはや、有難いこと。御助け下さる神様と仰ぎ奉りまする。」

と真心見せて臙脂屋は平伏したが、や、あつて少し頭を上げ、憂はし気に又悲しげに右膳を見て、

「トは仰《おつし》あつて下さりましても。」

と、恨めし気に主人の方を一寸見て、又急に丹下の前に頭を下げ、

「ヤ、ナニ。何分御骨折、宜しく願ひまする。事叶はずとも、……重ゝ御恩には被ますでござります。」

と萎れて云つた。

雛雞は頸の毛を立てんばかりの勢になつた。にツたりはにツたりで無くなつた。

「木沢殿」と呼ぶ若い張りのある声と
「丹下氏」と呼ぶ緩い錆びた声とは、同時に双方の口から発してかち合つた。

二人が眼〻《がん〳〵》相看《あひみ》た視線の箭《や》は其鏃《やじり》と鏃とが正に空中に突当つた。が、丹下の箭は落ちた。木沢は圧し被せるやうに、

「おきになされい、丹下氏。貴殿にかゝはつた事ではござらぬ。左京一分だけのずんと些細なことでござる。」

と冷やかに且つ静かに云つた。軽く若者を払ひ去つて了はうとしたのであつた。然し丹下の第二箭《だいにせん》は力強く放たれた。

「イヤ、木沢殿。御言葉を返すは失礼ながら、此の老人の先刻よりの申状、何事なりとも御意のまに〳〵致しまするとの誓言立《せいごんだて》、御耳に入らぬことはござるまい。臙脂屋と申せば商人ながら、堺の町の何人衆とか云はれ居る指折、物も持ち居れば力も持ち居る者。ことに只今の広言、流石は大家の、中〻の男にござる。貴殿御所持の宝物、如何やうのものかは存ぜぬが、此男に呉れつかはされて、誓言通り此男に課状《くわじやう》を負はさば、我等が企《くはだて》も」

と言ひかくるを、主人左京は遽《あわ》たゞしく眼と手とに一時に制止して、

「卒爾にものを言はるゝ勿《な》。もう宜い。何と仰せられてもそれがしはそれがし。互に

言募れば止まりどころを失ふ。それがしは御相手になり申せぬ。」

と苦りきつたる真面目顔、言葉の流れを截つて断たんとするを、右膳は
「ワッハ、、」

と大河の決するが如く笑つて、木沢が膝と我が膝と接せんばかりに詰寄つて逼りながら、

「人の耳に入つてまこと悪くば、聴いた其奴を捻りつぶさうまで。臙脂屋、其方が耳を持つたが気の毒、今此の俺に捻り殺されるか知れぬぞ。ワッハ、、」

と狂気笑《きちがひわら》ひする。臙脂屋は聞けども聞かざるが如く、此勢に木沢は少しにじり退《すさ》りつゝ、益ゝ毅然として愈ゝ苦りきり、

「丹下氏、おしづかに物を仰せられい。」

と云へども丹下は鎮まらばこそ、今は眼を剝いて左京を一ト睨みし、右膝に置ける大の拳に自然と入りたる力さへ見せて、

「我等が企と申したが御気に障つたさうナが、関《かま》はぬ、もはや関はぬ、此の機《しほ》を失つて何の斟酌。明日といひ、明後日といひ、又明日といひ明後日と云ひ、何の手筈がまだ調はぬ、彼《かに》の用意がまだ成らぬと、企を起してより延び〳〵の月日、人ゝの智慧才覚は然《さ》もあらうが、丹下右膳は倦《うん》じ果て申した。臙脂屋のぢゞい、それ、おのれの首が飛ぶぞ、用心せい、そも〳〵我等の企と申すのはナ」

と云ひかけて、主人の面をグッと睨む。主人も今は如何ともし難しと諦めてか、但し
は此一場《いちぢやう》の始末を何とせんかと、胷底《きようてい》深く考へ居りてか、差当りて何と為ん様子も無
きに、右膳は愈ゝ勝に乗り、
「故管領殿河内の御陣にて、表裏異心のともがらの奸計に陥入り、俄に寄する数万《すまん》の
敵、味方は総州征伐のためのみの出先の小勢、ほかに援兵無ければ、先づ公方をば筒
井へ落しまゐらせ、十三歳の若君尚慶《ひさよし》殿ともあるものを、卑しき桂の遊女の風情に粧
ひて、平の三郎御供申し、大和の奥郡《おくごほり》へ落し申したる心外さ、口惜《くちをし》さ。四月九日の夜
に至つて、人ゝ最後の御盃、御腹召されんとて藤四郎の刀を以て、三度まで引給へど
曾て切れざりしとよ、ヤイ、合点が行くか、藤四郎ほどの名作が、切れぬ筈も無く、
我が君の怯《おく》れたまひたるわけも無けれど、皆是れ御最期までも吾が君の、世を思ひ、
家を思ひ、臣下を思ひたまひて、孔子が魯の国を去りかね玉ひたる優しき御心ぞ。敵
愈ゝ逼りたれば吾が兄備前守」
と此処まで云ひて今更の感に大粒の涙ハラ〳〵と、
「雑兵共に踏入られては、御かばねの上の御恥も厭はしと、冠《かむ》リ落しの信国が刀を抜
いて、おのれが股を二度突通し試み、如何にも刃味《はあぢ》宜しとて主君に奉る。今は斯様《かう》よ
とそれにて御自害あり、近臣一同も死出の御供、城は火をかけて、灰今冷やかなる、
其の残つた臣下の我等一党、其儘に草に隠れ茂みに伏して、何で此世に生命生けうや。

無念骨髄に徹して歯を咬み拳を握る幾月日、互に義に集まる鉄石の心、固く結びてはかりごとを通じ力を合せ、時を得て風を巻き雲を起し、若君尚慶殿を守立て、、天翔《あまか》くる龍の威を示さん存念、其企も既に熟して、其時もはや昨今に逼つた。サ、かく大事を明かした上は、臙脂屋、其座はたゞ立たせぬぞ、必ず其方、武具、兵粮《ひやうらう》、人夫、馬、車、此方の申すまゝに差出さするぞ。日本国は堺の商人、商人の取引、二言は無いと申したナ。木沢殿所持の宝物は木沢殿から頂戴して遣はす。宜いではござらぬか、木沢殿。失礼ながら世に宝物など申すは、いづれ詰らぬ、下らぬもの。心よく呉れて遣つて下されい。我等同志がためになり申す。……黙然として居らるゝは……」

「不承知と申したら何となさる。」

「ナニ。いや、不承知と申さるゝ筈はござるまい。と存じてこそ是《かく》の如く物を申したれ。真実《まこと》、たつて御不承知か。」

「臙脂屋を捻り潰しなさらねばなりますまいがノ。貴殿の御存じ寄り通りになるものとのみ、それがしを御見積りは御無体でござる。」

「ム」

「申した通り、此事は此事、左京一分の事。我等一党の事とは別の事にござる。」

「と云はるゝは。扨は何処までも物惜みなされて、見す〳〵一党の利になることをば、御一分の意地によつて、丹下右膳が申す旨、御用ゐ無いとかッ。」

目の色は変つた。紫の焔が迸《ほとばし》り出たやうだつた。怒つたのだ。

「…………」

「然程に物惜みなされて、それが何の為になり申す。」

「何の為にもなり申さぬ。」

と憎いほど悠然と明白に云つて退けた。右膳は呆れさせられたが、何の為にもなり申さぬと云つた言葉は虚言《うそ》では無かつたから仕方が無かつた。

「何の為にもならぬことに、いやと申し張らるゝこともござるまい。応と言はれゝば、日頃の本懐も忽ち遂げらるゝ場合にござる。手段は既に十分にとゝのひ、敵将を追落し敵城を乗取ること、嚢《ふくろ》の物を探るが如くになり居れど、たゞ兵粮其他の支への足らぬため、勝つても勝を保ち難く、奪つても復奪はるべきを慮《おもんぱか》り、それ故に老巧の方ゝ、事を挙ぐるに挙げかね、現に貴殿も日夜此段に苦んで居らるゝではござらぬか。然るに、何かは存ぜず、渡りに舟の臙脂屋が申出、御用ゐあるべしと丹下が申出したは不埒でござらうや。損得利害、明白なる場合に、何を渋らるゝか、此の右膳には奇怪《きつくわい》にまで存ぜらる。主家に対する忠義の心の、よもや薄い筈の木沢殿ではござるまいが。」

と責むるが如くに云ふと、左京の眼からも青い火が出たやうだつた。

「若輩の分際として、過言にならぬやう物を言はれい。忠義薄きに似たりと言はぬばかりの批判は聞く耳持たぬ。損得利害明白なと、其の損得沙汰を心すゞしい貴殿までが言はるゝよナ。身ぶるひの出るまで癪にさはり申す。そも損得を云はうなら、善悪邪正定まらぬ今の世、人の臣となるは損の又損、大だはけ無器量でも人の主となるが得、次いでは世を棄てゝ坊主になる了休如きが大の得。貴殿やそれがし如きは損得に眼などが開いて居らぬ者。其損得に掛けて武士道――忠義をごつたにし、それはそれ、これはこれと、全く別の事を一ツにして、貴殿の思はくに従へとか。ナニ此の木沢左京が主家を思ひ敵を悪《にく》む心、貴殿に分寸もおくれ居らうか、無念骨髄に徹して遺恨已《や》み難ければこそ、此の企《くはだて》も人先きに起したれ。それを利害損得を知らぬとて、奇怪にまで思はるゝとナ。それこそ却つて奇怪至極。貴殿一人が悪いではないが、エーイ、癪に触る一世の姿。」

「訳のよく分らぬことを仰せあるが、右膳申したる旨は御取あげ無いか。」

「…………」

「必ず御用ゐあることと存じて、大事も既に洩らしたる今、御用ゐなくば、後へも前へも、右膳も、臙脂屋も動きが取れ申さぬ。ナ、御返答は……」

「…………」

「主家のためなり、一味のためなり、飽まで御返辞無きに於ては、事すでに逼つたる今」

と、決然として身を少く開く時、主人の背後の古襖左右へ急に引除《ひきの》けられて、

「慮外御免。」

と胴太き声の、蒼く黄色く肥つたる大きなる立派な顔の持主を先に、どや〳〵と人〻入来りて木沢を取巻くやうに坐る。膩脂屋早く身退《すさ》りし、丹下は其人を仰ぎ見る、其眼を圧するが如くに見て、

「丹下、けしからぬぞ、若い〳〵。あやまれ〳〵。後輩の身を以て——。御無礼ぢやつたぞ。木沢殿に一応、斯様に礼謝せい。」

と、でつぷり肥つたる大きな身体を引包む緞子《どんす》の袴肩衣、威儀堂〻たる身を伏せて深〻と色代《しきたい》すれば、其の命拒《めいこば》みがたくて丹下も是非無く、訳は分らぬながら身を平《ひら》め頭《かしら》を下げた。偉大の男はそれを見て、笑ひもせねば褒めもせぬ平然たる顔色《かほつき》。

「よし、よし、それでよし。よくあやまつてくれたぞ、丹下。木沢氏《うぢ》、あの通りにござる。卒爾に物を申し出したる咎、又過言にも聞えかねぬ申しごと、若い者の無邪気の事でござる。あやまり入つた上は御免し遣はされい。さて又丹下、今一度たゞ今のやうに真心籠めて礼を致してノ、自分の申したる旨御用ゐ下されと願へ。それがしも共に願うて遣はす、斯くの通り。」

と、小山を倒すが如くに大きなる身を如何にも礼儀正しく木沢の前に伏せれば、丹下も改めて、

「それがしが申したる旨御用ゐ下さるやう、何卒、御願ひ申しまする木沢殿。」

といふ。猶未だ頭を上げなかつた男、胴太い声に、

「遊佐《ゆさ》河内守、それがしも同様御願ひ申す。」

と云ひ、

「エイ、方ゝは何をうつかりとして居らるゝ。敵に下ぐる頭ではござらぬ、味方同士の、兄弟の中ではござらぬか。」

と叱すれば、皆ゝ同じく頭を下げて、

「杉原太郎兵衛、御願ひ申す。」

「斎藤九郎、御願ひ申す。」

「貴志ノ余一郎、御願ひ申す。」

「宮崎剛蔵……」

「安見宅摩も御願ひ申す。」

と渋い声、砂利声、がさつ声、尖り声、いろ〳〵の声で巻き立つて頼み立てた。そして人ゝの頭は木沢の答のあるまでは上げられなかつた。丹下はむづ〳〵しきつた。無論遊佐の身じろぎの様子一ツで立上るつもりである。

「遊佐殿も方ゝも御手あげられて下されい。丹下右膳殿御申出通りに計らひ申しませう。」

人ゝは皆明るい顔を上げた。右膳は取分け晴れやかな、花の咲いたやうな顔をした。

臙脂屋の悦んだのはもとよりだつたが、遊佐河内守は何事も無かつたやうな顔であつた。そして忽ちに臙脂屋に対《むか》つて、

「臙脂屋殿。」

と殿づけにして呼びかけた。臙脂屋は

「ハ」

と恐縮して応ずると、

「只今聞かるゝ通り。就ては此方より人を差添へ遣はす。貴志ノ余一郎殿、安見宅摩殿、臙脂屋と御取合下されて、万事宜敷御運び下されい。たゞし事皆世上には知られぬやう、臙脂屋のためにも此方《このはう》のためにも、十二分に御斟酌あられい。ハテ、心地よい。木沢殿、事すでにすべて成就も同様、故管領御家再興も眼に見えてござるぞ。」

といふと、人ゝ皆勇み立ち悦ぶ。

「損得にはそれがしも引廻されてござるかナ。」

と自ら疑ふやうに又自ら歎ずるやうに、木沢は室の一隅を睨んだ。

其後幾日も無くて、河内の平野の城へ突として夜打がかゝつた。城将桃井兵庫、客将一色何某《なにがし》は打つて取られ、城は遊佐河内守等の拠るところとなつた。其一党は日に勢を増して、漸く旧威を揮《ふる》ひ、大和に潜んで居た畠山尚慶を迎へて之を守立て、河内

の高屋に城を構へて本拠とし、遂に尚慶をして相当に其大を成さしむるに至つた。平野の城が落ちた夜と同じ夜に、誰がしたことだか分らなかつたが、臙脂屋の内に首が投込まれた。京の公卿方《くげがた》の者で、それは学問諸芸を堺の有徳《うとく》の町人の間に日頃教へてゐた者だつたといふことが知られた。

鵞鳥

ガラーリ

格子の開く音がした。茶の間に居た細君は、誰か知らんと思つたらしく、突と立上つて物の隙から一寸《ちよつと》窺つたが、それが何時も今頃帰る筈の夫だつたと解ると、直と其儘に出て、

「お帰りなさいまし。」

と、ぞんざいに挨拶して迎へた。ぞんざいといふと非難するやうに聞えるが、然様《さう》ではない、シネクネと身体にシナを付けて、語音に礼儀の潤ひを持たせて、奥様らしく気取つて挨拶するやうなことは此細君の大の不得手で、褒めて云へば真率なのである。それも其道理で、夫は今でこそ若崎先生、とか何とか云はれて居るもの丶、本は云はゞ職人で、其職人だつた頃には一ト通りでは無い貧苦と戦つて来た幾年の間を浮世とやり合つて、能く搦手《からめて》を守りおほさせた所謂オカミサンであつたのであるし、それ

に元来が古風実体な質で、身なり髪かたちも余り気にせぬので、まだそれ程の年では無いが、もはや中婆《ちゆうば》ァさんに見えかゝつてゐる位である。

「ア、帰つたよ。」

と夫が優しく答へたことなどは、何時の日にも無いことではあつたが、それでも夫は神経が敏《さと》くて、受けこたへにまめで、誰に対《むか》つても自然と愛想好く、日ゝ家へ帰つて来る時立迎へると、此方《こちら》でも彼方《あちら》を見る、彼方でも此方を見る、イヤ、何も互にワザと見るといふのでも無いが、自然と相見る其時に、夫の眼の中に和らかな心、「お前も平安、おれも平安、お互に仕合せだナア」と、それほど立入つた細かい筋路がある訳では無いが、何となく和楽の満足を示すやうなものが見える。其の別に取立てゝ云ふほどの何があるでも無い眼を見て、初めて夫がホントに帰つて来たやうな気がし、そして又自分が此人の家内であり、半身であると無意識的に感じると同時に、吾が身が夫の身のまはりに附いてまはつて夫を扱ひ、衣類を着換へさせてやつたり、坐を定めさせてやつたり、何にか彼にか自分の心を夫に添はせて働くやうになる。それが此数年の定跡であつた。

ところが今日は何様《どう》いふものであらう。其の一ト眼が自分には全く与へられ無かつた。夫は全然《まるで》自分といふものの居ることを忘れはてゝ居るやう、夫は夫、わたしはわたしで、別ゝの世界に居るもののやうに見えた。物は失はれてから真の価がわかる。

今になつて毎日〻〻の何でも無かつた其の一ト眼が貴いものであつたことが悟られた。と、いふやうに何も明白に順序立て、自然に感じられるわけでは無いが、何か知ら物苦しい淋しい不安なものが自分に逼《せま》つて来るのを妻は感じた。それは、いつもの通りに、古代の人のやうな帽子——といふよりは冠《かんむり》を脱ぎ、天神様のやうな服を着換へさせる間にも、如何にも不機嫌のやうに、真面目ではあるが、勇みの無い、沈んだ、沈んで行きつゝあるやうな夫の様子で、妻は然様《さう》感じたのであつた。

永年連添ふ間には、何家《どこ》でも夫婦の間に晴天和風ばかりは無い。夫が妻に対して随分強い不満を抱くことも有り、妻が夫に対して口惜しい厭な思をすることもある。其最も甚しい時に、自分は悪い癖で、女だてらに、少しガサツなところの有る性分か知らぬが、ツイ荒い物言ひもするが、夫は愈〻怒るとなると、勘高い声で人の胸にさゝるやうな口をきくのも止めて終《しま》つて、黙つて何も言はなくなり、此方に対つて眼は開いてゐても物を見ないかのやうになる。それが今日の今のやうな調子合だ。妙なところに夫は坐り込んだ。細工場、それは土間になつてゐるところと、居間とが続いてゐる、其の居間の端、一段低くなつてゐる細工場を、横にして其方《そつち》を見ながら坐つたのである。仕方がない、そこへ茶をもつて行つた。熱いもぬるいも知らぬやうな風に飲んだ。顔色が冴えない、気が何かに粘つて居る。自分に対して甚しく憎悪でもしてゐるかと一寸感じたが、自分には何も心当りも無い。で、

「何様《どう》かなさいましたか。」

と訊く。返辞が無い。

「気色が悪いのぢやなくて。」

と復《また》訊くと、うるさいと云はぬばかりに、

「何とも無い。」

附き穂が無いといふ返辞の仕方だ。何とも無いと云はれても、何様も何か有るに違ひ無い。内の人の身分が好くなり、交際が上つて来るにつけ、わたしが足らぬ、つり合ひ足らぬと他の人達に思はれ云はれはせぬかといふ女気の案じがなくも無いので、自分の事か知らんと又一寸疑つたが、何様も然様でも無いらしい。

定まつて晩酌を取るといふのでもなく、もとより謹直倹約の主人であり、自分も夫に酒を飲まれるやうなことは嫌ひなのではあるが、それでも少し飲むと賑やかに機嫌好くなつて、罪も無く興じる主人である。そこで、

「晩には何か取りまして、久し振で一本あげませうか。」

と云つた。近来大《おほい》に進歩して、細君は此提議をしたのである。ところが、

「なぜサ。」

と善良な夫は反問の言外に明らかにそんなことはせずと可いと否定して終《しま》つた。是非も無い、簡素な晩食は平常《いつも》の通りに済まされたが、主人の様子は平常の通りでは無か

つた。激して居るのでも無く、怖れてゐるのでも無いらしい。が、何彼と談話をして其糸口を引出さうとしても、夫はうるさがるばかりであつた。サア、まことの糟糠の妻たる夫思ひの細君は遂に堪へ兼ねて、真正面から、

「あなたは今日は何様かなさつたの。」

と逼つて訊いた。

「どうもしない。」

「だつて。……わたしの事？」

「ナーニ。」

「それなら御勤先の事？」

「ウ、、マア然様《さう》サ。」

「マア然様サなんて、変な仰り様ネ。何様いふこと？」

「…………」

「辞職？」

と聞いたのは、吾が夫と中村といふ人とは他の教官達とは全く出が異《ちが》つてゐて、肌合の職人風のところが引装《ひきつくろ》はしても何処かで出る、それは学校なんぞといふものとは映りの悪いことである。それを仲の好い二人が笑つて話合つてゐた折ゝのあるのを知つてゐたからである。

「ナーニ。」

「免職？　御さとし免職つてことが有るつてネ。若《も》しか免職なんていふんなら、わたしや聴きやしない。あなたなんか、ヤイ〳〵云はれて貰はれたレッキとした堅気の御嬢さん見たやうなもので、それを免職と云へば無理離縁のやうなものですからネ。」

「誰も免職とも何とも云つては居ないよ。御先ッ走り！　うるさいネ。」

「そんなら何様したの？　誰か高慢チキな意地悪と喧嘩でもしたの。」

「イ、ヤ。」

「そんなら……」

「うるさいね。」

「だつて……」

「うるさいッ。」

「オヤ、けんどんですネ、人が一生懸命になつて訊いてるのに。何でそんなに沈んでゐるのです？」

「別に沈んぢや居ない。」

「イ、エ、沈んでゐます。かはいさうに。何でそんなに。」

「かはいさうに、は好かつたネ、ハ、、、。」

「人をはぐらかすものぢやありませんよ。ホン気になつてゐるものを。サ、なんで、そんなに……。なんでですよ。」

「ひとりでにカなア。」

「マア！　何も隠さなくつたツて宜いぢやありませんか。何様いふ入ﾘ訳なんですか聴かせて下さい。実はコレ〳〵とネ。女だつて、わたしあ、あなたの忠臣ぢやありませんか。」

忠臣といふ言葉は少し奇異に用ゐられたが、此人にしては御もつともであつた。実際此主人の忠臣であるに疑ひない。然し主人の耳にも浄瑠璃なんどに出る忠臣といふ語に連関して聞えたか、

「話せツて云つたつて、隠すのぢや無いが、をんなわらべの知る事ならずサ。」

浄瑠璃の行はれる西の人だつたから、主人は偶然に用ひた語り物の言葉を用ゐたのだが、同じく西の人で、これを知つてゐたところの真率で善良で忠誠な細君はカッとなつて瞋《いか》つた。が、直《ぢき》に又悲痛な顔になつて堪へ涙をうるませた。自分の軽視されたといふことよりも、夫の胸の中《うち》に在るものが真に女わらべの知るには余るものであらうと感じて、猶更心配に堪へなくなつたのである。

格子戸は一つ格子戸である。しかし明ける音は人ゝで異る。夫の明けた音は細君の耳には必ず夫の明けた音と聞えて、百に一つも間違ふことは無い。それが今日は、夫の明けた音とは聞えず、ハテ誰が来たかといふやうに聞えた。今其の格子戸を明ける

につけて、細君は又今更に物を思ひながら外へ出た。まだ暮れたばかりの初夏の谷中の風は上野つゞきだけに涼しく心よかつた。極懇意であり又極近くである同じ谷中の夫の同僚の中村の家を訪ひ、其細君に立話しを仕て、中村に吾家《うち》へ遊びに来てもらふことを請うたのである。中村の細君は、何、あなた、御心配になるやうなことではございますまい、何でも却つて御喜びになるやうな事が御有りの筈に、チラと承りました、併し宅は必ず伺はせますやう致しませう、と請合つて呉れた。同じ立場に在る者は同じやうな感情を懐いて互に能く理解し合ふものであるから、中村の細君が一も二も無く若崎の細君の云ふ通りになつて呉れたのでもあらうが、一つには平常同じやうな身分の出といふところから極ゝ両家が心安く仕合ひ、又一つには若崎が多くは常に中村の原型によつて之を鋳《い》ることをする芸術上の兄弟分のやうな関係から、自然と離れ難き仲になつてゐた故もあつたらう。若崎の妻君はいそ〳〵として帰つた。

○

顔も大きいが身体も大きくゆつたりとしてゐる上に、職人上りとは誰にも見せぬふさ〳〵とした頤鬚《あごひげ》上髭《うはひげ》頬髯《ほゝひげ》を無遠慮に生やしてゐるので、中ゝ立派に見える中村が、客座にどつしりと構へて鷹揚にまだ然程《さほど》は居ぬ蚊を吾家から提げた大きな雅《が》な団扇《うちは》で緩く払ひながら、逼らぬ気味合で眼のまはりに皺を湛へつゝも、何か話すところは実に堂ゝとして、何様《どう》しても兄分である。そして又此家の主人に対して先輩たる情愛と貫禄とを以て臨んでゐる綽〻《しやく〳〵》として余裕ある態度は、如何にもこゝの細君をして其の来訪を需めさせただけのことは有る。これに対座してゐる主人は痩形小づくりといふほどでも無いが対手が対手だけに、まだ幅が足らぬやうに見える。然しよしや大智深智でないまでも、相応に鋭い智慧才覚が、恐ろしい負けぬ気を後盾にしてまめに働き、どこかにコッツリとした、人には決して圧潰されぬもののあることを思はせる。

　客は無雑作に、

「奥さん。ト云ふ訳だけで、ほかに何があつたのでも無いのですから、まはり気の苦労はなさらないで宜いのですヨ。御芽出度いことぢやありませんかネ、ハヽヽ。」

と朗かに笑つた。此処の細君は今はもう暗雲を一掃されて終《しま》つて、そこは女だ、たゞもう喜びと安心とを心配の代りに得て、大風の吹いた後の心持で、主客の間の茶盆の位置を一寸直しながら、軽く頭《かしら》を下げて、

「イエもう、業の上の工夫に惚《ほ》げて居たと解りますれば何のこともございません。ホントに此人は今までに随分こんなこともございましたツけ。」

と云つた。客と主人との間の話で、今日学校で主人が校長から命ぜられた、それは一週間ばかり後に天子様が学校へ御臨幸下さる、其折に主人が御前で製作をして御覧に入れるやう、そして其製品を直《たち》に、学校から献納し、御持帰りいたゞくといふことだつたのが、解つたのであつた。それで主人の真面目顔をしてゐたのは、其事に深く心

を入れてゐたためで、別にほかに何があつたのでもない、と自然に分明したから、細君は憂を転じて喜と為し得た訳だつたが、それも中村さんが、チョクに遊びに来られた御蔭で分つたと、上機嫌になつたのであつた。

女は上機嫌になると、とかくに下らない不必要なことを饒舌《しやべ》り出して、それが自分の才能でゞもあるやうな顔をするものだが、此細君は夫の厳しい教育を受けてか、其性分からか、幸に然様《さう》いふことは無い人であつた。純粋な感謝の念の籠つたおじぎを一つボクリとして引退つて終つた。主人はもつと早く引退つても宜かつたと思つて居たらしく、客も亦或は然様なのか、細君が去つて終ふと却つて二人は解放されたやうな様子になつた。

「君のところへ呼びに行きはしなかつたかネ。もし左様《さう》だつたら勘弁してくれたまへ。」

「ム。ハ、、。ナニ、丁度、話しに来ようと思つて居たのサ。」

主客の間にこんな挨拶が交されたが、客は大きな茶碗の番茶を如何にもゆつくりと飲乾す、其間主人の方を見てゐたが、茶碗を下へ置くと、

「君は今日最初辞退をしたネ。」

と軽く話し出した。

「エ、。」

と主人は答へた。

「なぜネ。」

「なぜツて。イヤだつたからです。」

「御前へ出るのにイヤつてことはあるまい。」

ホンの会話的の軽い非難だつたが、答へは急遽《せは》しかつた。

「御前へ出るのにイヤの何のと、そんな勿体ないことは夢にも思ひません。だから校長に負けて終ひました。」

「ハヽア、校長のいひつけがイヤだつたのだネ。」

「然様です。だがもう私が直ぐに負けてしまつたのだから論はありません。」

「負けた〳〵といふのが変に聞えるよ。分らないネ。校長が別に無理なことを云つたとも私には思へないが。私も校長のいひつけで御前製作をして、面目をほどこしたことのあるのは君も知つてゝくれるだらうに。」

と、少し面をあげて鬚をしごいた。少し兄分振つてゐるやうにも見えた。然し若崎の何か勘ちがひをした考を有つてゐるらしい蒙を啓《ひら》いてやらうといふやうな心切から出た言葉に添つた態度だつたので、如何にも教師くさくは見えたが、威張つてゐるとは見えなかつた。

若崎は話しの流れ方の勢で何だか自分が自分を弁護しなければならぬやうになつたのを感じたが、貧乏神に執念《しふね》く取憑かれた揚句が死神にまで憑かれたと自ら思つた程に浮世の苦酸を嘗めた男であつたから、然様いふ感じが起ると同時にドッコイと踏止まることを知つてゐるので、反撃的の言葉などを出すに至るべき無益と愚との一歩手前で自ら省みた。

「ヤ、彼《あ》の鶏は実に見事に出来ましたネ。私も彼の鶏のやうな作が屹度出来るといふのなら、イヤも鉄砲も有りはしなかつたのですがネ。」

と謙遜の布袋の中へ何も彼も抛《はふ》り込んで終ふ態度を取りにかゝつた。世の中は無事でさへあれば好いといふのなら、これで宜かつたのだ。然し若崎の此答は、何様しても、何か有るのを露はすまいとしてゐるのであると感じられずには居ない。

「屹度出来るよ。君の腕だからナ。」

と軽い言葉だ。善意の奨励だ。赤剝《あかむ》きに剝いて言へば、世間に善意の奨励ほどウソのものは無い。悪意の非難がウソなら、善意の奨励もウソである。真実は意の無いところに在る。若崎は徹底してオダテとモッコには乗りたくないと平常《いつも》思つてゐる。客の此言葉を聞くとブルッとするほど厭だつた。ウソにいぢりまはされてゐる芸術ほどケチなものは無いと思つてゐるからである。で、思はず知らず鼻のさきで笑ふやうな調子に、

「腕なんぞで、君、何が出来るかネ。僕等よりズット偉い人だつて、腕なんかがアテになるものぢやあるまい。」

と云つた。何かが破裂したのだ。客はギクリとしたやうだつたが、流石は老骨だ。禅宗の味噌すり坊主の所謂脊梁骨《せきりやうこつ》を提起した姿勢になつて、

「そんな無茶なことを云ひ出しては人迷はせだヨ。腕で無くつて何で芸術が出来る。まして君なぞ既に好い腕になつてゐるのだもの、いよ〳〵腕を磨くべしだネ。」

戦闘が開始されたやうなものだ。

「イヤ腕を磨くべきはもとよりだが、腕で芸術が出来るものではない。芸術は出来るもので、こしらへるものでは無さゝうだ。君の方ではこしらへとほせるかも知れないが、僕の方や窯業の方の、火の芸術にたづさはるものは、おのづと、芸術は出来るものであると信じ勝だ。火のはたらきは神秘霊奇だ。其火のはたらきをくゞつて僕等の芸術は出来る。それを何といふことだ。鋳金の工作過程を実地に御覧に入れ、そして最後には出来上つたものを美術として美術学校から献上するといふ。然様うまく行くべきものだか、どうだか。むかしも今も席画といふがある、席画に美術を求めることの無理で愚なのは今は誰しも認めてゐる。席上鋳金に美術を求める、そんな分らない校長ではないと思つてゐたが、校長には校長の考へもあらうし、鋳金はたとひ蠟型にせよ純粋美術とは云ひ難いが、又校長には把掖《はえき》誘導啓発抜擢、あらゆる恩を受けてゐるので、実はイヤだナアと思つたけれども枉《ま》げて従つた。此心持がせめて君には分つて貰ひたいのだが……」

と、中頃は余り言ひすごしたと思つたので、末には其意を濁して終《しま》つた。言つたとて今更何様《どう》なることでも無いので、図に乗つて少し饒舌り過ぎたと思つたのは疑ひも無い。

中村は少し凹《へこ》まされたかども有るが、此人は、「肉の多きや刃其骨に及ばず」といふ身体つきの徳を持つてゐる、これも中ゝの功を経てゐるものなので、若崎の言葉の中心にはかまはずに、やはり先輩ぶりの態度を崩さず、

「それで家へ帰つて不機嫌だつたといふのなら、君はまだ若過ぎるよ。議論みたやうなことは、あれは新聞屋や雑誌屋の手合にまかせて置くサ。僕等は直接に芸術の中に居るのだから、塀の落書などに身を入れて見ることは無いよ。成程火の芸術と君は云ふが、最後の鋳るといふ一段だけが君の方は多いネ。御覧に入れるには割が悪い。」

と打解けて同情し、場合によつたら助言でも助勢でもしてやらうといふ様子だ。

「イヤ割が悪いどころでは無い、熔《ゆ》金を入れる其時に勝負が着くのだからネ。機嫌が甚《ひど》く悪いやうに見えたのは、何様いふものだか、帰りの道で、吾家《うち》が見えるやうになつてフト気中《きあた》りがして、何だか今度の御前製作は見事に失敗するやうに思はれ出して、それで一倍鬱屈したので。」

「気アタリといふ奴は厭なものだネ。わたしも若い時分には時ゝ然様いふおぼえがあつたが。ナーニ必ず中るとばかりでも無いものだよ。今度の仏像は御首《みぐし》をしくじるな

りと予感して大《おほき》にショゲてゐても、何のあやまちも無く仕上つて、却つて褒められたことなんぞもありました。さう気にすることも無いものサ。」

と云ひかけて、一寸考へ、

「一たい、何を作らうと思ひなすつたのか、まだ未定なのですか。」

と改まつたやうに尋ねた。

「それが奇妙で、学校の門を出ると直に題が心に浮んで、わづかの道の中ですつかり姿が纏まりました。」

「何を……何様《どん》なものを。」

「鵞鳥《がてう》を。二羽の鵞鳥を。薄い平めな土坡《どば》の上に、雄の方は高く首を昂げてゐ、雌は其雄に向つて寄つて行かうとするところです。無論小さく、写生風に、鋳膚《いはだ》で十二分に味を見せて、そして、思ひきり伸ばした頸を、伸ばしきつた姿の見ゆるやうに随分細く」

と話すのを、此方《こつち》も芸術家だ、眼をふさいで瞑想しながら聴いてゐると、ありくと其姿が前に在るやうに見えた。そしてまだ話をきかぬ雌までも浮いて見えたので、

「雌の方の頸はちよいと一《ひ》トうねりしてネ、そして後足の爪と踵《かと》とに一ト工夫がある。」

といふと、不思議にも言ひ中《あ》てられたので、

「ハ、、、其通りく。」

と主人は爽やかに笑つた。が、其笑声の終らぬ中に、客はフト気中りがして、鷲鳥が鋳損《いそん》じられた場合を思つた。デ、好い図ですネ、と既に言はうとしたのを呑んでしまつた。

主人は、

「気中りが仕ても仕無くても構ひませんが、たゞ心配なのは御前ですからな。折角御天覧いたゞいてゐるところで失敗しては堪りませんよ。と云つて火のわざですから、失敗せぬやう理詰めにはしますが、其時になつて土を割つて見ない中《うち》は何とも分りません。何だか御前で失敗するやうな気がすると、居ても立つても居られません。」

中村は今現に自分にも変な気がしたのであつたから、主人に同情せずにはゐられなくなつた。成程火の芸術は！　一切芸術の極致は皆然様であらうが、明らかに火の芸術は腕ばかりでは何様《どう》にもならぬ。そこへ天覧といふ大きなことがかぶさつて来ては！　そこへ又予感といふ妖しいことが湧上つては！　嗚呼《あゝ》、若崎が苦しむのも無理は無い。と思つた。が、此男はまだ芸術家になりきらぬ中《うち》、香具師《やし》一流の望に任せて、安直に素張らしい大仏を造つたことがある。それも製作技術の智慧からではあるが、丸太を組み、割竹を編み、紙を貼り、色を傅《つ》けて、インチキ大仏の其眼の孔から安房《あは》上総《かづさ》まで見ゆるほどなのを江戸に作つたことがある。然様いふ質の智慧のある人であるから、今こゝに於て行詰まるやうな意気地無しでは無かつた。先輩として助言した。

「君、成程火の芸術は厄介だ。然し此処に道はある。何様です、鵞鳥だからむづかしいので。蟾蜍《ひきがへる》と改題しては何様《どん》なものでせう。昔から蟾蜍の鋳物は古い水滴などにもある。醜いものだが、雅はあるものだ。あれなら熔金《ゆ》の断《き》れるおそれなどは少しも無くて済む。」

好意からの助言には相違無いが、若崎は侮辱されたやうに感じでもしたか、

「いやですナア蟾蜍は。やつぱり鵞鳥で苦みませうヨ。」

と、悲しげに又何だか怨みつぽく答へた。

「そんなに鵞鳥に貼《つ》くこともありますまい。」

「イヤ、君だつて然様《さう》でせうが、題は自然に出て来るもので、それと定まつたら、もうわたしには棄てきれませぬ。逃げ道の為に蝦蟇《がま》の術をつかふなんていふ、忍術のやうなことは私には出来ません。進み進んで、出来る、出来ない、成就不成就の紙一重の危い境に臨んで奮ふのが芸術では無いでせうか。」

「そりや然様いへば確に然様だが、忍術だつて入リ用のものだから世に伊賀流も甲賀流もある。世間には忍術使ひの美術家も中〻多いよ。ハヽヽ。」

「御前製作といふことでさへ無ければ、少しも屈托は有りませんがナア。同じ火の芸術の人で陶工の愚斎は、自分の作品を窯から取出す、火のための出来損じがもとより出来る、それは一〻取つては抛《な》げ、取つては抛げ、大地へたゝきつけて微塵にしたと

聞いてゐます。いゝ心持の話ぢやありませんか。」

「ム、、それで六兵衛一家の基を成したといふが、或はマア御話ぢや無いかネ。」

「ところが御前で敲《たゝ》き毀《こは》すやうなものを作つてはなりませぬ、是非とも気の済むやうなものを作つて御覧をいたゞかねばなりませぬ。それが果して成るか成らぬか。そこに脊骨が絞られるやうな悩みが……」

「ト云ふと天覧を仰ぐといふことが無理なことになるが、今更野暮を云つても何の役にも立たぬ。悩むがよいサ。苦むがよいサ。」

と断崖から取つて投げたやうに言つて、中村は豪然として威張つた。

　若崎は勃然《むつ》として、

「知れたことサ。」

と見かへした。身体中に神経がピンと緊《きび》しく張つたでもあるやうに思はれて、円味のあるキン〳〵声は其音でゞも有るかと聞えた。然し又忽ちグッタリ沈んだ態に反つて、

「火はナア、……火はナア……」

と独り言《ご》つた。スルト中村は背を円くし頭を低くして近ゝと若崎に向ひ、声も優しく細くして、

「火の芸術、火の芸術と君は云ふがネ。何の芸術にだつて厄介なところは屹度《きつと》有る。僕の木彫だつて難関は有る。折角段ゝと彫上げて行つて、も少しで仕上になるといふ

時、木の事だから木理《もくめ》がある、其の木理のところへ小刀の力が加はる。木理によつて、薄いところはホロリと欠けぬとは定《き》まらぬ。たとへば矮鶏《ちやぼ》の尾羽の端が三分五分欠けたら何となる、鶏冠《とさか》の峰の二番目三番目が一分二分欠けたら何となる。もう繕ひやうも何様しようも無い、全く出来損じになる。材料も吟味し、木理も考へ、小刀も利味《きゝあぢ》を善くし、力加減も気をつけ、何から何まで十二分に注意し、そして技の限りを尽して作をしても、木の理《め》といふものは一ゝに異ふ、何様《どん》なところで思ひのほかにホロリと欠けぬものでは無い。君の熔《ゆ》金の廻りが何様なところで足る足らぬが出来るのも同じことである。万一異なところから木理がハネて、釣合を失へば、全体が失敗になる。御前で然様いふことがあれば、何とも仕様は無いのだ。自分の不面目はもとより、貴人の御不興も恐多いことでは無いか。」

こゝまで説かれて、若崎は言葉も出せなくなつた。何の道にも苦みはある。成程木理は意外の業をする。それで古来木理の無いやうな、粘りの多い材、白檀、赤檀の類を用ゐて彫刻するが、又特に杉檜の類、刀《たう》の進みの早いものを用ゐることもする。御前彫刻などには大抵刀の進み易いものを用ゐて短時間に功を挙げることとする。成程、火、火とのみ云つて、火の芸術のみを難儀のもののやうに思つてゐたのは浅はかであつたと悟つた。

「成程。何の道にも苦しい瀬戸はある。有難い。御蔭で世界を広くしました。」

と心からしみ〴〵と礼を云つて頭《かしら》を畳へすりつけた。中村も悦ばしげに謝意を受けた。

「ところで若崎さん、御前細工といふものは、かういふ難儀なものなのに相違無いが、木彫其他の道に於て、御前細工に不首尾のあつたことは曾つて無い。徳川時代、諸大名の御前で細工事御覧に入れた際、一度でも何の某《なにがし》があやまちをして御不興を蒙つたなどといふことは聞いたことが無い。君は何様思ふ。わかりますか。」

これには若崎は又驚かされた。

「一度もあやまちは無かつた！」

「さればサ。功名手柄をあらはして賞美を得た話は折〻あるが、失敗した談はかつて無い。」

自分は今天覧の場合の失敗を恐れて骨を削り腸《はらわた》を絞る思をしてゐるのである。それに何と昔から然様《さやう》な場合に一度のあやまちも無かつたとは。

「ムーッ。」

と若崎は深い〳〵考に落ちた。心は光りの飛ぶ如くにあらゆる道理の中を駈巡つたが、何をとらへることも出来無かつた。たゞわづかに人の真心――誠といふものの一切に超越して霊力あるものといふことを思ひ得て、

「一心の誠といふものは、それほどまでに強いものでせうかナア。」

と真顔になつて尋ねた。中村はニヤリと笑つた。

「誠はもとより尊い。しかし準備も亦尊いよ。」

若崎には解釈出来なかつた。

「龍なら龍、虎なら虎の木彫をする。殿様御前に出て、鋸《のこぎり》、手斧《てうな》、鑿《のみ》、小刀を使つて段ゝと其形を刻み出す。次第に形がおよそ分明になつて来る。其間には失敗は無い。時刻が相応に移る。如何に物好な殿にせよ長く御覧になつて居らるゝ間には退屈する。そこで鱗なら鱗、毛なら毛を彫つて、同じやうな刀法を繰返す頃になつて、殿に御休息をなさるやう申す。殿は一度御入りになつて御茶など召させらるゝ。準備が尊いのはこゝで。かねて十分に作り置いたる龍なら龍、虎なら虎を其処に置き、前の彫りかけを隠し置く。殿復び御出ましの時には、小刀を取つて、危気無きところを摩《な》づるやうに削り、小ゝの刀屑を出し、やがて成就の由を申し、近ゝ御覧に入るゝのだ。何の思はぬあやまちなどが出来よう。ハ、、。すりかへの謀計である。君の鋳物などは最後は水桶の中で型の泥を割つて像を出すのである。準備さへ水桶の中に致して置けば、容易に至難の作品でも現はすことが出来る。もとより同人の同作、いつはり、贋物《がんぶつ》を現はすといふことでは無い。」

と低い声で細ゝと教へて呉れた。若崎は啞然として驚いた。徳川期には成程すべて斯《か》様《う》いふ調子の事が行はれたのだなと暁《さと》つて、今更ながら世の清濁の上に思を馳せて感悟した。

「有難うございました。」

と慄《ふる》へた細い声で感謝した。

其夜若崎は、「もう失敗しても悔いない。おれは昔の怜悧者《りこうもの》ではない。おれは明治の人間だ。明治の天子様は、たとへ若崎が今度失敗しても、畢竟《ひつきやう》は認めて下さることを疑はない」と、安心立命の一境地に立つて心中に叫んだ。

◯

天皇は学校に臨幸あらせられた。予定の如く若崎の芸術を御覧あつた。最後に至つて若崎の鵞鳥は桶の水の中から現はれた。残念にも雄の鵞鳥の頸は熔《ゆ》金のまはりが悪くて断れてゐた。若崎は拝伏して泣いた。供奉諸官、及び学校諸員はもとより若崎の彼夜《あのよ》の心の叫びを知らうやうは無かつた。

しかし、天恩洪大で、却つて芸術の奥には幽眇《いうべう》不測《ふそく》なものがあることを御諒知下された。正直な若崎は其後数〻《しば〳〵》大なる御用命を蒙り、其道に於ける名誉を馳するを得た。

為朝

鎮西《ちんぜい》八郎為朝《ためとも》といへば先づ以て我が日本の快人であるが、其の事跡のおほよそは普通の歴史にも見えて居るから誰も知つてゐるところで、今更事新しく説くまでも無いし、又小説的には曲亭主人の弓張月が大《おほい》に行はれて随分今猶ほ多くの読者を有して居るほどであるから、虚実打交への面白い物語は説伝へ聞伝へて多数の人ゝが知つて居るので、為朝に就いて談《かた》る余地は殆んど無いと云つても宜い。しかも弓張月は曲亭の作中でも好い作であるから、仮令《たとひ》時代が距たつて世間の好尚が異なつて来ても、曲亭を談ずる人が存する限り、猶ほ幾年も其の生命を存して、朦雲《もううん》国師や阿公《くまぎみ》の怪奇な条は我等には厭はしく感ぜられぬでは無いが、活動写真には妖異幻怪な光景が猶ほ喝采される世である以上は、今後も歴史上の為朝によつて小説の弓張月が手に取られ、又小説の弓張月によつて歴史上の為朝が回想されるやうなことは永く有り得る事情であらう。曲亭主人は其の伝に特書されるほどの事でも無いが、若い時何かの事情で暫時伊豆の下田の某家に寓して居たことが有つて、自分が明治年間に下田に遊んだ時、其地の住者の某氏が其家を指示して呉れたことを記臆してゐる。下田は伊豆諸島との交渉の多い地で、大島其他の島〻の事情は自然に窺ひ知らるゝところであつたから、後年に至つて馬琴が為朝外伝《ぐわいでん》の弓張月を起草するに至つた縁になつたことでも有つたらう。又自分は嘗て大島に一週間ほどを過したが、大島は伊豆国に遠からぬとは云へ、云ふまでも無い海中の一孤島で、三原山の烟、四囲の海、椿の茂みに牛鳩の鳴くくらゐより外に何事も無い、真に安閑無事の太古のやうな好いところでは有るが、さて此《こ》様《ん》な島に居るのみで出ることの叶はぬ身となつたならばと、或日、山の上の砂原に箕《き》踞《きよ》して四方を見渡しながら、つく〲と昔の流人の上を思遣つたことが有つた。勿論先づ第一に為朝の事を思浮めた。それから為朝よりも古い人〻の上を思つた。島は異なるが同じやうな島の三宅へ流された絵師の英一蝶《はなぶさいつてふ》や、神道者の井上正鉄《まさかね》や、俠客の小金井小次郎や、ずつと遠い島へ流された関ヶ原の西軍の将の浮田秀家や、いろ〱さま〲の人の上をも思つた。そして井上正鉄を思ひ浮めた時のほかは、輝かしい南海の極楽のやうな好い島に身を置いて居るにも関らず、一種の黯然《あんぜん》たる感を催さずには居られ無かつた。

　為朝が大島へ配流されて着岸したのは保元元年の秋か冬で有つたらう。保元の戦が七月の十日の夜から十一日へ掛けてで、十一日の暁には万事既に了したと云つても宜いので、十二日には上皇は薙髪《ちはつ》あり、十四日には左大臣頼長は死して居るのである。為朝は其戦が敗れた後、九月の二日、或は三日に捕へられて、八日に北の陣を渡され、詮議の上、大島配流に決定されたとある。北の陣を渡されたのも、八月二十六日だといふ異説があり、捕へられた場処も、近江国の輪田といふところだといふのが流布本保元物語の記するところで、大日本史も之を取つて居るが、同じ近江の石山寺だといふのもあり、九州の田根《たね》といふところだといふのも有る。然し九州の田根といふところは、何国か知らぬが、九州へまで落ちて終《しま》つて居たらば、九州は為朝の敵も勿論多いが、味方も沢山有つて、十三の歳から勢力を張つて、自ら九国総追捕使と号したと云ふほどだから、おめ〳〵と召出されさうにも無いことで、これは甚だ事情に釣合はぬ。石山寺と云へば名高い寺で、人出入りも多いことであり、都にも甚だ近いから、特別に何か縁故の有る人物が有つて匿して呉れるといふ事でゞも無ければ、一旦朝敵となつた落武者が隠れ潜みさうも無い処である。これは蓋し京師本《けいしぼん》等の四本が皆記してゐる通り、或片山寺に立寄り、とある其片山寺が石山寺となつたので、名も知られて居られぬやうな近江の在の片山寺に潜んだといふのが実際であらう。七月といへば秋には入つて居るが残暑の時である。其の戦には為朝だとて、僅に二十八騎で一門を守つたのであるから、大汗をかいて身を揉んだり傷を負つたりしてゐる。敵の箭《や》ばかりでも、安芸守清盛の手の伊勢の住人伊藤武者景綱の射つたのは、距離が遠くて力が無かつたにせよ、為朝の錬鐔《ねりつば》の太刀のもゝよせに射留《いと》めたと有り、同じく清盛の手の山田小三郎伊行《これゆき》といふ剛情我慢の男が、弓を挽き儲けて置いて、為朝に名乗りかけて、鎮西八郎此に在りと答へたところを、弦音高く切つて発つたから、為朝の左の草摺を縫ひさまに射切つたと有り、兄下野守《しもつけのかみ》義朝の家の者鎌田次郎正清が、もとは一家の主君なれども今は違勅の兇徒なりと呼はつて射た矢は為朝の左の頬さき、半頭《はつぶり》の間を射削りて兜の錣《しころ》に射附けたとある。まして戦が急になつて、為朝の頼み切つたる悪七別当《あくしつべつたう》、高間ノ四郎兄弟、大矢ノ新三郎、三町礫《さんちやうつぶての》紀平次太夫、手取ノ与次等、二十八騎の中の二十三人が討たれて、其余の者も手を負はぬは無いほどになつては、何程剛勇手きゝ目きゝの為朝だとて、鎧は破れ裂け、身も心も働き余つたらうから、もとより打疵切疵《きりきず》突疵箭疵《やきず》の数を負ふたことであらう。幸にして高腿を斬られたとか、腕を打落されたとかいふことは無かつたから、院の御所が義朝に焼打されて味方総敗軍になつた時、為朝は大原山の方から落ちて、父の為義と一処に居たが、為義が諫を用ゐないで義朝を頼りに降人に出るに及び、別れて一人潜んで居たのである。が、まだ秋冷が深くは催さぬ頃の事では有つたし、激労負傷をした後では有り、其の手当も十分に出来ぬは勿論、朝敵残類で有るから居処食事にさへ自在を欠く身である。そこで後に至つては海上で疱瘡神《はうさうがみ》を睨返したと云はるゝ為朝でも、病気になつては為ん方も無い、附従つた郎等一人を俄法師《にはかほふし》にして食を得る道を取り、自分は古い湯屋を借りて、おり湯をした。おり湯をしたといふのは今で云へば湯治である。さういふところへ取つて掛られたのだから如何に為朝でも敵はうやうは無い。しかも為朝に馳向つたのは佐渡ノ兵衛重貞といふ平家侍の中でも中ゝしつかりした者で有つて、家の子郎等を始め、土地の住民まで駆催《かりもよほ》して、為朝が入浴裸裎のところへ押寄せたのであるから、為朝も初は激しく防いだものゝ、後には手脚が酸くなつて筋弱り勢萎え、終に力無くも生擒《いけど》らるゝに及んだのである。そこで周防判官季実《すゑざね》が重貞から請取つて、北ノ陣を渡したのだが、其時の為朝のさまを京師本の記してゐるのが甚だ要領を得て居て面白い。「長七尺に余り、八尺に及べり、痩黒みて筋骨殊に高く、眼《まなこ》大《ひろ》に、口濶し、凡夫とは見えず、少しも臆する気色無く、四方を睨みまはしてぞ有りける」といふのだが、痩黒みて筋骨殊に高く、眼大に、口濶し、とあるのは眼に見るやうである。少しも臆する気色無く、四方を睨廻してぞありける、も如何にも然様《さう》有りさうで宜い。そこで死罪に行はるべきところを、関白の言によつて死一等を減じ、伊豆大島に流さるゝことになつたのだが、こゝに少納言信西といふ老骨の学者が出て来て、「此の為朝、内裏高松殿に火をかけ、御《ぎよ》輿《よ》の者に矢をまゐらせんなど申しけること、既に君を射奉るにあらずや、然《さ》れば自今以後、弓を彎《ひ》かせぬやうに相計らふべし」と云つて、左右の腕を鑿《のみ》にて打放して其の筋を抜かしめたといふのである。為朝の臂を鑿で割いて筋を抜かせた信西といふ老骨は其因果応報でもあるまいが、それから三年たつた平治の乱に、大和の田原の奥の土の中に自分から生埋になつて匿れて居たのを掘出されて殺された。それは兎に角に、為朝は信西の為に酷い目に逢つて大島へ流されることになつた。其代りには、肩のつぎめ離れて手綱を取るに及ばざれば、といふ訳で、牢の如くに四方を打附けたる輿を作りて乗せ、四方に轅《ながえ》を渡し、二十余人して舁《か》き、五十余騎の兵士を相添へ、宿ゝ《しゆく〳〵》次ゝに送られたのである。流布本には無いが、異本には此途中のさまを面白く書いてゐる。為朝が其の牢輿《らうごし》の内で、「おのれ等も聞け、人の流さるゝは皆悲歎にてあれども為朝は悦ぶぞ、帝王にもあつかはれ、輿に乗せ、兵士を添へ、宿ゝの厨曹司《くりやさうし》にて配所へ遣はさること、誠に面目にあらずや、是に過ぎたる栄花やある」と戯れて云つたと書いてあるが、昔の物語作者も侮れない、如何にも物に屈せぬ勇士のさまを巧みに写してゐる。又、「朝威は恐ろしきかな、為朝ほどの者が普通の凡夫に生捕らるゝことよ、今は何事をか為べき、片輪者になりたればとこそ思ふらんが、一ト働だに働かば是程の輿は物にてやあるべき、これ見よ、とて少し働くやうにすれば、厳しく打附たる牢輿むくめきわたり、砕け破れんとしけるに、輿舁《こしかき》恐れおのゝき、逃去る時もあり、或時はエイヤと云ひて腰を押据ゑければ、些《すこし》も動かぬ時もあり、又エイヤと云ひて身を打振れば、二十余人の輿舁ども、一度に振倒さるゝ時も有り」などと書いて居る。曲亭の弓張月は此に拠つて極力誇張して、為朝がウンと力を入れると輿舁どもがヘタ張り伏すところなどを絵まで挿んで書いて居る。かくて伊豆へ着いて、流人の尻掛石のところへ率ゐて行つたところを、半井本《なからゐぼん》が書いてゐる。「流人の尻掛くる石に率ゐて行き、尻かけよと申けれども、掛けたらば如何、かけずば如何、とて肯《あへ》て掛けず、人を人ともせず思ふやうに振舞ひければ、預り人伊豆ノ国大介、狩野ノ工藤茂光も、もてあつかひ思ひける」とあるが、掛けたらば如何、掛けずば如何、など云ふところ、簡単の二句の語に過ぎぬが、如何にも人を人ともせぬ不敵の勇者のさまが観《み》るやうで面白い。斯様《かう》いふやうな次第で、為朝は大島へ流されて来たのであるが、其の大島へ着したのは何日といふことも見えない。九月八日に配流の事が決したとしても、海道を下り、伊豆に入り、大島に渡されたのは、早くて其月の末、遅くば十月に入つてで有つたらう。

為朝の父の六条判官為義が情なくも子の義朝の家の子鎌田次郎正清の郎等に首を切られたのは七月の十九日とある。然《さ》すれば為朝は其の潜伏中に無論其事を聞知つたのであらう。さすれば異本に、「為朝つく〴〵と思ひけるは、さても安からぬ事かな、左大臣殿と云ふ不覚人に支へられ、合戦に打負け、親兄弟を滅ぼし、身をいたづらに為しつるこそ口惜けれ、中にも義朝を一ト箭に射殺す可かりしを助け置き、今は親の敵に成りぬるこそ悔しけれ、所詮鎮西に下り、九国の者ども催し攻上り、王城を打傾けんに、義朝定めて防がんず、たとひ百万騎が中なりとも駆破り、義朝を摑みて提《ひつさ》げ、首捩切つて入道殿の孝養に手向け、与党の奴原《やつばら》追靡かし、新院の御世となして、為朝日本国の総追捕使とならんこと、何の仔細ぞあるべき」とあるのは、本より筆者の忖度《そんたく》で、誇張的に過ぎて居ることは争へぬが、然しまんざら無理ばかりでも無い。父を兄に殺されて、物思ふこと無しに居らう人は有るまい。まして義朝は箭先に掛けて射らば射る可かりしもので有つたのである。又我が言さへ用ゐられたならば、戦つて勝つ可からざりし戦でも無かつたのである。又父の為義も我が言を用ゐて東国へ走つたならば、それは不定であるけれども必ずしも殺されると定まつたことでも無かつたのである。然すれば伊豆の孤島へ送り附けられて、新しく島守となつた八郎為朝が、都は雲と隔たり、磯に濤は轟く大島に流人としての第一夜を過した時は、勿《も》論の事、感慨千緒万端で有つたらう。しかし為朝といふ人は詩人的歌人的の幽懐を有つた人とも思はれぬから、胸に思のくる〳〵と倭文《しづ》の苧環《をだまき》繰返し、いろ〳〵の事を考へたか何様《どう》だつたか不明である。父の為義姪《をひ》の頼朝などは歌人的のところも無いでは無いが、為朝の歌は余り聞かぬ。たゞ一ツ南海諸島や伊豆の南端などにあるところの「あしたば」といふ植物――それは野生の三ツ葉芹の如くで、一寸《ちよつと》好い香気があつて食べられるものであるが、それを詠じたといふ歌が伝えへられて居る。あした葉は、今日摘んで取れば、明朝はもう復摘む可き嫩葉を出して居るもので、それで其名を生じて居るのであらうが、たゞ其事を詠んだまでで、歌章は言ふに足らぬ。八郎為朝の歌は弓箭である。詩詞の人でさへ一ト見識ある者は詠物を好かぬものである、況《ま》して八郎為朝とも有らうものが、詠物の小技などは敢て為すべくも無いことである。或はたま〳〵見も及ば無かつたあした葉といふ者を珍らしいと思つて歌を詠んだかも知らぬが、それはホンの一寸したわざくれであらう。八郎の歌は強弓長箭、九ツ目の鏑《かぶら》の長鳴り、それが為朝の歌で無くて何で有らう。為朝の弓は八尺五寸。流布本には七尺五寸にてツク打つたるとあるが、七尺五寸では普通の弓の長さである。建久二年八月一日、大庭ノ平太景能《へいだかげよし》が新造の御亭に於て頼朝に盃酒を献じた時、諸武士の前に於て、八郎為朝の弓の長さを論じて、「鎮西八郎は吾朝無双《ぶさう》の弓矢の達者なり、然《さ》れども弓箭の寸法を案ずるに、其の涯分《がいぶん》に過ぎたるか」と云つて居る。景能は保元の戦に為朝の鏑矢《かぶらや》に右の膝節を片手切にフッツと射切られ、鐙《あぶみ》のミツヲ革、馬の折骨を射切り、馬の腹を射徹されて、弟の三郎景親の肩に掛けられて退いて辛くも生延びた男である。それも景能が自ら言ふ通りに、小賢しく馬を駈けさせて為朝の右手《めて》の方へ避けたので、馬既に切れ遠ざかりたるを為朝が射たからなのである。馬上で射る時、敵に右手へ廻られるのは甚だ不便宜で、普通の弓でさへ弦が物にせかれ勝になるのに、まして為朝の弓は常ならず長いので、それで其処の条を記してゐる杉原本等に、「兕にかせうて思ふ様にも引かれず」とあるやうになつたのである。景能は其処を論じて、弓箭の寸法、其の涯分に過ぎたる歟と云つてゐるのである。既に大庭平太が然様《さう》論じて居るからは、為朝の弓の長さの得失の論は別として、其の弓が普通の弓より長かつたらうことは推測られる。して見れば普通の弓の寸法の七尺五寸と記してある流布本の言は取るに足らぬ、実際八尺五寸だつたか何様《どう》だつたかは不明であるが、七尺五寸よりは長かつたらうことは明らかである。特《こと》にツク打つたるとあるのは、余りに素人くさくて感心出来ない。為朝の弓の太いことを云はうとて斯くは記したのだらうが、ツクといふのは釻で、折釘の如きものを云ふのである。天秤棒の両端近くにあるところの荷の緒の留まるやうにしつらひたるものを今もツクといふ。土地によりては「雀踊り」とも云ふが、ツクといふのが正しい語である。今の天秤棒のツクは丸鋲《まるびやう》の大きい者の如く、又は単なる太い木釘の如くであるが、古いのは折釘のやうな形をして居たこと、古い画《お》を見て知るべきである。為朝の弓が非常に太くて、握るに余つてゐるので、矢を安くにも安き難く有らうと云ふところから、ツクが打つてあつて、それに箭を安くといふやうに書いたのであらうが、何様も解し難いことだ。弓といふものは、少しの疵でも、膠《にかは》の剝げたのでも、甚しく之を忌むもので、ツクなどを打つて置かうものなら、我等が引く弓でも直《すぐ》に其処から毀《こは》れてしまふ。まして為朝の弓などならば一遍で毀れてしまはう。又如何に為朝の弓が強くて太からうとも、弓といふものは弣《ゆづか》、即ち握り処の弓の身を小指が具合好く纏ひ締め得なくては、弓勢も無く矢の働も出無いものである。弓はたゞ押しさへすれば引けるものでは有るまいし、ツクが無くては矢の注《さ》せぬやうな其様《そん》な馬鹿太いものが有らうやうは無い。況んや箭が押手に載つて弓に添うて引かる、時は、朝嵐のかすけきにも落ちるほど軽く触れて居ることを理想とすることは、後の書では有るが日置流《へきりう》の弓術伝を見ても知らるゝことであるに、ツクなどが有つて箭を啣《ふく》んで居やうことは余りに馬鹿ゝゝしい。ツクの語は他に解しやうを知らない。狼牙棒《らうげぼう》のやうなツク棒といふものも、多くツクを打つた棒であるから其名を得て居るのである。但し弓よりも強い弩弓《いしゆみ》にはツクがあるが、それは鈨、即ち弩牙《どが》で、弦を引掛けるところである。弓で云へば引手、即ち右手の、拇指の役目をするものが弩の鈨であるから、右手を以て弦を引くたゞの弓に、弩の鈨の如きが要らうやうは無い。ツクに別の義が有らば知らぬこと、さなくば為朝の弓にツク打つたるは理が聞えぬ。京師本等には、ツク打つたるといふ語は無くて、弓は八尺五寸、長持の朸《あふご》にも過ぎたり、とある方が、同じ誇張でも罪が無くて嬉しい。弓は斯の如き弓で、そして箭は。「箭は三年竹の極めて節近に金色《かないろ》なるを、洗ひ磨かば性弱りなんとて、節ばかりこそげ、猶も軽くて折れもやせんとて、鉄をのべて篦中《のなか》過ぐるまで節を通して入れたり。羽は、鷲、梟、鶏の羽を嫌はず、藤矧《ふぢはぎ》に巻きたり。筈こらへずして破砕けゝる間、角をつぎて朱をさしたり。矢の根は楯破《たてわり》、鳥舌《とりした》にもあらず、鑿《のみ》の如くなるものを、さき細に、厚さ五分、広さ一寸、長さ八寸に打たせて、まちぎはを篦にすりきせ、氷などのやうに磨ぎみがきたり。上矢の鏑は生朴《なまほゝのき》、ひいらぎなどを以て、目の上八角に押削り、目九ツさしたるに、刃一寸、手六寸、亘《わたり》六寸の大雁股を捻ぢすげたり。三ッ峯に磨き立て、峯にも刃を付けたれば、小長刀《こなぎなた》を二ツ打違へて、瓶子《へいじ》に立てたるに異ならず。幹《から》は白篦《しらの》に山鳥の羽、鸛《こふ》の霜ふりを合せ矧《はぎ》に本四ツ立にして矧ぎたり」と記して居る。然様いふ弓に、然様いふ箭、十三束といへば勝れたる箭であるのに、十五束もあるのを、引いて放つ。中《あた》るところ必ず人を殪《たふ》し馬を倒す。それが即ち為朝の歌であつた。其の豪壮の歌の詠者たる為朝は、此の椿の国、あしたばの国、日の光の美しく輝く南の国、鰭《はた》の広物《ひろもの》、鰭の狭物《さもの》、海幸の沢《さは》にゆたかの国、磯打つ浪の音、松の風のほかには騒ぐものも無い安らかな国、日出で、作し日入つて息《いこ》ひ、三原の山の神の火をたゝへ、大島桜の淡ゝしい美しさをたゝふるほかには何の心も無い人ゝの平和な国へ、おちつきたく無くてもおちつかせられたのである。もう為朝は何を為すべくも無い安楽郷へ身を置いたのである。手の筋は抜かれて居るのである。病後の身は猶疲れてゐるのである。矢声弦音の歌を楽しまうにも、それは叶はぬのである。流石の八郎もたゞ海風に髪を梳《くしけづ》らせて、青空の雲の往来《ゆきき》を瞻《み》るほかは無かつたのであらう。

あした葉は昨日摘まれても今日は芽を出す。南海暖地の昼の日の光、夜の気の潤ひは、万物に生ゝの勢を与へる。為朝は五十余日を経る中に臂を剝がれて筋を抜かれた其疵も次第に治つてしまつた。健康はずん〳〵と回復した。爽やかな心をもつ者は健やかな身を得る。八郎為朝は其の強弓長箭が絶倫なばかりでは無い、実に心の爽やかなことに於て比類の無い人物で、一生の行事《かうじ》を検するに其の心の爽やかさを保つてゐたこと驚くべきものがあり、そして仮令《たとひ》武勇があれほどで無かつたにせよ、あれだけに心の爽やかさを保つて居ることが出来れば、それだけで既に立派な人物であると思はせられる。一毫《いちがう》も気に腐れが無い、じめ〳〵したところが無い、いつも長風滄海を渡ると云つたやうな爽やかさを持つて居る。其気象の爽やかさが後の為朝伝を読み味はふ者に感ぜられるので、そしてその気象の如何を意識せぬ者でも、何となく其の爽やかさに浸つて好い心持になるので、それで多くの人ゝは為朝好きになるのである。頼朝は決して厭ふ可き人とのみは云へぬが、為朝とは大《おほい》に異つて爽やかさが少い。少いどころか無いと云つても可い位で、其代りに重い厚いところが多い。然し其の重い厚いところが其の人の好処であるにかゝはらず、それが何と無く人に厭な感じを与へ、其の爽やかさの無いところが人をして頼朝を愛させなくなる。義経も爽やかなるところを相応に有つてゐるが、同じ爽やかさでも少し細りとしたところが劣る。義仲も爽やかさを有つてゐるが、少し麤《あら》さがまじる。源氏の其頃の人ゝは義朝でも義平でも皆若干の爽やかさを持つて居るのが多いが、頼朝、範頼《のりより》、行家なぞは爽やかさが無かつたり、少かつたりする。平家の人ゝにも立派なものは多いが、第一に忠盛、清盛、皆爽やかな心の持主では無い。清盛なぞは為朝に立向つた時に、為朝の弓勢に驚いて、「必ずしも清盛が此門を承はりて向ひたるにもあらず、すさまじき者の固めたる門に向ひたること哉」と云つて、そこを退いて北の《の》門へ向つたのなぞは、賢いには相違無いが、爽やかで無い事甚だしい。何も必ずしも爽やかなのが最も勝つてゐると云ふのでは無い、爽やかなののほかにも、和らかなのや、堅いのや、むらの無いのや、心の持ちやうの好いのは種ゝあるが、爽やかな心の持主は人の愛好を惹くことが多い。婦人などは特《こと》に爽やかな心の持主を好くもので、芸能地位なぞを有たないで、しかも美男子でも無くて婦人に愛される者に、何の美徳が有るのだらうと観察すると、唯一ツ爽やかな心を有つてゐるのだといふ例へが世には甚だ多い。まして相当の技倆や地位の有る人物で、もし爽やかな心の持主であれば、それは多くの人をして愛好せしむるに適した者である。為朝の如きは実に純な爽やかな心の所有者で、其上に其の勇気と云ひ、心操といひ、人をして敬せしむるに足るのであるから、おのづから世に為朝の贔屓《ひいき》の多いのは異《あや》しむに足らぬのである。鬱滞煩悶などと云ふものも、深く其肺腑に立入つて観たならば、決して無い訳では有るまいが、為朝に於ては其行蹟の上では更に其の存在したことを示して居らぬ、奇麗さつぱりとしたもので、一生の間たゞ一ツ保元の戦の時に、兄の義朝を射んとした時、待てしばし、弓矢取る身の謀《はかりごと》、汝は内の御方《みかた》へ参れ、我は院方へ参らん、汝負けば憑《たの》め、助けん、我負けば汝を憑まんなど約束して、父子立別れてかおはすらん、と思案して、番《つが》ひたる矢を指《さし》はづした一瞬のほかは、いつも右なら右、左なら左と、思ひきり好く、物明らかに、さらさらと心を持ち事に処して居て、露ばかりも凝滞踟躕《ちちう》の痕を示して居らぬ。斯様《かう》いふ調子の人は疫《えき》癘《れい》時気なんどにあたる事は有つても、自己の心内より毒素を泌出《ひしゅつ》して身を傷《やぶ》り臓を苦しめるといふが如きことは無いから、病むことは病むにしても回復する段になると早速なもので、之に反してねち〳〵した人は所謂煩悶といふ者が多く、自穿自陥《じせんじかん》、自縄自縛の境に陥り易いものある。為朝は煩悶などといふ者を知らぬ人の如く見える。これは人物が大きいか、性質の極めて純で美はしいか、乃至は慾心を捨切つたやうな考に任せるところより出て来ることで、自然の人柄からで無くては、仮令慾心を捨切つても中ゝ到り難い境地である。然し世に立つて事を為す上には、此の爽やかさを保つといふことが最も有利なものでも何でも無い。人望を得るといふほかには、寧ろ不利を招くものかも知れない。失敗家にやゝもすれば爽やかな心の持主が有るものであるのでも知れることである。為朝は其の天性から爽やかな心を有つて日を暮したと推測される。自分で木を劉《き》り材を検して弓を製したり、篦《の》を矯《た》め羽を矧《は》いで箭を造つたりして見た事で有らう。臂の筋を抜かれた位で有るから、弓箭を携ふることを許された筈は無からう。しかし射《しゃ》を善くする者は、少ゝ不器用なものでも「爪遣り」をして箭の曲つて居るか居ぬかを検し、そして其箭を矯め、又弓の「むらこき」をして、弓身の力の不正に働くのを治したりするものである。又一段進んでは、自分の好《このみ》に随つて箭を造り弓を製することをも善くするものである。為朝は必ず自ら其程の事を能くしたに疑無い。朴の木、柊《ひゝらぎ》の木の鏑が、椿の木や、黄楊《つげ》の木や、ビンカの木に代へられたかは知らぬが、素矢も鏑矢も作つたことで有らう。鷲や鷹や鸛や鶴の矢羽が、覚束無い島の禽《とり》の羽に代へられたことでも有らうが、それでも窮して而して窮せざるが自ら助くる者の常で、自ら助くる者は天之を祐《たす》くるのが不易の道理で有るから、路は需むるに因つて生ずる習で、何様《どう》にか斯様《かう》にか弓箭も出来た事だらう。既に弓箭が出来、弽《ゆがけ》、射韝《ゆごて》が出来れば、島人は一も二も無く驚嘆畏敬したことで有らう。然様で無くとも六条判官為義の八男で、其の勇武材力は喧伝せられ、特に最近の合戦に名有る勇士を幾人と無く箭先に掛けて一世を驚倒した人では有りするから、狩野ノ介茂光の代官《か》として大島を管《あつか》つて居た三郎太夫忠重といふ者を首《はじめ》として、皆おのづからに為朝の下風《ふう》に立つことを肯《がへ》んぜざるを得ざる勢になつたことだらう。

為朝は狩野ノ介茂光などを物の数ともする人では無い。大島と伊豆本国とは風波の無い日には一人乗の小船でも往来《ゆきき》の出来る近距離で、喚べば答へんと欲すると云つても宜い位だが、それでも海は海である、山一ツ越ゆれば交通の出来ると云ふのではない。そこで為朝の方から伊豆国に脚を着ける訳にも行かぬが、狩野ノ介の方から大島へ手を差出すといふことも一寸為し難いので、云はゞ別に是れ一天地である。最初から然様《さう》思つたか何様《どう》か知らぬが、為朝は狩野ノ介の下におとなしくして居たり、島代官の三郎太夫の云ふことを聴いたりするやうに身の丈の矮《ひく》い人では無い、自分は清和天皇を出でて遠からぬ源氏である、此島を領したとて不都合は無い、と云ふやうな理屈を捏《こ》ねるほどの手間暇もなく、おのづからに島中を圧倒して終《しま》つた。三郎太夫忠重は本によつては三郎太夫敏定となつて居たり、信定となつて居たり、忠光となつて居たりするが、どれが真実でも差支無い。三郎太夫は島代官風情で、狩野ノ介の配下であるから、階級観念の強固だつた当時に於て、何として清和天皇の後胤、八幡太郎の御孫（為朝の父為義は祖父義家を嗣《つ》いだから）の為朝に対《むか》つて頭の上がらう訳はない。しかも為朝は剛勇無双で、兎角を言つた日には捩首にされるか何だか知れたものでは無いし、臂の筋を抜かれても弓こそ少し弱くなつたれ矢束を引くことは二ッ伏三ッ伏増したといふ途方も無い人に天降られたのだから、流人とは云へ、其流人を管《あつ》かるどころか、却つて其流人に自分が管かられるやうな訳であつた。大島等は狩野ノ介茂光の所領であつたが、何も茂光風情に年貢を出すには当らないと、為朝に押領されて終つたから、三郎太夫はそれも其儘にするよりほかは無かつた。厄介な籤を引いたのは狩野ノ介で、為朝退治に出かけたくない事は無いが、徳利の上に小薙刀を打違《ぶつちが》へたやうなものが十五束三ッ伏の箭幹《やがら》に附いてゐる彼《か》の大鏑《おほかぶら》矢《や》を頂戴した日には堪《たま》つたものでは無いと、残念ながら手製の意見に従つて黙つて居るよりほか無かつた。

剛勇無双の為朝でも、たゞ大島の主となつて勝手を仕てゐるばかりでは淋しかつたらう。十五の時にはもう肥後国阿曾三郎忠国の婿になつて、九州中を暴れちらして、戦もすれば子供もこしらへてゐた八郎である。後に至つて上西門院ノ判官代になつた義実《よしざね》といふのは為朝の長男である。又上西門院ノ蔵人《くらんど》となつた実信といふのは次男である。此の二人は多分九州に居た時出来《でか》した子であらう。であるから大島の島主となつて無事安閑たる日には、為朝も二人の子の事を思出すことも有つたらうし、忠国の女《むすめ》で自分の妻となつたもののことを思ひ出したことも有つたらうが、思出し笑は助平の事だ、と世諺《せげん》が云つてゐる、思出し悲みは痴人の税だらう。保元二年としても為朝まだ僅に十九歳である。煩悶だの糸瓜《へちま》だのといふことは未だ流行してゐない世の中で有るし、まして爽やかな気合の人で、鳥黐《とりもち》が枳殻籬《からたちがき》に纏《まと》ひついたやうなベタクタした小面倒なものをいぢりちらしてゐることを名誉と心得るほど進歩した若者では無かつたらうから、何等の談《はなし》もそれ等に就いて伝へられて居らぬ。が、しかし一人では淋しかつたらう。そこで島中では多分第一の女子であつたらうところの三郎太夫忠重の女《むすめ》を妻にした。忠重が献上したか、為朝が押掛婿になつたか、それとも忠重の女が源家の御曹子に思ひを寄せて、キユーピッドが射た十五束三ツ伏、鷲、梟、鶏の羽を嫌はず藤はぎに巻きたるした丶かの矢先に心臓をケシ飛ぶばかり射貫かれて真紅の血を流したか、その様な事は古人に小説気が乏しくて記し漏らしてゐるが、先づ以て為朝と一ツになつたのである。今は当時を去る既に六百年であるが、それでも今に大島の婦女が木綿にせよ笹龍胆《さゝりんだう》の紋つき裾模様の衣を着るならはしの遺つて居て全くは滅せぬところを思ふと、蓋し当時の島中に此の婚儀に就いての歓呼の声が溢る丶ばかりで有つたらうことは思遣られる。身分の好い立派な人を婿にすることは、当時「上臈《じやうらう》婿取つた」と云つて悦んだことであらうから、忠重も決して嬉しく無くは思はなかつたらう。為朝はたゞ婿になつたといふ迄であらう。蘇武《そぶ》は漢の使として胡地《こち》に強ひて留められ、氷雪の間に漢の節を持して屈せざること十有余年、今のバイカル湖の辺に、忠魂義気金鉄の如く、凛ゝ《りん〳〵》稜ゝ《りよう〳〵》として歳月を送つた人で有るが、それでも絵にかいたやうな痩老人のむづかしい顔ばかりは仕て居なかつたと見えて、胡婦に子を生ませて居て、名を通国と命じてゐる。それを東坡だつたか誰だつたか洒落た人が指摘して、遏《とゞ》め難きは此道だと云つてゐる。八郎は年は十九かそこらで、処は南海の暖かい島国、妻を迎へたに何の不思議は無い。

大島から望めば南に当つた沖に島ゝが見える。既に大島を手に収めて居る為朝が其島ゝを何で関《かま》はずに置かう。次第ゝゝに島渡りして、三倉島、三宅島、上津島、新島、ミツケの島、沖の島、それらを悉《ことゞ》く従へて、遂に八丈島をも従へたとある。八丈島は遥に離れて居る島で、詳しく考へたことが無いから断定は為し兼ねるが、抑ゝ八丈島の名は何時頃から見え初めて居るだらう、若し為朝の頃より前に八丈島の名が聞えて居ぬのならば、古に於て諸国より織つて出した長さ八丈の絹を其島からも織り出したので島の名となつたのだらうと云ふ説は点頭し難くて、為朝が開いた故に八丈島といふ名が出来たのだらうといふ説の方が受取り好いことになる。九州訛りでは八郎は

「はつちやう」である。八丈は「はつちやう」の借字で無くて何で有らう。為朝は最初九州に居て威を振ひ、保元の戦に引率した者も大抵九州で随従したものと見える。大島へ来て後も、威を張るに及んで、「昔の兵共《つはものども》尋ね下りて付従ひしかば、威勢漸く盛にして過行くほどに十年《ととせ》にぞなりにける」とある。曲亭の小説では、保元物語の三丁礫の紀平次太夫を、末始終為朝に随へる者として、名をも八丁礫の紀平次と誇張してあるが、紀平次太夫は保元の戦に村山党の山口喜六といふものに右の腕を打落されたとあるから、実際は何様《どう》なつたか知らないが、紀平次で無くとも為朝の侍の大島へ尋下つた者は物語の本文の如くに必ず若干人は有つたことだらう。そして其等の大部分は九州訛の所有者で有つたらう。それ等の者が左右に居たればこそ為朝も大島からは非常の里数の八丈島まで渡つたらうと云ふ者である。で、当時何といふ名の島であつたか知らぬが、其島が我が地となるに及んで「はッちよう島」即ち八郎島と呼ばる、に至つたので有らうとすることは、想像に於て順路を行く者であるやうに思へる。さる考証は他人に譲るとして、是《かく》の如くに為朝が海南諸島に手を伸ばして居る間に十年は忽ち過ぎて、島の冠者為頼、大島二郎為家の二児を挙げ得た。

扨保元物語は八丈島の名を記する辺より甚だ怪しくなる。それは物語の筆者が都方の僧で有らうか、或は文才ある人の帰仏入道した者であらうか知らぬが、何にせよ大島や何ぞより程遠い都の方の者で有つたらしく、そして大島に於ける為朝の始終は伝聞の伝聞ぐらゐを文才で取廻して書いたらしいからである。大島のほかの島で為朝の領した島といふのが、流布本には、大島を管領するのみならず、都《す》べて五島を打従へたり、とばかりで、島名が無く、又京師本には三宅島、八丈島、ミツケの島、沖の島など云ふ島共と記し、鎌倉本には、大島を始として、三宅の島、上津島、八丈島、ミツケ島、奥の島、新島、三倉島と記し、半井本には三倉島を載せないで、奥の島を沖の島と作つて居るのである。此等の記事中、三倉島、三宅島、上津島、新島、八丈島は論は無いが、ミツケ島、奥の島或は沖の小島は今の何島に相当するか、又島ゝの名の列挙し方が何れの本も何故に錯落として大小より言ふも遠近より言ふも少しも筋立ち居らぬか、此等は皆筆者の知識が朦朧として、把握する所の確然たらざることを証してゐるもので無くて何であらう。

其後の物語の記事は為朝が鬼ヶ島へ渡ることの段になるのであるが、「去程《さるほど》に永万元年三月、磯に出て遊びけるに白鷺青鷺二つ連れて沖の方へ飛行くを見て、鷲だに一羽千里を飛ぶと云ふに、況《いはん》や鷺は一二里にはよも過ぎじ、（文が理を成してゐない、爛化してゐること想ふ可しである）此の鳥の飛様《とぶさま》は定めし島ぞ有るらん、追うて見んと云儘に、早舟に乗りて馳せて行くに、日も暮れ、夜にもなり、月を篝に漕行けば、曙に既に島影見えければ漕寄せたれども、荒磯にて波高く岩けはしくて舟を寄すべき様も無し」と云ふので、それから上陸すると鬼ヶ島で有つたといふのである。如何に古の書でも、是に於て戦記は作り物のうつぼ物語や御伽草子の梵天国の類になつて終ふのである。第一大島に鷺の往来するといふ事は自分が幾度か島人に問うて見たが皆呆然として答が無かつたばかりで無く、鷺の後を手漕の船で一昼夜追尾したといふのもお伽話的過ぎる。何程剛勇の為朝にせよ、これでは狂気じみてゐる。面白いには面白いが、些《ちと》面白過ぎる。それから其鬼ヶ島の鬼共の生活を記したところに、「我等が果報にや、魚は自然と打寄せらる、を拾ひ取り、鳥をば穴を掘りて領知別ちて其穴に入り、身を隠し声を学びて呼べば、其声に附いて鳥多く飛入るを穴の口を塞ぎて闇取にするなりと云ふ。実《げ》にも見れば鳥穴多し、其鳥の勢は鵯《ひよどり》程なり」とある。何だか善《う》知鳥《とう》の談《はなし》にも似て居り、南洋の島嶼の談にも似てゐる。流布本には其鬼共を従へて網の如くなる太布を出させ、島の名を太き葦多く生ひたるより葦島と名づけて、是を八丈島のわき島と定めて、鬼童一人を具して帰る由を記して居る。京師本等は貢物を織のべ絹《ぎ》百疋と記して居るだけで大同小異である。八丈の脇島と定むとあるによりて、八丈島本島の附近の島かとすれば、それで先づ事は済むが、大島から一日や二日では里程が近過ぎるし、何様《どう》しても此記事は伝聞の伝聞、聞歪め、聞落し、合点し損じを、古い鬼ヶ島の伝説等と混淆し、又二ツの談を一ツにして、好い加減に捏《でつ》ちあげて記したものと見るほかは無いのであるが、扨《さて》其真実根本は何を語つて居るのであらうか。一には八丈島を従へた時の談のやうにも思へる。又一には八丈島本島から他の小島を発見した時の談のやうにも思へる。又一には琉球へ渡つた時の談のやうにも思へる。

為朝琉球渡りは新井白石の南嶋誌、徐葆光《じよほくわう》の中山伝信録《ちゆうざんでんしんろく》、尚象賢《しやうしやうけん》の中山世鑑《ちゆうざんせいかん》にも見え、伴信友の中外経緯伝《ちゆうぐわいけいゐでん》にも見え、又最も古くは浄土僧袋中《たいちゆう》の琉球往来記、琉球神道記にも見えてゐるといふが、いづれも青鷺白鷺を解釈しては居ぬ。琉球藩史は明治の早い頃の著述であるが、其書でも一本槍に二鷺の後を追うた事を以て琉球渡りの事として居り、青鷺白鷺の飛んで居るところを描いてあつたと記憶して居る。今其書を有して居らぬから其説を校勘するに由無いが、それにしても旧来青鷺白鷺を何様《どう》解した事で有らう。神話的に真の青鷺白鷺にしても宜いが、琉球まで飛鷺を追うて行くのは余り荒唐過ぎる。勿論蝦夷に金色鷺《カニケシイラプ》を追ふ伝説も有り、我邦の上代に白鳥を追ふのも有り、鳥を追ふ譚《ものがたり》は甚だ趣が有るが、たゞ趣が有る、面白い、として置くのは少し惜しい。

爰《こゝ》に永万元年三月といふ年月が記してあるのが眼を射る。琉球の尚弘才《しやうこうさい》等撰するところの中山世譜の巻の三、舜天王紀《しゆんてんわうき》によると、舜天王姓は源、神号は尊敦《たかあつ》、童名は伝はらず、宋の乾道二年生る。父は鎮西八郎為朝公、母は大里按司の妹、名を逸す。王の父為朝公、身長七尺、眼秋星の如し、武勇衆に出で、最も射を善くす。日本人皇五十六世清和天皇後胤六条判官為義公第八子也。宋の紹興二十六年丙子、和朝保元元年神武天皇七十七世鳥羽院と崇徳院と各兵《おのく》を招いて戦ふ。為朝公、父と与《とも》に崇徳院を助く。戦敗れて、擒《とら》へられ、諸将誅を受く。公は伊豆の大島に流さる。宋乾道元年乙酉《いついう》、和朝永万元年、公舟に駕して以て遊ぶ。暴風遽《にはか》に起り、舟人驚き恐る。公天を仰いで曰く、運命天に在り、余《われ》何をか憂へんと。数日ならずして一処の海岸に飄至す。因つて其地を名づけて運天と曰ふ。即ち今の山北の運天江是《これ》なり。公岸に上り、遍《あまね》く国中に遊ぶ。国人其武勇を見て之を仰慕す。公大里按司の妹に通じて一男を生む。居ること久しくして、思郷の念に堪へず、妻子を携へて還《かへ》らんとす。乃ち牧港《ぼくかう》に至り舟を出す。走ること数里、颶風驟《にはか》に起り、漂ひて牧港に回る。数月を閲《けみ》し、吉を択み開洋す。未だ数里ならずして颶《つむじかぜ》の起る前の如し。舟人皆曰く、男女舟を同じうす、龍神の祟る所と為る、請ふ夫人を留めんと。公乃ち夫人に謂つて曰く、吾汝等を棄つるに忍びず、たゞ天意相倶《あひとも》にするを聴《ゆる》さゞるものあるが如し、汝心を用ゐて吾児を育《やしな》へ、長成の後、必ず為す有らんと。遂に独り海に浮んで還る。夫人児を携へて浦添に至りて居る。といふことが記してある。して見れば年月の一致から推して、為朝の鬼ヶ島渡りは、鬼が島で無くして琉球である。為朝が帰つて自ら鬼ヶ島へ渡つたと云つたか、大島人が為朝の具して帰つた童《わらべ》の異様なのを見て鬼ヶ島へ渡つたのだと想像したのか、狩野ノ介が為朝征討の師を出すことを請ふに際し、物語の文にある通り、「鬼が島へ渡り、鬼神を奴として召仕ひ、人民を虐《しへた》ぐる」由を誇張して訟《うつた》へ申したので、遂に鬼が島へ渡つたといふことになつたか、蓋し後者でゞも有つたらう。

それにしても為朝が往くには漂流したとしても、帰るには漂流でなくて能くも帰つたものである。潮流黒瀬川の関係等で按外容易に帰つたか知らぬが、往航と同じ船で帰船したのであらうか。水路の知識は往航の経験だけで得たところに止まつて勇敢に帰航したものであらうか。具して帰つた恐ろしげなる鬼童といふのは水路を知つてゐた琉球の舟乗では無かつたらうか。琉球と吾が海南諸島とは当時交通が稀〻には有つたのでは無からうか。伊豆の三島明神は元来海南諸島を開いた神ではないか。都人は海上の智識を甚しく失つて居ても、海南諸島の者共は或は猶自然の境遇上から海に於ける広汎な智識を有して居たのではあるまいか。抑〻又為朝の身辺に九州の者共が尋ね下つて属従して居たとすれば、為朝が勅勘流人の身で、少くとも陸路三十日は掛つて、容貌魁偉《くわいゐ》、人の眼に立ちやすいのに、旅行を敢てすることは叶ふまいが、海路をば九州まで人〻と共に行かうといふ考へを起さなかつたらうか。平治以来義朝は亡び、源氏は沈淪し、為朝が虫のやうに思つてゐた清盛は威張り出し、平家は栄え始めて居る。為朝こそ島の外へ出ることは叶はね、内地より為朝の方へ内地の事情を知らせるものが全く無かつたとは思へぬ。少し後の談《はなし》であるが、余り慕ふに足らぬ俊寛をさへ有王は尋ねて鬼界が島まで下つてゐるやうな主従の情合《じやうあひ》は存して居た世であるから、さほど渡り難くもない伊豆の大島へ渡つて、保元の勇者として仰慕された為朝の許を訪ふものが無かつたらうとは考へられぬではないか。然無《さな》くても無事安閑と午睡《ひるね》ばかり貪つて居られるやうな為朝では無い。八丈島まで従へてしまへば、もう海南には仕事はない。無事平穏は精力あるものに取つては無圧迫の圧迫である。こゝまで考へると青鷺白鷺に魂が入つて、為朝の郎党が其翼に乗つて居たやうに思へる。青鷺白鷺は筑紫を志して飛んだ。青鷺丸白鷺丸二艘の船に、九州の猛者《もさ》は乗つて出たのである。其嘴《くちばし》は磁石の針である、其翼は日に照つた帆影であつた。で、為朝は其後に踵《つ》いた。薩摩の阿多《あた》は為朝の旧縁である。で無ければ何として普通のたゞの飛鷺の後を追ふといふ馬鹿気た事が出来よう。然るに風波は暴《あ》れて青鷺も白鷺も翼は折れ影は没した。為朝のみは運天の港へ着いたが、たゞ運天を感ずるばかりで有つた。そこで英種を琉球に留めて、復び大島へ取つて返した。九州は旧恩の者も有るが其は皆衰へて離散し、旧怨のものは皆栄えて居るので、今の身では案内者を失ふては迂濶に入れぬから、再挙を考へての事であつたらうか。二鷺既に亡し、一雁遠く帰つたが、それは蓋し風波の穏かな夏の時を撰んだであらう。出た時も三月とある。南の海は春三番の嵐と云つて、春季三度の暴風雨が済めば海は和らぐのが常例である。そこで三月に出たのだが、天其志を祐《たす》けずして、残念な風雨に逢つたのだらう。鬼が島渡りは短い日月ではなかつたのである。帰つたのは少くとも仁安元年か、イヤ二年か三年かの事であつたらう。

　帰つて見ると事情は変化してゐた。為朝が出てから一向に消息がなかつたので、「龍神八部に捕れて失せつらん」と島の者は思ふてゐた。為朝がゐなければ狩野ノ介に従はぬ三郎太夫では無いから、茂光の方へ年貢を出して居た。年貢を出したほどであるから、万事為朝の掟を覆《くつが》へして、為朝来らぬ前の如くに執行《とりおこな》つたに違無い。そこで為朝は勃然《ぼつぜん》と怒つて、「命を絶つべけれども今度は子供の母に免ず」と云つて左右の手の中指を切つた。そして自分の郎党のほかの島の者の弓矢を取上げて焼いて仕舞つて、絶対に自分に服従するより外仕方の無いやうにした。古い書には何にも無いことで大島の伝説であるが、虎若とかいふ者が為朝の信任を得たところ、これが勢を恃《たの》んで酷なことをしたので、島人の心が為朝を離れたとある。此事は明治の初に海南諸島に遊んだ竹中邦香《くにか》といふ人の記行に出てゐる。虎若が具して帰つた鬼童であつたか何様かは不明であるが、何にせよ三郎太夫の指を切つたのも些《ちと》厳し過ぎて、島人には好感情を以て迎へられなかつたらう。死んだらうと思つた者に帰つて来られては、中の好かつた夫婦でも厭な事の出来て居勝のものである。まして怖ろしい異様な者などを連れて帰つて来て、びしびしと成敗せられては島人は弱つたらう。茂光は又苦しめられることになつた。そこで茂光は態々《わざわざ》都上りをして、散々に訴訟した。朝議は狩野ノ介に伊豆国の兵を催して攻めよと定められた。

茂光は機を伺つた。為朝は大病を患つて八十日余病臥した。其を聞いた茂光は喜んで、伊豆の武士共を催促して発向した。伊藤、北条、宇佐美平太、同平次、加藤太、加藤次、新田《につたの》四郎、天野藤内、いづれも屈強の者共が、嘉応二年四月下旬に急に押寄せた。為朝は病気であつたが、舟を射つて之を沈めて、其後内に入り、今は思ふことなしとて家の柱に背を当て、腹を切つて終《しま》つたのは人の周知する通りである。腹を切つてゐてさへ人ゝが其首を挙げ兼ねたのを、後に至つて仁田《にたんの》四郎を切つたほどの勇士の加藤次景廉が辛くも長刀《なぎなた》を以て後より狙ひ寄つて切つたといふので、何程世に畏れられて居たかが知れる。為朝の勇武は死するまで衰へなかつたが、運命は末に至つて振はぬ観がある。併し天意は何処《どこ》にあるか分らぬもので、仮初の契を籠めた大里按司の妹に生ませた尊敦は、簒奪の臣の利勇といふ者を誅し琉球の王となつた。舜天王は即ち其人で、これは大日本史には載せて居らぬが事実である。為朝死して後、九州武士で為朝旧恩の者が舜天を助けて功を成させたらうことは、想像を逞《たくま》しくしても宜いではないか。足利系図に依れば足利義康の子の義兼は実は為朝の季子だと云ふことだが、して見れば足利尊氏は為朝の血の末になる訳だ。然しこれは疑はしいとして史家が取らない。如何に尊氏が将軍になつたからとて、何も尊氏が為朝の血の末で無くてもよい。

評釈炭俵（抄）

誹諧秋之部

秋の空尾上の杉に離れたり　　其角

尾の上は山巓なり。一句秋の天の高く青くして涯無く澄めるさまを、尾上の杉の梢に離れたりの語に形容し尽して妙なり。楚辞九懐に、天高くして而して気清しといへる、晋潘岳秋興賦に、天晃朗として弥高しといへるも思合されて、蕉門の迦葉たるに耻ぢざるの佳句なり。五元集に、杉にを杉をに作る。

おくれて一羽海わたる鷹　　孤屋

秋の空の高くいさぎよきに冲《ひい》りて鉄翮健翥《てつかくけんしよ》大海を渡る鷹を見出したる孤屋の此一句、よき脇の章なり。秋に当りて巣鷹山を出づ。これを鷹の山別れといふ。山と海と引違へて附けたるが中に前句と疎ならざるところ有り。違附《ちがひづけ》のよろしきもの。二句を合せて一幅の好画図なり。

朝霧に日傭揃ふる貝吹て　　同

海辺鰯網か鰡《ぼら》網引くなるべし。朝霧に貝の声も勇ましく、前句の後れてに此句の揃ふるも、作者の良工苦心のほど察すべし。

月の隠るゝ四扉の門　　其角

大作事のおもむき也。四扉の門は旧説善光寺のさまなりと云へり。そは芭蕉が善光寺の句に、月影や四門四宗もたゞ一つとあるより思寄りしことならんが、蕉句には四門とありて四扉の門とはなし。四門は有門、空門、亦有空門、非有空門の四なり、然らずば善光寺四門は南命山無量寺、北空山雲上寺、不捨山浄土寺、定額山善光寺なりといへる伝説によれるなるべし。此句芭蕉が句の四門には何の関はるところ無し。ことに表の第四句なれば、それと知る、やうには釈教の句をものせりとも考へ難し。たゞ是れ四扉の門にて、立派なる、月も隠る、ほどなる大なる門と解して、前句とも能く聯なるなり。

祖父が手の火桶も落すはかり也　　同

祖父はあて字にて、老夫なり。源氏物語末摘花巻、雪の暁に源氏の君、末摘花の君の許より帰りたまふ条。御車出づべき門は未だ開けざりければ鍵の預り人尋ね出たれば、翁のいと甚じきぞ出来る。女にや孫女にや、はしたなる大きさの女の、衣は雪にあひて煤け惑ひ、寒しと思へる気色深うて怪しきものに火をたゞ仄に入れて袖ぐゝみに持たり。翁門を得開けやらねば、よりて引助くる、いと頑なり。御供の人よりてぞ開けつる。ふりにける頭の雪を見る人も劣らずぬらす朝の袖かな。此段の俤を踏へて作れり。此くだり詩趣画味ありてをかしければ、連歌以来俳諧にも数ゝ用ゐられて、多くの人の知れる一典故となり居れる故、其角そを打掠めて、本文は女の袖ぐゝみの火桶なるを、老夫が手のものと作意し、普通の門番のおもむきに取做し、源氏の其条を知れる人には微笑をもて此句を迎へさせ、知らぬ人にも情景合点ゆくべく作れり。

つたひ道には丸太ころばす　孤屋

つたひ道は貧家の内より外なる厠または物置などへつたひ行く道にて、然るべき家ならば縁側または廊などあるべきところに、丸太をころばしあるなり。今も稀には「つたはり」と云ひて其語其設あるなり。老人のおぼつかなく、歩み苦しき風情見えたり。前句とのかゝり分明なり。

下京は宇治のこえ船さしつれて　同

前句を、船より陸へ上り、又は陸より船へ下る雁木の伝ひ道として附けたり。

坊主の着たる蓑はをかしき　其角

古註、便船したる僧の雨に逢ひて蓑借りたる也と云へり。肥船に便船すること余り心得がたし。田舎人の老いたるが坊主頭になるは得て有ることなり、頑なる老人の猶すこやかにて蓑を着け楫を取り居たるなるべし。蓑はもとより舟人の具なり。

足軽の子傅《もり》して居る八ッ下り　　孤屋

足軽の無遠慮にをかしき者を指摘して児をして笑はしむるなり。対附にて、似気なくをかしき者を此処にも附けたりといへる解は一応宜しく聞ゆれど、猶前句を此足軽の語とするも悪かるまじくやあらん。足軽は賤卒にて武家奉公人なり。

息吹かへす霍乱の針　　其角

霍乱《くわくらん》は今の日射病なり。前句の八ッ下りは今の三時過なれば、針治の霍乱に功ありたると、時刻のうつり甚だ緊密なり。子の母の病みたるにはあらず、子の父の公用出先にて霍乱して家に擡込まれたるなり。さればこそ足軽の子傅もしたるにて、霍乱といふ病の性質を知るときは、此句に実世界の事象を取り来つて其上に鋭く詩眼を投ぐる其角の凡ならぬところ見ゆるなり。

田の畔に早苗把て捨て置　　孤屋

把てはたばねてと読み来れり。されど把には握の義ありて、束の義あること無し。抛の書写の誤にて、はふつて、にはあらざりし歟。一句は植付に霍乱発りたるさまを云へるなれば、殊に早苗たばねて捨置くにも当るまじく、又抛つて捨てゝ置くと云はんも重語に近くて聞苦し。されど霍乱の発りたる際に束ねんよりは抛らんかた実には近かるべし。捨て置の捨の字も亦或は投に作れる本あり。捨の方宜しかるべし。苗は束ねて持搬ぶものなれば、田の畔に早苗を束のまゝに置、又は、早苗のたばを投げて置く、としたし。

道者のはさむ編笠の節　　其角

「はさむ」は「わさむ」にて和讃と心得たる人もあり。はとわとは文字の体近し。原句、道者の和讃編笠の節とありしにあらずやと疑へば疑はるゝなり。道者は西国道者なるべし、和讃を諷ひ連れて順礼すること其常なり。其和讃の節、編笠の節めきたりといふ一句にも解さる。又はさむとすれば、道者の歌の節の中、又は歌の後前の間に編笠の節を入れたりといふ一句に解さる。編笠の節は読売の節にて、これを編笠の節といへるは、読売するものの編笠をかぶりて歌へるよりなり。松の落葉巻二、四条河原涼八景の歌詞中に、これも恋路の世の噂、歌に作りて読売の手拍子揃ふ笠の中、とあるに照して知るべし。編笠被たる二人、手拍子揃へて連節に唄ふ其の読売風を、幾人か連立てる道者の真似たるが耳立ちて、田植せるものの珍らしがりて、早苗束投捨置きて道へ出で、聞くといへるが此句なり。炭俵原板校正いさゝか疎なるが故に、はさむ、和讃の疑あり、又挟むといふも少し妥ならざる詞遣なれば疑も起るなり。精細に詩を読む者再考すべし、たゞ武断する勿れ。

行燈の引出さがすはした銭　　孤屋

道者の門に立ちたるに少しの銭を報謝に与ふるなり。行燈の引出つきたるもの、既に此頃は有りて、燈心など納め置きしなり。はした銭を捜すところより夜分を利かせたる、小巧なり。

顔に物着てうたゝねの月　　其角

前句は妻、此句は其夫なり。涼しき月に何かを顔に着ながら仮睡したる、一句立もおもしろく、前句とのかゝりもおもしろし。晋子なるかな。

鈴縄に鮏のさはればひゞく也　　孤屋

魚番をする男の、網代小屋に仮睡するとして作れり。鮏《さけ》は秋彼岸の頃より川へ上る。そを川中に竹を立て網を張り、魚其網に触るれば鈴の鳴りて知るゝやうにするを鈴縄といふ。詳しくは利根川図志を繙きて知るべし。此漁法近頃まで行はる。今は利根川の鮏、年ゝに減じて、やがて鈴縄の響を知る人も無くなるべけれど、鮏は江戸近くにては利根川の安食より取手あたりまでのものを最も賞美し、利根の初鮏江戸に入れば、文政天保の頃は御留守居茶屋などにては特に顧客へ注進せしほどなりしなり。大江の秋寂然として、露湿り月冷やかなる時、顔に物着てうつら〳〵と魚待つ夢心に鈴縄の響に焦るゝ風情、其事其景、まことにおもしろく、佳き附句なり。利根川筋は江戸より東北地方への通路として利用され、人ゝ多く布佐木下あたりよりの川船を便としたりしこと、芭蕉の鹿島記行を読みても知るべければ、当時の世人には、利根の景、鈴縄の響なんども耳目に親しかりしにて、今の人の利根川図志を読みて、纔《わづか》にかゝる事ありしと知るが如くにはあらざりしなり。

雁の下たる筏ながるゝ　其角

此も亦大利根の景にて、打添ひたる附句、渺茫たる大河の源遠く流ゆたかなるに、下り来る大筏の、長さは一町にも余りたるに、鴈《がん》の下り居たる、いと物寂びて自然のすがた好し。これを鴈のさげたると訓みて、鴈の啣《ふく》みたる木を落したると解せる曲斎の曲説陋釈に至つては、如何に俳諧の式法沙汰をのみ恃みて、反つて詩の精神を尋ぬるに疎く、格物の功の足らずして、世の真実を把握するに遠しとは云へ、呆るゝのほか無し。

貫之の梅津桂の花紅葉　孤屋

紀貫之、昌泰元年九月十一日大井川行幸の時、和歌を上り、其序を作る。序の文に曰く、あはれ我君の御代ながら月の九日を昨日といひて残れる菊見たまはん、又暮れぬべき秋を惜みたまはんとて、月の桂のこなた、春の梅津より御舟よそひて、渡守を召して、夕月夜小倉の山のほとりゆく水の大井の河辺に御幸したまへば云ゝと。此の行幸は其後のためしともなりしことにて、太政大臣貞信公の小倉山の詠も当時の歌なり、貫之の文も世にめで伝へられしなり、普く人の知るところなれば、其の文中の詞、月の桂のこなた、春の梅津とあるを用ゐて、梅津桂の花紅葉とは句作せり。両処いづれも大井河の傍の里にて景色よきところなり。大井川は丹波より出で、京近くを流る。拾遺集巻十一、大井河くだす筏のみなれ棹みなれぬ人も恋しかりけり。金葉集巻四、源致親、大井河もみぢをわくる筏師は篙《さを》に錦をかけてこそ見れ。同巻三、大納言経信、大井川岩浪高し筏士よ岸の紅葉にあからめなせそ。新古今集巻六、藤原資宗、筏士よ待て言問はむ水上はいかばかり吹く山の嵐ぞ、の名歌も大井川にての詠にて、大井川に筏をよみ合せたる歌甚だ多く、紅葉を詠合せたるも亦甚だ多し。前句の筏を大井川として、貫之の云へる梅津桂と作り出せる、別に不思議無し。大鏡には紀家本記といふものを引きて、春もやゝにほひ来にけり咲花の梅津の里の曙の空、秋もはや待たるゝ月のかつら川浪にもそふや花はさくらむ、此二首の貫之の歌を取りて句作したりと、一書の説をあげたり。紀家本記といふものを予は見ず。但し二首の歌、貫之の詠なりや、春もやゝ匂ひ来にけりといへるも心得がたき言葉づかひなり、浪にもそふや花は咲くらむといへるも心得がたき言葉づかひなり。今の貫之集は脱漏少からぬものなれど、右二首は集外の諸書にも見及ばず、甚だおぼつかなし。若くは鬼貫が万葉集の瓢の歌のたぐひにはあらずや。よし二首の歌、まことに貫之の詠なるにせよ、それを引かむよりは古今著聞集に見えて人も知りたる大井川行幸の時の和歌の序を引きて釈せんかた勝れること論無し。されど旧解多くは右二首の歌を引きて釈せるをもて、要無き弁を費すのみ。

むかしの子ありしのばせて置　　其角

大鏡に一書の解を載せて、貫之の女梅津の里に在りて身亡りけるを船中にて聞し俤なり、と云へるは非なり。貫之京にて生れたりし女子を土佐にて亡ひて、いたく悲み恋ひしことは、土佐日記にも宇治拾遺にも見えたれど、梅津に置きたる子の亡せしをば船中にて聞きしなどいふことは無し。此句を貫之が俤となさんは甚だ非なり。但し昔の子といへる詞は、貫之の妻の吾が亡き児を思ひて、他の人ゝの子を抱きつゝ船の泊る所にて上り下りするを見、悲しきに堪へで、無かりしも有りつゝ帰る人の子を有りしも無くて来るが悲しさ、と詠めりし条を記せる土佐日記に、妻をば「昔の子の母」と記しあり。其詞を用ゐ、前句をぬかさで、作者の昔の子ありとは作りしにて、貫之にさる事ありしにはあらず。忍ばせて置くは、梅津桂あたりの女に児生ませて、それを親里に預け忍ばせ置けりとの作意なり。桂は色めける女のことなれば、少しは其意をも打掠めて、此句あるにや。伊勢貞丈、雑記中に、桂といふは遊女なりと為す。永禄四年将軍三好亭御成記に曰く、桂両人御椽に祗候。年中恒例記に曰く、千百と云女性は日野殿の桂なり。三儀一統に曰く、猿楽師へ礼の事云〻、白拍子傾城かつらなどは何と猿楽と同前也。此等を合考すれば、桂といふ語、少し意味あること明らかにて、本は桂の里の女より出でしこと歟、それは不明なれども、梅津桂の花紅葉とありて、花紅葉は美しき観賞のものなれば、それらに因みて、昔の子あり忍ばせて置くとは作意したるにや。但し斯く深入りして、必ず然らんと云はば鑿解《さくかい》となるべし。寧ろ此は是れ作者の腔子裏に入りての余談なり。

いさ心跡無き金のつかひ道　同

いさは、いさ知らずといふことなり。万葉集には不知と書きて、いさと訓ませたるにても知るべし。如何なることなりしか、我と我が心も明らかならず、夢の如くに金を使ひたりと、徃事の茫〻たるに自づから呆るゝなり。若気の放蕩、初老の反省、世上の才子、多く如是〻〻。

宮の縮のあたらしき内　孤屋

宮は高宮の略、高宮は近江国犬上郡なり。縮は縮布にて、高宮の縮布は名産なれど、新しき間は見好くて、やがて古びては見苦しくなるものなり。若き時には誰しも華やかに、老いては誰しも塩たる、、世相の観念を衣服の始終に寓して、おもてには唯実際に着きて、宮の縮の新しき内と云流したり。

夏草の蚋にさゝれてやつれけり　　其角

夏草の離ゝと生ひたる田舎に在りて、春の花の笑へるごとき若さをも失ひ、宮の縮の新しき見好さも無き末下りの薄萎えたるを着、蚋《ぶよ》にさゝれ、草いきれに蒸されて、やつれ衰へたる、なまじ昨日の豊頬、今日の焦顔、いとあはれなり。

あばたといへば小僧いやがる　　孤屋

あばたは痘痕をいふ。蚋にさゝれて顔腫れ、凸凹見苦しくなりたるを、あばたと罵れば小僧の忌み厭ふとなり。こゝの小僧は小僮にあらず、山寺などの雛僧なり。あばたは恐らくは梵語にあらぬか、今其証を挙ぐる能はずと雖も、はしかといふ病の「はしか」は梵語の鬼神の名に本づくこと験家訓蒙に見えたり。あばたも同書に見えしかと思へども、一覧後に多く歳月を経たれば、思ひたがひにや不明なり。あばた、はしか、いづれも邦語としての解は牽強附会を免れず。あばた若し梵語なる時は、小僧の一語、愈ゝ的確を加ふるなり。

年の豆蜜柑の核も落ちりて　其角

あばた若し鬼神の名なるときは、鬼は外の年の豆いよ〳〵面白き附句なれども、確徴を得ざれば然は言ひ難し。此句たゞ是れ会釈の逆附にて、あら野集、大勢の人に法華をこなされて、といへる句に、月の夕べに釣瓶縄うつ、と附けたると、附方およそ同じと云へる曲斎の解甚だ好し。年ゆかぬ者どもの年の豆拾ひあひて騒ぐところなり。

帯ときながら水風呂を待つ　孤屋

児童の心せはしき体なり。前句の豆も蜜柑の核も帯解きたるにはら〳〵と落ちたりけむとをかし。水風呂を居風呂とある本もあり。水風呂の方、古き語なり。すゐはすゑの誤と思へるは後人の誤なり。

君来ねばこはれ次第の家となり　其角

前句を女として、風呂の中の人に恨みをいふ態に作意したり。

稗と塩との片荷つる籠　孤屋

山里の貧なる生活、薪など売りての帰るさ、稗と塩とを得て家路辿るは、前句の人の老僕にや。物語めきて、今昔宇治拾遺なんどにありさうなる趣なり。片荷つるは平衡を失ふなり、稗の重きこと論無し。

辛崎へ雀のこもる秋の暮　其角

句のおもては言葉の如し、解を要せず、但し前句へのかゝり、没巴鼻《ぼつはび》なり。婆心録は前句の僕を雀と云へるなりとす。然れども人の従僕を雀といふこと無し。強解といふものなり。これは叡山の学林に在りて長く学業成就せざる者の辛崎明神へ参籠しに来れるを云へるにて、前句とのかゝり、おのづからに解すべし。学林に年を経て巣くひ、学は却て成らざるものを、学林雀と云ふ。辛崎は叡山日吉山王の御旅所にして、俗伝には日吉を愛護若とし、辛崎を細工の小次郎とするなどの事あるほどなれば、両所の関係は極めて浅からず。学林雀の自づから愧ぢて山にも居たゝまり兼ね、稗塩持ちて苦行三昧に辛崎へ籠るやうなること、当時に折ゝ有る習なりしにやとおぼし。学林雀、叡山、日吉、辛崎の関係を心づかぬ者、此句を解しかねて、雀の籠るを、すゝきの籠るとして解せるもあり。薄の籠るといふことあらんや。笑ふべし。

北より冷ゆる月の雲行　　孤屋

前句は今の学生の所謂試験勉強のさまながら、それに深く触れで、表面だけを取り、北よりも冷ゆる月前の乱雲、暮秋の空の西風の乾きて肌寒さ吹起すさまを云へり。

紙燭して尋ねて来たり酒の残　　其角

残は残肴残酒の残にして、音をもて読むべし、当時の語なり、いとおもしろし。夜のやゝ寒きに、将に寐んとするさまなり。

上塗なしに張つて置く壁　　孤屋

新居にはあらず、わびたる貧家なり。

小栗読む片言まぜて哀なり　　其角

小栗は小栗判官照手姫の物語なり。片言は小児の言語未だ調はざるなり。句の仕立柄の手のきゝて、おのづから隣家の小児の詠むを聞くやうに思做さる。旧解に云ふ、相借屋なるべしと。解もまた好し。一句不思議に味有り。妙といふべし。流石に晋子なり。壁を小栗のものがたりにて貼りありて、そを読むなりなどとは解すること勿れ。読むと字は下しあれども、そはたゞ当字にて、諷誦するなり。当時小栗の物語のあはれなるくだりを、一トロ浄瑠璃語るが如くに誰も知り居りて諷誦し、それをまた小児のまねて片言交りに誦みしなり。其の片言交りにたど〳〵しく誦めるが、本文の意に響合ひて、殊にあはれなる也。ませて、と清みて読みて解せるも有り、如何にや。

けふもたらつく浮前の舟　　孤　屋

船出でずして、人ゝ愁思するなり。たらつくは延引なり。浮前は新造おろし今や済むべきほどなるなり。渡海船の新造おろし、済みさへすれば直に発向する由の言に釣られて、一日二日の事ならば良き船に乗らんと思へる人ゝの、流石に新造の事なれば其事彼事ありて今日も延びたるに、退屈の小児小栗を片言交りに誦するを聞きて、郷愁旅思今さらなるなり。

孤屋旅たつ事出来て洛へ登りける故に今四句未満にして吟終りぬ

其角
孤屋　各十六句

秋の空の巻　終

天野氏興行

道くだり拾ひあつめて案山子かな　桃隣

桃隣は天野氏藤太夫、伊賀上野藤堂氏の士にして、芭蕉の親戚なりといふ。道くだりは道を行きつゝと云はんが如し。案山子はかゝしと訓むべし、強ひてそほつと雅言めかして訓むには当らじ、誹諧なればなり。一句は道すがら、竹、破笠、藁、縄、破布など拾集めて案山子成就に及べりとなり。裏には五大仮和合して人を為すが如しとの観想も少しあるにや。

どんど、水の落る秋風　野坡

田の水を落す時となりて、溝澮の流れも勢よく、秋風蕭条として、収穫の事、皆将に終らんとする景なり。東南の風は潤を致し、西北の風は乾を致す。秋風に水の落つる、言得て虚ならず。

入る月に夜はほんのりと打明で　利牛

水の落つる音を暁の寐覚に聞付けたる、いと宜し。但し打明けての五文字、間延びしたり。

塀の外まで桐のひろがる　桃隣

前句に窓の白みあり、此句に桐の枝のすく〳〵たるあり。窓前より塀外までとは言外に見えて、粘らず離れず、軽くて宜しき第四なり。

銅壺よりなまぬる汲みてつかふなり　野坡

銅壺は竈を銅板もて作り、内に水を貯へ置き、物を煮るに当りて、火気の余威、其水の暖くなるやう設けしもの。土竈は常体の家、銅壺ある竈は優りたる際の家のものなり。塀といひ銅壺といふ、其家のさま知る可し。微温の湯を汲みて使ひ、冷水を用ゐず。生活の描写、前句の家居の体と映発す。

強う降りたる雨のつひやむ　利牛

強う降りたる雨に泥になりたる足を洗へるなり。

瓜の花是からなんぼ手にかゝる　桃隣

なんぼは何程の訛なり。雨後の畠廻りに、是より以後何程か生るらんと行末を思ふなり。手は瓜に与へたる支架なり。瓜はあだ花・なり花多きものなれば、雨後に其花の多く落ちたるを見て、これより瓜となつて手にかゝるもの何程といへる、圃主の実情なり。

近くに居れど長谷をまだ見ぬ　野坡

長谷は大和国城上郡長谷寺をいふ、十一面観音の霊場、寺領五百石の大寺にして、人多く詣るなり。農事三昧にして暇無ければ、近くに居れど、そこにも未だ詣らずとなり。拾遺集巻九、三位国章ちひさき瓜を扇に置きて藤原かねのりにもたせて大納言朝光が兵衛佐に侍りける時つかはしたりければ、音にきくこまのわたりの瓜作りとなりかくなりなる心哉。返し、定無くなるなる瓜のつら見ても立やよりこむこまの好物。夫木抄巻九、正三位知家、いまたにもひく人あれや山城のこまの瓜生にしげる下草。狛は木津川添の古邑にして瓜を出せるをもて名あり。催馬楽にも、山城のこまのわたりの瓜つくり、瓜つくり我を欲しといふ如何にせん、如何にせんなりやしなまし瓜たつまでに、の一章三段なるありて、人も知るところなり。狛は相楽郡にして、大和の長谷までは半日路余りに過ぎず。狛の瓜は早く絶えたれど、此等の古き催馬楽和歌なんどより思ひつきて、長谷をまだ見ぬとは一転したるにや。此は是れ作者腔子裏の消息なり、かく解すべしといふにはあらず。

年寄た者を常住ねめまはし　　　　利牛

前句観音詣を未だせぬとあるより、こゝには老婆のひぞり言、我が子か嫁の我にやさしからぬことを喞《かこ》つさまを附けたり。聯意も俗、句体も卑、後の堕落誹諧の様式を開けるものにして、此等を前句は実の述懐なれば、此句にて虚にしたり、などと云ひ做し、虚実の捌きの宜しきやうに云へるは厭ふべし。

いつより寒い十月のそら　桃隣

評を下すまでも無し。

台所けふは奇麗にはき立て　野坡

玄猪、夷子講、十夜など、いづれにせよ十月の行事、客設けの体なり。中に就ておよそは先づ夷子講の設けなるべし。強ひて十夜の浄土寺とせんは却つて非ならむ。

分にならるゝ嫁の仕合　利牛

分《ぶん》は分家なり。いよ〳〵若夫婦分家することに定まりて、移居の手伝に来りし者の台所にて御仕合なりといふなり。夷子講とも何とも附けずして、一転したるは手際なり。

はんなりと細工に染る紅うこん　　　　　桃隣

はんなりは華やかに色彩の美しきなり。ほんのりはほのかなるにて、はんなりと音近けれども大に異なり、混ずべからず。細工に染るは御細工に染るにて、手染するをいふ。うこんは鬱金草をもて染むるより出でたる名にして、黄色なり。嫁入支度となすは妙ならず、嫁入支度を誰が手細工に染むるぞや。此は古解の如くに、もとより嫁にはなり居りしが、分家となりて、事少く身閑なる仕合の人の、手染巧にしたるを云ふなり。古の良家の女子の手染したること、女節用の類の書に染方など多く記せるあるを見ても想察すべし。

鑓持ばかり戻る夕月　　　　　野坡

祭礼の鑓持と解するはいかゞ。句情閑寂なり、祭礼の賑ゝしきさまにあらず。夕日の町にほこる鎗持、などとあらば然も解すべし。こは暁台の解の、前句を夫の留守と起情して、家来の供のみ帰りたると附けたり、といへる方宜しく聞ゆ。

時ならず念仏聞ゆる盆の内　　利牛

時ならず念仏聞ゆるは、不時に起りたる念仏といふにはあらず、朝より昼、昼より夕と、時無く間無く引続ける念仏をいふなり。盆の内即ち于蘭盆供養の不断念仏の聞ゆるなり。夕月に不断念仏の声、十二三日の頃のさまなるべし。盆前には此事無かりし故に今聞きつけたるなり。古人曰く、前句に組合はざる附なりと。如何にも組合へる附句にはあらず、気味合をもて附きたる句なり。

鴫まつ黒にきて遊ぶなり　　桃隣

庵中の不断念仏、さびしき声の幽に伝はるあたり、鴫真黒に数多く遊び居るとなり。鴫の看経といふ諺ありて、其の姿の寂然たるをいふ。石田未得の吾吟我集巻三、羽掻の数を所作にや姥鴫の看経をする暁の声。此句此諺を用ゐたるにはあらねど、念仏に鴫を思寄りたるは、少し縁を引けるかたも有るべし。

人の物負ねば楽な花ごゝろ　　野坡

花心とは本は心のあだなるを云ふ。源氏物語、宿木の巻、花心におはする君なれば、あはれとは思すとも、今めかしき方に必ず御心うつろひなんかし、と匂宮の上を云へり。六百番歌合巻四、残菊、季経卿、いつしかとうつろふ色の見ゆるかな花心なる八重のしら菊。俊頼朝臣散木集巻九、たとふらん花心には言の葉の秋にならばや色かはるべき。皆今の浮気と云はんが如く用ゐられたり。こゝは本意より少し転じて浮気に気散じなる心といふやうの意に用ゐたり。人の物負ふは、人の物を借り、又はおぎのるなり。前句には六義の所謂比にて、比喩の附なり、鳴の遊べると同じく、若者共の、人に借り賒るところ無くんば天地それ我を如何、と長閑なる其日送りの料簡にて、心安く遊び居るなり。

もはや弥生も十五日たつ　　利牛

古今集巻七、藤原興風、いたづらに過ぐる月日はおもほえで花見てくらす春ぞすくなき。人生楽をなす幾許ぞや、此の陽春に当りて遊ばでやはとなり。

より平の機に火桶は取置て　桃隣

三月半過ぎて暖になりたるに火桶を取除くなり。より平は今言はぬ称なれど、平は仙台平・嘉平治平などの平なるべく、より平といふ通称ありしならむ。より糸平糸のこととしては、より平の機とつゞけたる言葉づかひ手づゝ也。よりは糾糸にて、強く糾りたる糸を緯として織れば、其物縮みて美しくなるなり。糾糸には糊を多く用ゐる故、寒き中は糸断れ易きをもて、火桶を機下に置きて、しなやかに断れ難からしむ。陽春暖和、今其火桶の要も無くなりしなり。旧説に曰く、より平とは麻の縮布なりと。

むかひの小言誰も見まはず　野坡

むかひの家の小言毎ゝなれば、誰も見まはず、といへるにて、言外には、誰も見まはねば捨てゝも置かれじ、一寸宥め来ん、と機より下りたる風情あるなり。

買込んだ米で身体たゝまるゝ　利牛

むかひの小言を、米のおもはく買のはづれて、強慾の亭主の家をたゝむに至れる、と一転したり。人に憎まれたる趣なり。

帰るけしきか燕ざはつく　桃隣

燕の帰る頃は豊稔凶作の定まる頃なり、と旧註の云へる、宜し。身体たゝむに燕のざはつき、取合せ妙なり。燕は将に衰へんとするの家を棄つと、俗説に云伝へたり。

此度の薬はきゝし秋の露　野坡

出養生の人、此度の薬のきゝて宜しくなりしに、燕も帰らんとするか、我もまた帰らんと、秋露の節に喜びさゞめくなり。

杉の梢に月かたぐなり　利牛

かたぐは傾くなり。露深き夜道、杉の木末に月のかたぐを仰ぎ見ながら、此度の薬は利きて、かく冷ゝしたる夜をも歩き得て、持病の疝痛も事無し、と連の者に語るなり。

同じ事老の咄しのあくどくて　桃隣

長座の老人に困じて、杉の梢に月かたぐなりとは云ひけん、まことに月は既に傾けど、咄しはあくどくて一ツ事のみなりとなり。

だまされて又薪部屋に待　野坡

下品の恋なることは言ふまでも無し。だまされては、此処には人に欺かれてにはあらず、自然に齟齬せしめられてなり。老の長咄、如何ともし難くて、馬鹿を見たるなり。馬鹿を見たといふやうなることを、だまされたといふ俗言あるなり。

よいやうに我手に算を置て見る　利牛

これは欺かれしにはあらずやと疑ひて、自づから算を置きて卜するなり。それも我から吉のやうに算を置くところ、痴情痴心、あはれむべく笑ふべく、滑稽無限、何とも云へぬ実際のをかしみあり。恋の句として働きあるめづらしき句なり、又佳き句なり。我手は我がでと、手を濁りて読むべきこと、続猿簑集、霜の松露の巻に、我手の手字に濁点を附したる例見ゆるにて知るべし。手はあて字にて、ひとりでの「で」と同じく、我がでの「で」は辞の助なり。又、算を占としたる本あり。占にてもサンと訓むにて、たゞの占にては次の句成立たず。算を置くは古き語にて卜することなり。宇治拾遺巻十四、唐人の算いみじく置く、と云へるも占卜することなり。算術といふも、数術、占法両用の語なり。

しやうしんこれはあはぬ商　　桃隣

しやうしんは正真なり。今の語に、ほんとにこれはあはぬ商といふが如し、前句を商人の算盤弾く態に取做し、其の商談の駈引の語をこゝに出したり。これはを、字体の近きより、これはと誤り読みて、大鏡は由無き弁を下したり。

帷子も肩にかゝらぬ暑さにて　　野坡

大暑に労多くて利薄き商買を嘲つなり。

京は惣別家に念入　利牛

田舎の粗略なるとは違ひて、京の家造りも堅固に、造作も精巧なるが、却つて暑中には苦し、と脂肥りの田舎出の大女などのつぶやくなり。

焼物に組合せたる富田魵　桃隣

魵はえびなり。摂津国三島郡富田の川蝦、むかしは賞美したりと見ゆ。或は曰ふ、伊勢国三重郡の海辺富田の海蝦なりと。海老は遠くに送るべく、伊勢蝦また世の賞するところなれば、それかとも思はる。但し焼物に組合せたるとあれば、伊勢蝦も焼かぬにはあらねど、川蝦の方似合はし。富田の玉川の蝦といへど、おもふに淀川の蝦を当時富田蝦と云ひしにやあらん、富田は淀川近き大邑なりしなり。京の人川蝦を賞す、腥気少く、味も淡雅なれば、茶事の料理などにも、却つて川蝦を用ゐること多し。されど饌書に富田魵見及ばず、賞翫のものよりは却つて余り香ばしからぬ品ならん。一句は讌席《えんせき》のさまにして、前句の新宅か新座敷の開きなるべし。

隙をぬすんで今日もねて来る　　利牛

茶の会の供の小者などなるべし、とするは妙ならじ。隙をぬすんでとある詞を味はへば、商家の子息などの身勝手なるが、隙を偸みて茶亭に一盞を楽みて昼寐して帰るなるべし。

髪置は雪踏取らする思案にて　　野坡

前句を小僮と見て、ゆるめず叱るなり。髪置は三歳の児に髪を長ぜしむる儀式、十一月十五日に行ふ習なり。吾が児の其時の祝には此丁稚に雪踏を取らせんといふ意ありといふが句の表にて、叱るはおのづから言外に見ゆ。

先沖までは見ゆる入舟　　桃隣

子供等を励まし立てゝ働かすなり。それ〳〵沖までは此方へ来る舟の入つたるぞ、と船印見つけて主人のいきり立つなり。これを輪廻の解なりといふ者あるも、句々を見よ、何の輪廻か之有らんや。

内でより菜が無うても花の陰　　　利　牛

菜はあて字にて、飯の「副へ」を「さい」と訛りたるなり。日和見る海辺の山を何処にても日和山といふ。一句は日和山の春の遊びに、よき副へなくても花の陰に弁当開ける心よさを云へるなり。沖の舟は眼中に在り。志州の鳥羽の港などにやと云へる旧解宜し。

ちつとも風の吹かぬ長閑さ　　　野　坡

解を要せで意趣分明なり。

案山子の巻　終

神無月廿日深川にて即興

振売の鴈あはれ也えびす講　　芭蕉

夷子講は十月二十日商家に於て蛭子を祭り、其像前に宴を設け、見当る物を何に限らず仮定の価を高く附け、手を拍ちて売買の様をなし、商買繁昌の祝福を為すなり。振売は衒売にて、物を携へ、其名を呼びて売りあるくをいふ。前書を見るべし、たま〳〵蛭子講の日に当りて鴈を振売しあるくに逢ひて、蛭子講にははかなき物も百両千両といひて売買さるゝに、雁の振売、何程の価にもあらざるべきに、それさへ買手無ければ、しきりに雁や雁やと呼びあるかるゝを、蛭子講の賑ひにつけて、雁あはれなりとは興じたるなり。蛭子講の句にて、雁の句にはあらねど、目前街頭の実によりて感発したれば、蛭子講は仮りたるまでにて、振売の雁の句の如くなりたり。即興の二字のあだならず置かれたる所以なり。すべて前書は其の詩歌俳句の序なり、序は緒なり、其の因つて起れる所以を記せるものなれば、取離してはならぬものなり。解も亦前書あるものは前書を忘れで之に因るべきなり。雁の音、元金の元に近しなどいへる解は、談林風の句に下すべし、炭俵あたりの芭蕉の句には下すべからず。

降てはやすみ時雨する軒　　野坡

降りつ休みつする時雨の檐下を振売する男の出入する也。

番匠が樅《もみ》の小節を引かねて　　孤屋

木に从ひ従に从ふ樅の字と木に从ひ段に从ふの椴の字と、従の草体と段の草体と相近きよりの俗用なり。番匠は大工にて、番は番鍛冶の番の如し、番がはりに木工寮に入りて勤役したるよりの称なり。樅は節悪硬くして、急ぎ鋸切するに宜しからぬものなり。時雨する簷に番匠の鋸挽、樅の小節の厭はしきに渋り働きするさま、たゞ是れ市井の有るところの情景なり。

片はげ山に月を見るかな　　利牛

田舎の寺又は神社などの作事と一転し、夕月を見るに至れるまで倦果てながら働けるおもむきを作りたり。婆心録に古今抄を引いて曰く、尋常の俳諧詞には大工とも云ひ木挽ともいはむに、今の番匠といふ詞は、万葉体の歌なりと聞做して、見る哉、とは和歌の拍子なり云〻。言の妄なるは言ふまでも無し。古今抄など論ずるに足らず。

好物の餅を絶さぬ秋の風　　野　坡

花にも月にも酒とこそあるべけれ、それを我は下戸なればとて餅を絶さで、をかしくもあらぬ片禿山の月を見る人を附けたり。徒然草に見えたる真乗院の盛親僧都が三百貫の芋頭を食ひたることも思合さる。又同書に因幡の入道の娘、栗をのみ食ひける談あり。片はげ山の月見、何となく偏したることなれば、底心に偏したる味をもて附けたり。

割木の安き国の露霜　　芭　蕉

割木は薪なり。一句辺土のさまにて、露霜に濡れたる割木を惜気もなく大くべして、釜下の火の勢よく、餅を作るなり。

網の者近づき舟に声かけて　　利牛

近づき舟とつゞけて読むべし。前句の割木、其舟に積まれあるなり。海上の張網の上を乗切られては、網の類によりて大に困ずるなり。声掛けでも網のしるしの浮樽を見て楫を直し之を避くること常の習なれども、頼むよと声を掛くるも亦常の習なり。投網《とあみ》などの事にはあらずと知るべし。

星さへ見えず二十八日　　孤屋

陰暦二十八日は月ほとんど無きに、星さへ見えずと云へば暗きこと想ふべし。網の見張番、常住往来の船をそれと悟りて声かけしなり。二十八日といへるは月無き夜といへるまでなれど、土佐日記、正月二十八日の条、終夜雨歇まず、今朝も、とあるを踏へて、雨やまずとあるを、差合の無きやうに、星さへ見えず、とは作りたる歟。

ひだるきは殊に軍の大事也　　芭蕉

将に夜討など掛けんとするに当りて、一軍勇気凜ゝ、十二分に兵糧つかひて、いで是よりといふところの趣なり。これを曾我の仇討として解するも、一向宗合戦として解するも、皆あらずもがなの穿鑿なり。曾我兄弟の復讐、いくさとは云ふ可からず。一向乱、二十八日に特別の大戦ありて人の記臆に鮮やかなるにもあらず。前句の風情より云へば、毛利元就厳島に陶晴賢を襲へる風雨の夜の体などとすべきなれど、それも二十八日なりしや否や人の能く知らぬところなれば、其事なりとして解すべきにもあらず。もとより詩歌は記録にあらず。一ゝに其事彼事として史上の実に擬するを要せんや。此句たゞ夜討出陣前の情趣として其の佳趣を領略すべきのみ。

淡気の雪に雑談もせぬ　野坡

淡は薄きなり、沫にあらず、淡気は当に沫気に作るべし。沫の如きの雪といふことなれば、沫気とすべき勿論なれど、万葉集には沫雪とあるにもかゝはらず、淡雪など書ける中世の習に引かれて、淡気とはしたるならん。古今抄、物にふれ消え易く、淡ゝしきは春の姿など云へるは、無学の徒を瞞くの妄説にして、沫雪薄雪といふ語はあれど、淡雪といふは無し。あわ、あは、仮名違ひ、沫、淡、文字異なり。淡けの雪、当に沫気の雪とすべきのみ。万葉の、沫雪のほとろほとろに降りしけば、とある其の沫雪がゝりたる雪が、即ち沫気の雪なり。一句は、前句の詞を、籠城せる者の、兵粮も乏しくなりし体と見て、既に飢え、又寒く、沫気の雪に、窘蹙《きんしゆく》の情加はりて士卒の雑談もせず、陰惨厳粛の気、眉宇の間に充満ちたる態なり。こを淡路の風と解して一向宗の軍事とするが如きは、淡の字の下しあるを見ての迷なり、取り難し。星さへ見えずよりの三句皆佳なり、陋解を敢てして明珠を襤褸に蘊《つゝ》むなかれ。

明しらむ籠提灯を吹消して　　孤屋

駕提灯は駕籠の前の提灯なりと為すものあり、摺畳するやうになりたるならで、籠に紙貼りたる提灯なりと為すものあり、又籠は箱の字の書写の誤にして、儀式に用ゐるところの箱提灯なりと為すものあり、諸説紛ゝ、解釈区ゝなるを致せるは、後世には箱提灯といふものを知りて、籠提灯を用ゐること甚だ稀になりし故なり。籠提灯は箱提灯より古き頃の、天正以前の製にして、後に至りても羽州などの雪国の民家などにては之を用ゐたり。台の板にともし火を立てゝ、覆ひを籠にてつくり、紙を貼りたる物にて、籠を上へ挙げて火をともすやうにしたるなり。雑談する習の者も、沫気の雪の明方、おのづから静かに、籠提灯吹消して、しきりに急ぎ行くなり。箱提灯としては、此一句には宜しかれど、次の句に至りて通じがたし。

肩癖にはる湯屋の膏薬　　利牛

肩癖は痃癖のあて字なり。癪の一種といひ、筋などの急に凝りつむるをも云ふ。是れ肩癖といふ当字の生ずる所以歟。湯屋床屋等にて昔は薬を売りしこと間ゝあり。明治初年、猶ほ湯屋にて按摩膏角力膏の類を売り居りしなり。こゝに云へる膏薬も其類のものにて、筋の攣急を解き、肩腰の凝りを和らぐるなるべく、径およそ二寸ばかりの円き紙に展しある品ならん。

上置の干菜きざむも上の空　　野坡

膏薬貼りたる肌あらはに片袒して干菜刻めるなり。去来抄に、人の妻にもあらず、武家町人の下女にもあらず、宿屋問屋の下女なり、といへり。これを非として、婆心録には、農家となし、曰く、椀のすり切に米飯を盛り、其上に菜交りの麦飯を高く盛りて渡すを、何椀かへても米は残し置きて、そをあと口に食ふ事、諸国農家古今の風なりと。上置といふ語を解くには、其説甚だ似合はしけれど、農家の婦の片肌ぬぎして膏薬をあらはし、干菜を刻むといふこと、甚だ似合はしからず、且又米飯の上に菜交りの麦飯を置くといへる其の面倒なる食事は何と云ひて、何の時にすることぞや、いといぶかしく、諸国農家古今の風と云へれど余り見聞し及ばず。去来抄の説のかた、やすらかにして通ずべく、又世の実際に貼けり。近江の草津の東の目川の菜飯、遠江の金谷の菊川の菜飯、いづれも世に聞えたり。よしそれらの宿駅の菜飯売る家ならずも、上置の干菜刻むこと、宿屋問屋の女のあるべき風情なり、強ひて去来抄の説をもどくべきにはあらず。上置は上に置くなり。うはの空は心こゝにあらぬなり。一説に一句は馬のかひばを調ふるなりといふ。其説は婆心録の説よりも却て考ふべき節無きにあらねど、次の句よりの惑なるべく、馬の餌に上置といふ語を用ゐむも事ゝし過ぎて聞ゆ。

馬に出ぬ日は内で恋する　　　芭　蕉

暁台曰く、傍輩なる男の風情と見るべしと。下品なる男女の挑みあひたるさま見えていとをかし。或人曰く、女馬子なりと。また通ずるも、自の句のみの連続とせんは、聊か妙ならじ。文考の続五論、恋の論に、いやしき馬士の恋といへど、上置の干菜に手をとゞむるといへば、針をとゞめて語るといへる宮女のあり様にも、心の花はなどか劣り侍らん、かくの如きは恋の本情を見て恋の風雅を附けたりといふべきかと。発明するところ無き言なれど、此句のおもしろきは其言の如し。

絈買の七ッさがりを音づれて　　利牛

絈買を絈売と誤り、七ッさがりを七ツばかりと誤れる本あり。いづれも通じ難し。糸たしかに誤なり。絈は「かせ」と訓ます俗字にして、糸未だ染めざるものなれば、糸に从ひ白に从へるなるべし。かせは本は糸を絡ふの具の名にして、両端撞木をなし、恰も工字の縦長なるが如き形したるものなり。紡錘もて抽きたる糸のたまりて円錘形になりたるを玉といふ。玉を其緒より「かせぎ」即ち略して「かせ」といふものに絡ひ、二十線を一トひゞろといひ、五十ひゞろを一トかせといふ。一トかせづゝにしたるを絈糸といふ。こゝに絈といへるは即ち其「かせ糸」なり。絈或は纑に作る。纑のかた通用す。絈糸を家ゝに就きて買集めて織屋の手に渡すものを絈買とは云ふなり。此句未刻下りに来りおとづるゝと云へるまでなるが、前句への附き、いかにも軽くして、夕暮近きに情韵おのづから饒し。早苗舟の百韵に、舞羽の糸も手につかず繰る、といへる前句に、段ゝに西国武士の荷のつどひ、と附けたるあり。元禄の頃、紡績の事、専家ならぬ者も到る処にて為したりと思はる。前句を女馬士ならんとする一説も、此句を深く味はひてよりの案なるべし。此句よりは、前句を女とするも悪からず。

塀に門ある五十石取　孤屋

五十石取は内証豊かならぬなり、塀に門あるは門に塀あるにあらず、簡略なるなり。たゞ是れ紿買の通れる場処、其妻勤倹の賢女ならんには糸を抽きもすべき小士の家の前しづかなるところを、紿買はんとて触れあるけるなり。塀は勿論板屏の古びたるにて、筋屏錬屏などの立派なるにはあらずと知るべく、又紿買の声に応じたるが聞えもせざる森閑たる処とは知るべし。前句と後句と、一〻に事理の緊しく連接する所以ありて然して後にのみ聯句は成るにあらず、殊にひさご、猿簑より炭俵に至りては、幽なる気味合の連接によりて附けたる句多しと知るべし。これを解き得ぬ故に是の如きの言を為すとするなかれ。

此島の餓鬼も手を摺月と花　芭蕉

摺はする也。手をするは、あやまり頼み聞ゆるなり。源氏物語、紅葉賀巻、頭中将、内侍を脅す条に、物も言はず、たゞいみじう怒れる気色に持做して、太刀を引抜けば、女、吾が君、吾が君、と向ひて手をする。宇治拾遺物語、たゞ観音のみちびかせ給ふなめりと思ひて手をすりて念じたまふ。いづれも珠数すり揉むやうに手を合せ摺りて、あやまり頼み入るなり。此句は、餓鬼といひ、島といへるに、宜しからぬ海中の荒れたる島の、瘦せさらぼひて衣服だに能くも身を被はぬやうなる浅ましき土民をあらはし、しかも其の餓鬼のやうなる者も月花にはあくがれて、それを見たしとは念ずるといふことを、餓鬼も手をする月と花とは作れるなり。前句の塀に門あるを、土塀又は石塀などの中に造れる揚土門《あげつちもん》埋門《うづみもん》の類として、島管《くだ》りの人の居処の事とし、此句ありたるならん。およそは伊豆の大島、薩摩の種子島あたりを想へるなるべけれど、想像より成れる句にて、もとより確と定めてのことにはあらず。

砂にぬくみのうつる青草　　野坡

春日あたゝかに照して、砂浜の草青み風和らぎ、やうやく陽炎も燃えんとする気色、言ひ得て甚だ巧に、南海の島のさまとは聞えたり。

新畠の糞もおちつく雪の上　　孤屋

新畠はしんはた、糞はこえと訓むべし。新畠は川添海添等の砂地の新開地なり。廐糞、芥糞など、そゝけ立つたるものながら、雪解を得ておちつきたる、甚だ好し。雪の上に肥料あるにはあらず、おちつく雪と逗《とゞ》めて読むべし。上には草の青みて、所謂雪間の草のほの見ゆるなり。

吹取られたる笠とりに行　　利牛

風の一ト吹に笠取られて薄雪の畠に落ちたるなり。

川越の帯しの水をあぶながり　　野坡

旧解に、川越は川越人足なり、帯しは帯結ぶあたりなり、と云へり。川越人足ともあるものの帯ほどの水を危がるべきや、川越人足おのが笠を風に吹取られたるを取りかねたりと釈するに至つては笑を発せしむ。川越人足は笠などするものにあらねばなり。常人にても乳房以下の水は渉るべし。川越人足は頸あたりの水をも敢て渉るをもて、夕立や細首宙に大井川、といへる古句さへあるなり。或は曰く、帯しは「たいし」にて、たいしは即ち川越人足のことなりと。これも亦例証を得て後に信ずべし。或は曰く、帯しは「大事」といへる語の仮名がきにてありしを、あらぬ当字したるなりと。

「大事の水」ならば、恐ろしき水、洪水といふやうなる義になりて、通ぜざるにはあらず。さらば笠は川越人足の笠ならで、肩車、又は蓮台に乗りし人の笠として解すべけれど、取りに行くといふ一語、落着するところ無し。又曰く、帯しはたいしのあて字にて、たいしは「台し」なり。筏を扱ふ者を筏師、釣する者を釣師といふが如く、輦台を扱ふものを「台師」といふ。前句の笠取られたる者は輦台の上の人にして、水をあぶながりて笠取りに行きはしたれど能く取らんともせざるは台師なり、人情の虚実、世態の険易、台師の笠を得取らぬところに無限の曲折ありてをかしと。以上の解、すべて棄つべし。川越は必ずしも阿部川大井川なんどの川越人足を云ふにはあらで、単にかちわたりの人を云ふなるべし。巣林子の源義経将棋経にも、弓手の乳の下、馬手のおびし、といふが有り、帯しは帯縛りの義なり、今俗省きて「おびし」と呼び、或は弱腰とも呼ぶと狩谷棭斎は註せり。即ち倭名抄の膁なり。又、「帯しど」といふ詞もありて、古き俗歌にも見えたる其語の「ど」を略せるにて、「ど」は処の義、帯しどは帯しどころといふことならんと思はる。一句やすらかに解すべし。

平地の寺の薄き藪垣　　芭蕉

平地は其水辺の前後、籬の薄きは其透間より渡場の見ゆるを、何となく野寺の匂になせり、と解せるは秘註なり。土手低き川端の寺なり、川こす人を此方より見て、今一尺出水せば薄き藪きれて水あふれむと、家あぶながるさまなり、と解せるは婆心録なり。あたりを三州生田平地の御坊へ定めたる附句なり、となせるは続絵歌仙なり。平地を普通語とするが宜しき歟、地名とするが宜しき歟、普通語とするも、薄き藪籬よく響きておもしろけれど、三州幡豆郡平地村、今の衣崎《ころもさき》村に善秀寺ありて、寺領十三石、阿仏尼の寄進せる鐘などあるよし、元禄の書に見えたる、それを平地の御坊と云へる歟、其寺のこととする宜麦の説も取るべきに似たり。平地村は矢矧川（古）海に入るあたり近き地にして、前句にも疎からず。されば平地を平坦なる地とせんよりは、地名の平地として解かんかた勝れるが如し。おもふに薄き藪籬も写実にして、籬越しに川の見ゆるなるべし。

干物を日向の方へいざらせて　　利牛

干物は穀菽《こくしゆく》、大根の切干の類を筵の上に攤《ひろ》げ干《ほ》したるなり。其の筵をいざらせて日に当らしむる、冬の農家に能く見る事なり。いざるは膝行のゐざるにあらず、去るといふ語に、いと云ふ発語の辞を加へたるなりとして、いざらせてと書きたるならむ。

塩出す鴨の苞ほどくなり　　孤屋

前句の干物を洗濯物の干したるとして、町の井の端近くの風情を附けたり。塩鴨の到来に、其苞《つと》を解きて、今塩出しせんとするなり。

算用に浮世を立る京ずまひ　　芭蕉

算用に浮世を立つるは、農もせず漁もせず樵牧もせで、商利のこまかきを積み、小利口に世を渡るを云ふなり。節倹沙汰といふが如くに解せる旧説は味無し。句の裏には、京の人の賢くて、塩にはあれども季節には鴨なんども賞味し、風雨寒熱に身も曝さで、小じんまりと相応に楽しく世を経るをば、揚げもせず貶しもせず、如実に写し描けるなり。

又沙汰なしにむすめ産　　野坡

産はよろこぶと訓むべし。前句の算用の語、此句よりは利勘さとくといふやうに取りたるなり。出産の悦びといふことより転じて、分娩することをも直によろこぶと云ふに至りたることは、近松の孿静《ふたりしづか》胎内捃《たいないさぐり》に、牢輿の上臈悦びの気がついて、うめき苦しみ給ふ声。傾城吉岡染に、わらはは後づれ久太郎をよろこび、など見ゆ。沙汰無しには有るまじき芽出度ことなれども、沙汰無しにしたるは、慶事の祝儀の何のと自他とも入目か丶ることを、再ゝにもあれば厭ひ憚りて、そを親里に省かせしなり。此句、前句を京に算術指南して暮せる人と見立て附けたりと云ふ旧解は、窘蹙《きんしゅく》甚だしくて聞苦し。算用といふ語を能く聞取らで、前句の場に於て利勘沙汰に解きしより、さる窮したることを云出づるに至れるなり。

どたくたと大晦日も四ッの鐘　　孤屋

四ッは亥の刻なり。大晦日の産、どたくた想ふべく、笑はしき句なり。

無筆のたのむ状の跡さき　　利牛

跡さきは前後するをいふ。大晦日に忙しき中を代筆頼まれ、しかも其言前後して、筆者大に困ずるなり。此句もまた滑稽にて、其中に悲哀あり。大晦日の文通、いづれは年の暮に文通せねば叶はぬことあるなるべく、しかも無筆の出状、よく〳〵の事ならむ。頼むを好むとせる本あり。好むの方曲折多き言葉なれど、いづれとも定め難し。こ、こ、字体近し。

中よくて傍輩合の借りいらゐ　野坡

借りいらゐを借りわらひの誤なりとするあり、借りぎらひとするあり。人により本によりてさまざまなれど、借りいらゐにても通ず。借嫌にては、初五文字、中好きも、とありたし。借わらひといふ言葉は聞及ばず、貰ひ泣といふ語はあれど、借笑といふ語ありや、覚束無し。借りいらゐは貸借と云はんが如し。「いらゐ」は「いらい」又は「いらひ」の誤りたる仮名づかひにて、「いらふ」は「いらす」と同じく、貸して利を取ることなり。霊異記巻中第三十二に、利息の「息」を「いらし」と訓ませ、日本紀孝徳天皇紀に、貸稲を「いらしのよね」と訓み、新撰字鏡に、貸を「いらふ」と訓み、借を「いらす」と訓ませあり。此の古語残り伝はりて、甲州に「いらう」の語ありしよしなり。たゞし今は絶えたるごとし。又、借ることをも「いらふ」と云ふは、仮の一字に、かる、かすの二義あるが如し。借りいらひ、通ぜざるの語にあらず、何ぞ借笑ひの誤なりとするを執するを要せんや。借りいらひを貸借の事とするときは、前句への聯意、おのづからに分明にて、書状の用を此句は附けたるなり。

壁を扣きて寐せぬ夕月　芭蕉

壁隣の中よき同士、笑語互に尽きせぬなるべし。衣服なんどの融通も頼み頼まれし間の、此夕月に寐るといふことあるべきやとは、踊り或は祭礼の夜宮の頃にもあらん。壁の一語に、明き蔵に住める人と為し、夕月の一語に夜ゝの踊りに労れしものと為せるは、余りに思ひ過ぎたる解にて、窮屈なり。

風やみて秋の鷗の尻さがり　利牛

風やみての初五文字に、秋のあらしの吹きて板壁の何かに扣《た》かれ、おちつきては寐かねたりしさまあらはる。今其の風やみて、鷗ゆたかに尻さがりに浮み居るとなり。此句、実景実情を云得て甚だ好し。鷗は風強き時は海より河に入るなり。風に際して来り、流に乗じて去る。尻下りは尻の方の低くさがりたるにはあらで、流の上に向ひて浮み居り、自然と流れて後退するを云へるなり。一句もとより宜しく、前句の扱ひも甚だ巧なり、おもしろし、おもしろし。暁台曰く、隅田川の趣なりと。解もまた流石に好し。芭蕉深川にありたる頃の四吟の巻なり、さもあるべし。

鯉の鳴子の綱をひかゆる　孤屋

控ふるには控へとゞむるの義もあれど、こゝのは引くの延にて、即ち引きて鳴らすなり。鯉の鳴子を鈴縄の類と何丸の解せるは非なり。鈴縄は鮭《さけ》の触れておのづと鳴るなり。鳴子はこゝに綱をひかゆるとあるにはあらずや。鯉の漁場の鷗を逐はんとて鳴子を鳴らすなりと曲斎の解せるも非なり、鯉の曳綱のいづくに鳴子を附け置くべきや、又潤き水の上に如何にして鳴子を設くべきや、何処に然る景色ありや。これは旧解の、鯉の生洲の上にしつらひたる鳴子にて、風止み日和らぎたれば鯉の小さきは長閑に浮み出で、禽獣などに捕らるゝあるを防ぐなり、と云へるが却つて宜し。生洲は河辺に設けられ、河水の出入るやうにしたるが最も好きなり。浮ける鯉を風止みし水辺へ附けしなり、泛べる鷗に鳴子を附けたるにはあらず。猶ほ深く味はへば、大なる生洲を有して河に臨みたる酒楼なんども眼前に髣髴として現ぜん。

ちらはらと米の揚場の行戻　芭蕉

米の揚場は川添ひにも湊町にも所在これ有り。此句のは川添ひ土堤筋などなるべし。前句を、鯉を川中に杌立て、それに繋げる大きなる生簀籠に入れ置き、人の盗みなどせんとして之に手を触るゝ時は、生簀籠に附け置ける縄動きて、鯉の主の耳に入るべく鳴子の鳴るやうに設けたる其縄をば控へとどめて、魚買に魚売り尽したれば鳴らぬやうにしたりと見なし、人多く往来するさまを附けたるなり。鳴子縄人の荷を担ぐ妨げとなる故に高く引上ぐるなどいふことにはあらず、鳴子縄を通行の妨げとなるほどに引き置くといふことはあるべからざればなり。水辺魚扱ひのことなど知らでの臆説は、理の通ぜざるが多し。池の形なして魚を養ふほどなる大生簀、魚を一時籠め置く漁者の川中の生簀、おの〳〵異なるなり。深川、本所、隅田川あたりの事に暗からずば、おのづと容易に解すべし、誹諧は庶民の間に栄えたるものなり、社会の実相に根ざして其力を現はしたるものなり。

目黒まいりのつれのねちみやく　野坡

前句の米の揚場を高輪品川あたりに転じたり。目黒まゐりは瀧泉寺不動まゐりなり。「ねちみやく」は漢語の呉音読みの古きものならんとは想へども未だ確徴を得ず。涅脈の字を塡て来れり。しつこく拗け戻りて人と相和せず又人と相離れざるをねちみやくと云ふ。酔者に多き態なり。前句の行戻りとあるは即ちねちみやくの態にて、又行き又戻り、人をして進退両難ならしむるものなり。一句酔者をいへり。古き狂歌に、奈良ざけや此手を取りてふたおもてとにもかくにもねぢる人かな、とあるもねちみやくにて、思合はされてをかし。○倭訓栞、ねちるの条に、ねちみやくといへる俗語も熱脈なるべし、と云へり。

どこもかも花の三月中時分　　孤屋

弥生の中頃、東西南北皆是れ花の雲、人の海、いづれも蝶鳥と我が世楽しく遊べるなりとなり。花の、と逗《とど》めて読むべし、花の三月とつゞけて読みてはをかしからず。花の中に生酔のねちみやく、これもまたおのづからにして時に免れがたきものなれど、理屈なく軽く云捨てたる、好し。

輪炭の塵を払ふ春風

利牛

両解あり。一は野外の遊宴に野風呂の用なる輪炭の塵を春風の払ふなりと也。一は炉を塞ぐも近くなりたれば、炉の別れの茶の会催すにつけて、切炭を洗ひて庭の花の下に干したるに春風の渡るなり、輪炭は四季用ゐれども、春は殊に胴炭に代へて専らに用ゐるなりと也。二解の中、後解は非なり。輪炭といふ語、いかにも茶家の語としては、胴炭、相手炭、四方炭、点炭、割炭、枝炭等と共に用ゐらるゝことなるが、元来輪切の炭といへるまでの語にして、輪炭と云ひたりとて必ずしも茶家の用とは定まらず。春は輪炭を胴炭に代へて専ら用ゐるなりと云へるも信じ難し。夏の風炉の炭にも胴炭は長さ三寸ほどにて、それより以下段ゝに短くするなり、まして炉の時は胴炭凡そ六寸もあるべく、それより段ゝ劣りにすることなり。風炉と炉、釜の大小、時候、茶家の流儀、其時の見計ひにて、輪炭の厚さは定まり無かるべきも、先は薄きを本意とし、木口の大小により斟酌はあるべけれども、大抵は五六分より、七八分、九分ほどまでに切るなれば、輪炭を胴炭に代ふるなどいふことは、無きことにもあり、叶はぬことにもある也。又炭を洗ふといふことは茶家のする習なるが、そは炭を清らにすることなれば、既に洗ひたる炭の塵を春風の払ふといふことも有るべからず、詩歌の取倣しとは云へ、似合はしからぬことなり。それこれを併せ考ふるに、茶の会の用の洗ひたる炭を干しあるといふ解は宜しからず。これは野掛けの遊び、花下の野風呂のさまを云へるなり。野外なればこそ塵を払ふ春風も能く利きて、興趣も自然なれ、境致も端的なれ、茶の会の準備とありては、迂遠にしておもしろからず、春風も十分には利かぬなり。輪炭といふ一語に拘はりて、輪炭は必ず茶家のもののやうに取るは窮屈千万の解なり。語の本を思ふべし、末に泥まむはおろかなるべし。

芭蕉
野坡
孤屋
利牛
各九句

夷子講の巻　終

幸田露伴（こうだ ろはん）

慶応三年、江戸に生れる。中学校の学業を中途で廃し、図書館で諸書を渉猟し、あるいは漢学の私塾に学んだのを素地に小説の作をなすようになり、明治二十二年「風流仏」で文名を揚げた後、同二十四年の「五重塔」が名作を謳われ、京都帝大講師をつとめた時期を挟んで、材を中国の歴史に求めた「運命」を大正八年に著したのを端緒に「蒲生氏郷」「為朝」等、一連の史伝を発表する。人間への関心の赴くところ、その観察の妙味は、同十四年の「観画談」にも見られたのをさらに深め、円熟して壮麗な筆は、昭和十三年「幻談」、翌十四年「雪たゝき」の幽玄な世界を描出するに至ったが、小説家というには文人としての輪郭の巨きさを示した諸他の著述のなかでも、早く大正の頃から書かれた芭蕉の「七部集」の評釈は、俳諧についての識見と、また学殖の程を語って余蘊ない。昭和十四年、第一回の文化勲章を受章し、「七部集」評釈の業を畢えた同二十二年に歿する。

近代浪漫派文庫　6　幸田露伴

二〇〇五年九月十二日　第一刷発行

著者　幸田露伴／発行者　小林忠照／発行所　株式会社新学社　〒六〇七―八五〇一　京都市山科区東野中井ノ上町一一―三九
印刷・製本＝天理時報社／DTP＝昭英社／編集協力＝風日舎
ISBN 4-7868-0064-3

落丁本、乱丁本は左記の小社近代浪漫派文庫係までお送り下さい。送料小社負担でお取り替えいたします。
お問い合わせは、〒二〇六―八六〇二　東京都多摩市唐木田一―一六―二　新学社　東京支社
TEL〇四二―三五六―七七五〇までお願いします。

◉近代浪漫派文庫刊行のことば

文芸の変質と近年の文芸書出版の不振は、出版界のみならず、多くの人たちの夙に認めるところであろう。そうした状況にもかかわらず、先に『保田與重郎文庫』(全三十二冊)を送り出した小社は、日本の文芸に敬意と愛情を懐き、その系譜を信じる確かな読書人の存在を確認することができた。

その結果に励まされて、専ら時代に追従し、徒らに新奇を追うごとき文芸ジャーナリズムから一歩距離をおいた新しい文芸書シリーズの刊行を小社は思い立った。即ち、狭義の文学史や文壇に捉われることなく、浪漫的心性に富んだ近代の文学者・芸術家を選んで四十二冊とし、小説、詩歌、エッセイなど、それぞれの作家精神を窺うにたる作品を文庫本という小宇宙に収めるものである。

以って近代日本が生んだ文芸精神の一系譜を伝え得る、類例のない出版活動と信じる。

新学社

近代浪漫派文庫（全四十二冊）

※白マルは既刊、四角は次回配本

❶維新草莽詩文集　歎涕和歌集／吉田松陰／高杉晋作／坂本龍馬／雲井龍雄／平野国臣／真木和泉／清川八郎／河井継之助／釈月性／藤田東湖／伴林光平

❷富岡鉄斎　画讃／紀行文／画談／詩歌／書簡　大田垣蓮月　海女のかる藻／消息

❸西郷隆盛　西郷南洲遺訓　乃木希典　乃木将軍詩歌集／日記ヨリ

④内村鑑三　西郷隆盛／ダンテとゲーテ／余が非戦論者となりし由来／歓喜と希望／所感十年ヨリ　岡倉天心　東洋の理想（浅野晃訳）

⑤徳富蘇峰　嗟呼国民之友生れたり／『透谷全集』を読む／還暦を迎ふる一新聞記者の回顧／紫式部と清少納言／敗戦学校／宮崎兄弟の思ひ出　ほか

黒岩涙香　小野小町論／『一年有半』を読む／藤村操の死に就て／朝報は戦ひを好む乎

⑥幸田露伴　五重塔／太郎坊／観画談／野道／幻談／鵞鳥／雪たゝき／為朝／評釈炭俵ヨリ

❼正岡子規　歌よみに与ふる書／子規歌集／子規句集／九月十四日の朝／小園の記

高浜虚子　虚子句集／椿子物語／斑鳩物語／落葉降る下にて／発行所の庭木／進むべき俳句の道

⑧北村透谷　楚囚之詩／富嶽の詩神を思ふ／蝶のゆくへ／みゝずのうた／内部生命論／厭世詩家と女性／人生に相渉るとは何の謂ぞ　ほか

高山樗牛　滝口入道／美的生活を論ず／文明批評家としての文学者／内村鑑三君に与ふ／『天地有情』を読みて／清見潟日記／郷里の弟を戒むる書／天才論

⑨宮崎滔天　三十三年之夢／侠客と江戸ッ児と浪花節／浪人界の快男児宮崎滔天君夢物語／朝鮮のぞ記

⑩樋口一葉　たけくらべ／大つごもり／にごりえ／十三夜／ゆく雲／わかれ道／につ記―明治二十六年七月　一宮操子　蒙古土産

⑪島崎藤村　桜の実の熟する時／藤村詩集ヨリ／前世紀を探求する心／海について／歴史と伝説と実相／回顧（父を追想して書いた国学上の私見）

⓬土井晩翠　土井晩翠詩集／雨の降る日は天気が悪いヨリ

上田敏　海潮音／忍岡演奏会／『みだれ髪』を読む／民謡／飛行機と文芸

⓭与謝野鉄幹　東西南北／鉄幹子抄／亡国の音

与謝野晶子　与謝野晶子歌集／詩篇／和泉式部の歌／清少納言の事ども／鰹／ひらきぶみ／婦人運動と私／ロダン翁に逢った日／産褥の記

⓮登張竹風　如是経序品／美的生活論とニィチェ

生田長江　夏目漱石氏を論ず／鷗外先生と其事業／ブルヂョワは幸福であるか／有島氏事件について／無抵抗主義・百姓の真似事など／「近代」派と「超近代」派との戦／ニィチエ雑観／ルンペンの徹底的革命性／詩篇

㉚ 蔵原伸二郎　定本岩魚／現代詩の発想について／裏街道／狸犬／目白師／意志をもつ風景／谿谷行
中河与一　歌集秘帖／鏡に這入る女／氷る舞踏場／香妃／はち／円形四ッ辻／偶然の美学／「異邦人」私見
横光利一　春は馬車に乗つて／榛名／睡蓮／橋を渡る火／夜の靴ヨリ／微笑／悪人の車

㉛ 尾﨑士郎　蜜柑の皮／篝火／瀧について／没落論／大関清水川／人生の一記録
中谷孝雄　二十歳／むかしの歌／吉野／抱影／庭

㉜ 川端康成　伊豆の踊子／抒情歌／禽獣／再会／水月／眠れる美女／片腕／末期の眼／美しい日本の私

㉝ 「日本浪曼派」集　中島栄次郎／保田与重郎／芳賀檀／木山捷平／森亮／緒方隆士／神保光太郎

㉞ 立原道造　萱草に寄す／暁と夕の詩／優しき歌／あひみてののちの　ほか
津村信夫　戸隠の絵本／愛する神の歌／紅葉狩伝説　ほか

㉟ 蓮田善明　有心（今ものがたり）／森鷗外／養生の文学／雲の意匠
伊東静雄　伊東静雄詩集／日記ヨリ

㊱ 大東亜戦争詩文集　大東亜戦争殉難遺詠集／増田晃／山川弘至／田中克己／影山正治／三浦義一

㊲ 岡潔　春宵十話／日本人としての自覚／日本的情緒／自己とは何ぞ／宗教について／義務教育私話／創造性の教育／かぼちゃの生いたち／六十年後の日本／唯心史観
胡蘭成　天と人との際ヨリ

㊳ 小林秀雄　様々なる意匠／私小説論／思想と実生活／事変の新しさ／歴史と文学／当麻／無常といふこと／平家物語／徒然草／西行／実朝／モオツアルト／鉄斎／鉄斎の富士／蘇我馬子の墓／対談 古典をめぐりて（折口信夫）／還暦／感想

㊴ 前川佐美雄　植物祭／大和／短歌随感ヨリ
清水比庵　比庵晴れ／野水帖ヨリ（長歌）／紅をもてヨリ／水清きヨリ

㊵ 太宰治　思ひ出／魚服記／雀こ／老ハイデルベルヒ／清貧譚／十二月八日／貨幣／桜桃／如是我聞ヨリ
檀一雄　美しき魂の告白／照る陽の庭／埋葬者／詩人と死／友人としての太宰治／詩篇

㊶ 今東光　人斬り彦斎
五味康祐　喪神／指さしていう／魔界／一刀斎は背番号6／青春の日本浪曼派体験／檀さん、太郎はいいよ

㊷ 三島由紀夫　花ざかりの森／橋づくし／三熊野詣／卒塔婆小町／太陽と鉄／文化防衛論